Una sorella per Lulu

(Titolo originale: *Home At Last*)

Chandler Hill Inn – Libro 3

Judith Keim

Traduzione di Alessandra Patriarca

Questo libro è un'opera di fantasia. Nomi, personaggi, luoghi e avvenimenti sono frutto dell'immaginazione dell'autore o sono usati in maniera fittizia. Qualsiasi somiglianza con persone reali, vive o morte, avvenimenti o luoghi è puramente casuale.

È vietata la riproduzione di qualsiasi parte di questo libro in qualsiasi forma, con mezzi elettronici o meccanici, inclusi archivi di dati e sistemi di recupero dati, senza il permesso scritto dell'autore, a eccezione di brevi citazioni nelle recensioni.

wildquail.pub@gmail.com
www.judithkeim.com

Wild Quail Publishing
PO Box 171332
Boise, ID 83717-1332

ISBN#: 978-1-965622-14-8

Dedica

This book is dedicated to friends and family
who give me a home of my heart.

CAPITOLO UNO

Louise "Lulu" Kingsley era seduta sul terrazzo della casa di Camilla Chandler e ragionava su quanto fosse fortunata a vivere in un posto come la Willamette Valley nell'Oregon. Il percorso che l'aveva portata fin lì era stato così doloroso da averla quasi devastata, ma nella tenuta di Chandler Hill aveva finalmente trovato un luogo dove sentirsi davvero a casa.

Osservando il paesaggio collinare e i filari delle viti, ormai spogliate dai grappoli dopo la vendemmia, si riempiva gli occhi di tutta quella bellezza e della confortante prospettiva dei futuri raccolti. Il continuo rinnovarsi del ciclo della vita le faceva sperare di poter dare un nuovo inizio anche alla propria.

Se Cami non le avesse offerto un posto in cui stare e un lavoro in un ambiente nuovo, di sicuro non sarebbe sopravvissuta a quell'ultimo anno, devastato dagli scandali e dalle disgrazie familiari. Chi non la conosceva poteva pensare che la sua vita fosse quella comoda e privilegiata della figlia di un uomo ricco e potente, futuro candidato alla Presidenza degli Stati Uniti d'America. Ma quel padre – il legame che la univa alla sorellastra che aveva appena scoperto di avere – era un uomo troppo ambizioso, le cui azioni avevano ferito tante persone, inclusa lei e la sua fragile madre.

La comprensione che le aveva dimostrato la sorellastra, fino a quel momento mai conosciuta, significava tantissimo. Non molto più grande di lei, il cuore di Cami era pari al suo abituale sorriso. Anche se non era alta come Lulu e aveva un fototipo del tutto diverso, i lineamenti del volto si assomigliavano in modo incredibile. Tra l'altro, condividevano un bizzarro dettaglio: una piccola deformità al lobo dell'orecchio, ereditata proprio dal padre. A Lulu sarebbe piaciuto avere riccioli biondo fragola come Cami e sua nonna, Lettie Chandler, ma i suoi capelli erano dritti e scuri.

Cami sedette su una poltroncina vicino a lei. «Gwen è molto contenta che tu le dia una mano al Granaio. Le ho spiegato che è solo temporaneo, perché siamo d'accordo che in futuro ti occuperai dei piani di marketing. Ma in prossimità delle vacanze invernali, credo che io e lei avremo bisogno del tuo aiuto fino all'inizio del nuovo anno.»

«Sono felice di far parte della squadra» rispose Lulu, con sincerità.

Cami le rivolse un sorriso tenero. «Tesoro, tu sei molto più che una della squadra, tu sei parte della famiglia. Intendiamo utilizzare le tue competenze di marketing e di vendita qui alla locanda e nelle altre due cantine associate di recente a Chandler Hill.»

Lulu si sentì invadere da una sensazione di calore. Essere parte di una famiglia vera e sana era una benedizione. Rimasta figlia unica dopo la morte del piccolo Teddy, di dieci anni, le era sempre mancata una sorella o un fratello. Il nonno di Cami, Rafe, era una persona magnifica ed era subito stato molto gentile con lei. Si era formato un forte legame tra loro perché il padre di Lulu e Autumn Chandler – figlia di Lettie e di Rafe – si erano conosciuti e innamorati quando erano in Africa, e dal loro amore era nata Cami. Il resto della famiglia di Cami non aveva legami di sangue, ma costituiva un gruppo molto unito.

Cami diede a Lulu una gomitata scherzosa. «A proposito, credo che Miguel ci sia rimasto male che tu non fossi alla riunione strategica di stamattina.»

Le guance di Lulu si arroventarono. Miguel Lopez era uno

degli uomini più belli che avesse mai incontrato. Al pari di Rafe, suo prozio, aveva capelli così neri e lucenti da assomigliare alle ali di un merlo o alla liscia pelliccia di una pantera. Non avrebbe saputo dire quale delle due cose. Il naso diritto, gli occhi scuri e intelligenti e le labbra piene e da baciare, facevano sì che ogni ragazza della valle andasse in estasi alla vista del suo didietro sexy. Ed erano esattamente le stesse ragioni per cui Lulu non aveva nessuna intenzione di farsi coinvolgere da lui. La capacità che aveva Miguel di attrarre il prossimo con estrema facilità le ricordava troppo suo padre.

«Com'è andata la riunione?» domandò Lulu. «È possibile mettere in piedi un processo comune di acquisti, pubblicità e altri servizi per le tre cantine?» I vigneti di Chandler Hill, Taunton Estates e Lone Creek facevano parte di un unico gruppo societario, creato per scopi finanziari. Il fidanzato di Cami, Drew Farley, insieme a Dan Thurston, Adam Kurey e Miguel, si erano alleati per rilevare la cantina Lone Creek, in parte distrutta da un incendio.

«Dobbiamo ancora sistemare alcuni dettagli per gestire congiuntamente parte delle operazioni, ma sì, facciamo progressi. E, visto che ti occuperai del marketing per tutte e tre, la situazione si semplifica.» Cami le sorrise. «Sono felice che tu sia qui.»

Sentirono avvicinarsi qualcuno e anche Sophie, la bassottina nera e marrone di Cami, se ne accorse. Corse a salutare Rafe, abbaiando.

«Ciao, vieni, unisciti a noi» disse Cami. Si alzò e gli prese una sedia. «Sta per calare il tramonto, ma è ancora piacevole stare fuori, in questo periodo dell'anno. In effetti, pensavo proprio di rimanere qui ancora per un po' e assaggiare il nuovo Pinot Nero Taunton Estates.» Mentre lo prendeva garbatamente in giro, le brillavano gli occhi. «Tu, che sei il proprietario, vorrai giudicare in prima persona...»

Rafe fece una risata. «Direi di sì, in particolare se ciò implica passare un po' di tempo con le mie due donne preferite.» Le guardò intensamente, e tutti e tre sorrisero.

Quegli scambi di battute piacevano molto a Lulu. Rafe era una persona così per bene! Sulla settantina, era un uomo tranquillo che trascorreva la vita a coltivare i suoi affetti e a lavorare sodo. Piangeva ancora la scomparsa di Lettie Chandler, che era mancata un anno e mezzo prima. Era stata ed era ancora l'amore della sua vita. Lulu era grata che un uomo così fantastico facesse parte della sua esistenza, in particolare dopo lo scandalo che aveva coinvolto suo padre.

Cami andò a prendere il vino e i calici, lasciando soli Lulu e Rafe.

Lui disse: «Una volta tutto si calmava, terminata la vendemmia e la baraonda di attività che si portava dietro. Ma la locanda di Chandler Hill, con il centro benessere, le offerte speciali nelle vacanze invernali e i pacchetti per le nozze, sostiene gli affari anche in questi mesi. Natale, Capodanno e San Valentino sono diventati periodi di alta stagione.»

«Non vedo l'ora che arrivino le feste di Natale» commentò Lulu, e gli sorrise. «Spero di convincere mia madre a fare il viaggio fin qui. Penso che le farebbe bene.»

Cami li sentì parlare mentre usciva in terrazza e appoggiava il vassoio per versare il vino nei bicchieri. «Tua madre come va?»

Lulu non riuscì a nascondere la tristezza nella voce. «Con lei, non si può mai dire. La depressione va e viene, e quando ricade nelle droghe e nell'alcool diventa una specie di giostra. Ne ho parlato con i medici, che sono sempre alla ricerca di nuove alternative, medicine e terapie. Lo sa il cielo quante strade ha provato, ma nessuna sembra funzionare. Il mio terapista mi ha spiegato che non c'è molto che io possa fare, a parte continuare a incoraggiarla.»

«È molto triste» rispose Cami, che appoggiò la bottiglia sul tavolo e porse loro i bicchieri di vino.

«Sto imparando che non è mia responsabilità tenerla su di morale e aiutarla a rimanere sobria» continuò Lulu. «Quando andava via, mio padre mi diceva sempre: "Prenditi cura di tua madre." Ma le nostre vite sono drammaticamente cambiate quando mio fratello è annegato e mia madre ha tentato il suicidio. Da allora, niente è stato più lo stesso.» Lulu odiava il tremito nella propria voce, quando parlava di quelle cose.

Cami si alzò per abbracciarla. «Mi spiace. È qualcosa di troppo grande da gestire, quando si è così giovani.»

Lulu smise di parlare e cercò di riacquistare il controllo. Non era abituata a ricevere simili testimonianze d'affetto. *Se solo fossi stata lì, quando Teddy ha deciso di andare a nuotare da solo al mare.*

Rafe interruppe quelle riflessioni sui sensi di colpa che lei provava e sempre avrebbe provato. «Allora, signore! Assaggiamo questo vino. Spero che sia buono come dice la mia direttrice marketing.» Quelle parole fecero sorridere Lulu. Aveva intenzione di dare una bella spinta al prodotto.

Dopo che ebbero decretato che il vino era eccellente, arrivò Drew. Drew Farley era un tipo simpatico, come suggeriva il suo aspetto. Gli occhi ambrati erano in tinta con i capelli, color caramello. Baciò Cami e si lasciò cadere su una delle poltroncine del terrazzo, con un gemito sommesso. «Ah, è bello essere a casa. Ho aiutato Dan a dare l'ultima pulita e sistemazione alla casa di Lone Creek. Lui e Becca si trasferiranno la settimana prossima.»

«Sono contenta per loro» commentò Cami. «So quanto è eccitata Becca all'idea di avere una casa per conto suo. Visto che è il mio braccio destro, è molto comodo che viva qui vicino e possa continuare a lavorare con me.»

«Sì, è una buona cosa da tutti i punti di vista» rispose Drew. «È una fortuna che l'incendio di Lone Creek non abbia fatto danni importanti alla casa, e abbiano un posto nella proprietà in cui vivere gratis, mentre se ne prendono cura.» Prese un calice di vino da Cami, lo fece roteare, lo annusò e bevve un sorso. «Che cosa ne pensate? È buono come pensavo potesse essere, al livello dei migliori di Taunton Estates?»

«È un vino eccellente, dal bouquet fruttato e il retrogusto morbido.» Cami gli sorrise. «Non vedo l'ora di essere più coinvolta nella produzione di Chandler Hill. A quel punto, sarò in grado di giudicare davvero il tuo lavoro.»

Rafe si mise a ridere. «Lo sapevo che sarebbe stata una buona idea quella di mettere questi due l'una contro l'altro. I vini di entrambe le cantine sono già strepitosi, ma sospetto che saranno ancora migliori con la competizione tra Cami e Drew.»

Lulu si unì alle risate.

Drew si rivolse a lei. «Faremo una grande festa per il trasferimento di Becca e Dan nella vecchia casa di Rod Mitchell. Miguel mi ha chiesto di assicurarmi che ci fossi anche tu.»

Lulu alzò gli occhi al cielo. «Ci sarò. Becca mi ha già invitato. Ha un amico insegnante che vuole presentarmi.»

«Intendi Ross Coughlin?» chiese Cami. «Mi sembra molto gentile. Ed è anche bello da vedere.» Rise nel vedere Drew che sollevava un sopracciglio. «Tranquillo, tu sei *molto* bello da vedere.»

«Questo Ross Coughlin è il giovanotto che ha organizzato il programma di doposcuola alle elementari?» domandò Rafe.

«Sì, l'ho sentito dire anch'io» confermò Cami.

«A primavera, vorrei fare un po' di volontariato nel tempo libero» disse Lulu. «Mi piace stare con i bambini.»

«Sei bravissima con i figli dei clienti della locanda» disse

Cami. «È una cosa che apprezzo molto.»

«Grazie.» Lulu non l'aveva mai detto a nessuno, ma quando aveva insegnato a scuola, nel lavoro precedente, le era sembrato di voler fare ammenda del non essere stata presente per impedire l'annegamento di suo fratello. Ne aveva parlato con la psicologa e sapeva che non era stata colpa sua, ma dopo essersi occupata di bambini che avevano bisogno della sua attenzione, si sentiva sempre meglio.

Per quanto riguardava lei, non era sicura di volere dei figli, se ciò significava preoccuparsi di continuo che fossero al riparo da tutti i pericoli del mondo.

Lulu era seduta nel suo ufficio alla locanda ad aggiornare il sito internet, quando Becca bussò alla porta.

Piccola di statura, rotondetta, effervescente e alla mano, Becca aveva occhi verdi che brillavano di un'allegria contagiosa. Con lei, Lulu aveva fatto subito amicizia. Entrambe erano consapevoli della fortuna che avevano ad essere parte del personale direttivo di Chandler Hill.

La locanda, lanciata da Lettie alla fine degli anni Settanta, era nel tempo diventata un hotel esclusivo di alto livello e dotato di ogni comfort, con trenta camere, un ristorante molto quotato, centro benessere, piscina, un struttura per eventi denominata Chandler Hall e un negozio chiamato il Granaio. Ben più sofisticato di quanto suggerisse il nome, il Granaio aveva una vivace area commerciale con una varietà di articoli da regalo; al primo piano c'era la zona degustazione, dove ci si poteva accomodare per assaggiare i vini Chandler Hill e dei gustosi antipasti, serviti a tutte le ore. I membri del Club del Vino Chandler Hill spesso arrivavano a fine giornata, per sorseggiare un buon calice e fare quattro chiacchiere.

«Come va?» domandò Becca a Lulu. «Hai già aggiornato le

informazioni online sulle nozze, per pubblicizzare le offerte del periodo delle vacanze?»

Lulu annuì e le sorrise. «Mi fanno quasi venire voglia di sposarmi anch'io.»

«Io non vedo l'ora. Avevamo pensato a un matrimonio in inverno, ma non ne siamo più così sicuri, col fatto che Dan è uno dei soci delle cantine Lone Creek e sta lavorando duro per renderle profittevoli. Ho selezionato degli abiti nuziali che vanno bene per qualsiasi periodo dell'anno. Poi ho ristretto la scelta a due ma, quando si avvicinerà il momento, voglio che tu e Cami mi diate una mano a decidere.»

«Sarà un onore esserti d'aiuto» rispose Lulu, con sincerità. C'era stato un tempo in cui era così occupata a star dietro alla futura candidatura del padre come presidente, che non le veniva neanche in mente di uscire con le amiche per parlare di abiti da sposa. Ma dopo la sua improvvisa morte, il mondo le era crollato addosso e aveva capito quanto fosse stata incentrata solo su se stessa. Sperava che l'essere stata accolta nella famiglia Chandler-Lopez potesse cambiare le cose.

«Dan mi ha appena chiamato. Lui e Drew vogliono portare me e Cami a cena da Nick's. Vuoi unirti a noi?»

«No, grazie. Non voglio reggere il moccolo.»

Becca scosse la testa e sospirò. «Sapevamo che avresti detto così, e abbiamo invitato anche Miguel. Cosa te ne pare?»

Lulu gemette, all'idea che cercassero di accoppiarla a Miguel. «Lo sai che non ho alcun interesse per lui.»

«Esatto» rispose Becca. «Gli farà bene frequentare una come te. Ti assicuro che gli basta sorridere a una ragazza, e quella si innamora all'istante. E adesso che è socio della cantina Lone Creek, le donne credono che sia ricco e la situazione è peggiorata. Il tutto è ridicolo, perché tutti i soldi che abbiamo sono stati messi nell'attività, e non ci aspettiamo alcun profitto per almeno un paio d'anni.»

Lulu rise nell'immaginare la scena descritta da Becca. Aveva saltato il pranzo e l'idea di mangiare fuori era allettante. «D'accordo, ci sto. Ma è solo un'uscita a cena. In questa fase della vita, voglio concentrarmi sullo stare meglio e aiutare mia madre. Non ho né il tempo né l'energia da sprecare per uno che è già fin troppo popolare.»

«Mi sembra una buona idea» disse Becca, con un ampio sorriso. «Quando ci siamo incontrate al matrimonio di Justine, la scorsa primavera, non pensavo che saremmo diventate amiche. Sembravi così sicura di te e molto sofisticata. Comincio a capire chi sei veramente, dietro la facciata della notorietà.»

«E?» Lulu trattenne il fiato. La risposta di Becca era importante per lei. A quel tempo aveva il terrore che le voci che circolavano sul padre fossero vere.

«E ciò che vedo mi piace» rispose l'amica. «E anche a Cami. Per me vuol dire molto.»

«Chi può avere una sorella migliore di lei? Tutti dicono che assomigli alla nonna. E, sapendo quanto Rafe tuttora la ami, Lettie dev'essere stata una donna fantastica.»

«Oh sì, e Rafe è un uomo meraviglioso.» Becca si alzò. «Vediamoci intorno alle sette. Ci si incontra direttamente da Nick's.»

Lulu decise di andare al ristorante per conto proprio. Il cibo italiano era il suo preferito e, nella zona, Nick's era il migliore. Le piaceva essere indipendente. Se durante la cena qualcosa fosse andato storto, poteva andarsene senza problemi.

Il locale aveva una piccola vetrina, ma l'interno era spazioso. Anche se era un giorno infrasettimanale d'autunno, appena entrò si accorse che il ristorante era pieno di clienti, di aromi deliziosi e piacevoli conversazioni.

Dal fondo della sala, Becca agitò una mano per farsi vedere. Lulu si affrettò verso il tavolo, felice che Miguel non fosse ancora arrivato. Cami le aveva detto che sarebbe stato in lieve ritardo. Mentre si avvicinava, Drew si alzò per aiutarla a sedere vicino a lui. A quanto pareva, Miguel si sarebbe messo dall'altro lato.

Dan la salutò e chiese: «Che cosa vuoi da bere?»

«Lo stesso che prendete voi. Con tutti i clienti che ci sono, immagino che sia tutto eccellente.»

Drew fece un cenno alla cameriera. «Cami mi ha detto che stai sviluppando un buon palato. Magari ti chiederò un'opinione per le uve che voglio utilizzare per il vino Lettie's Creek. A proposito, hai visto l'etichetta che mi ha disegnato Cami?»

Quando lei scosse la testa, Drew prese il cellulare, scorse tra le foto, e girò il telefono verso di lei.

Lulu studiò l'immagine con il bozzetto e sorrise. «Un colibrì. Mi piace molto.»

Cami le fece un largo sorriso. «Pensavo che fosse appropriata. Nana amava i colibrì. E anche loro sembravano volerle bene. E ho pensato che possa ben figurare sulle magliette che vendiamo al Granaio. Cosa ne dici?»

«Una bella idea, eh?» osservò Becca.

«Sì, mi piace proprio» rispose Lulu. «Forse potrei usarla anche sul sito web.»

«Va bene. Ma adesso basta parlare di lavoro. È una serata romantica, se ve lo siete dimenticato!» disse Dan, scherzoso. Era un uomo-orsacchiotto con riccioli scuri, occhi azzurri e un bel carattere: Lulu pensava che fosse perfetto per Becca.

Miguel li raggiunse, sorridente. «Ciao a tutti» disse, e si infilò nel posto libero a fianco di Lulu. «Scusate il ritardo. Ho dovuto aggiustare un'altra perdita alla fattoria.»

Drew guardò Miguel, accigliato. «Adesso che la vecchia casa di Rod a Lone Creek è pronta, la squadra potrebbe aiutare Rafe a riparare la fattoria dei Taunton Estates. Un giorno o l'altro vorrai viverci con la tua famiglia.»

Miguel alzò le mani. «Su questo non mi esprimo, ma metterla a posto sarebbe un buon investimento, perché la struttura della casa è a posto. Va solo un po' rimodernata.»

La sorella minore di Rafe, Rose, venne al tavolo. «Siete pronti a ordinare?»

«Ciao, zia Rose» disse Cami. «Io prenderò il piatto del giorno. Mi piace il merluzzo, e in particolare come lo cucinate qui.»

Rose guardò Lulu. «E tu?»

«Lo stesso. Adoro il pesce.»

Becca prese il galletto arrosto e i tre uomini la bistecca.

Mentre aspettavano, sgranocchiarono del pane fresco abbrustolito, intinto nell'olio d'oliva aromatizzato e continuarono la conversazione sulle vicende delle tre cantine. Mentre li ascoltava, Lulu invidiava loro la possibilità di fare qualcosa di importante nella vita. Dopo essere stata bruscamente obbligata ad abbandonare i suoi piani, si domandava cosa fare del proprio futuro, anche se aveva accettato di occuparsi del marketing delle loro proprietà.

Lulu fu distolta dai suoi pensieri dall'arrivo di un uomo che attraversava a lunghe falcate la sala nella loro direzione: il suo volto era paonazzo, gli occhi a fessura. Le ci volle qualche secondo per capire che veniva da lei.

«Ehi, non sei tu la figlia del Deputato Kingsley? Lui rappresenta il peggio dell'America di oggi, quel bugiardo gran pezzo di merda.»

Lulu si sentì impallidire e si aggrappò al tavolo, cercando le parole per rispondere. «Non so di cosa lei stia parlando.» Guardò Cami, disorientata.

«Questa donna non è chi lei crede che sia» disse Cami, con decisione.

L'uomo strizzò gli occhi e la osservò. «Davvero? E come si chiama?»

«Weezie Lopez» rispose Cami con calma, e gli altri al tavolo la guardarono, sorpresi.

Miguel si alzò. Drew e Dan lo imitarono.

«È meglio che se ne vada, adesso» disse Miguel, facendo un cenno a Rose. Quando lei si avvicinò, le disse: «Questo signore se ne sta andando. Lo accompagno fuori subito. Pago io il suo conto.»

Rose guardò il tizio con aria diffidente e si rivolse a Miguel. «Non serve. Ha già pagato.»

Mentre Miguel scortava lo sconosciuto all'uscita, Lulu si alzò e corse nel bagno delle signore.

Una volta al sicuro da occhi indiscreti, scoppiò a piangere. La porta si aprì, e seppe di chi si trattava ancor prima di voltarsi e vedere Cami.

«Stai bene?» le domandò lei, con aria preoccupata.

Lulu scosse la testa. «Sono così stanca di essere biasimata per ciò che mio padre può avere o non avere fatto. Perché non mi lasciano stare?»

Cami la abbracciò. «Ci sono persone che amano coltivare la rabbia, a prescindere dalla verità o falsità delle cose. Sono frustrati dalla propria vita, infelici per molte ragioni, e gli piace prendersela con gente che nemmeno conoscono.»

«Beh, io sono stufa marcia» disse Lulu, che avrebbe voluto buttarsi per terra e scalciare e strillare come una bambina di due anni. Prese una salviettina di carta umida e si tamponò gli occhi. «Starò bene. Vai a raggiungere gli altri. Non voglio disturbare la cena. Gli antipasti saranno ormai in tavola.»

Lulu controllò che il mascara non fosse colato, si stampò in faccia un bel sorriso e uscì a raggiungere gli altri. Si era abituata a far sembrare che fosse tutto a posto, quando non era vero per niente.

Quando raggiunse il tavolo, Becca le strizzò l'occhio. «Ciao Weezie Lopez! Mi piace il tuo nome!»

Lulu non poté fare a meno di ridere.

«Mi è venuto fuori così» spiegò Cami, nel mezzo delle risate di tutti.

Miguel si voltò verso Lulu. «Stai bene?»

Il suo sguardo preoccupato era commovente. Cercando di sembrare allegra, rispose: «Lo sarò.»

«Bene, allora» disse Dan. «Godiamoci la cena. Eccola che arriva!»

Mentre si sedeva, Lulu pensò al padre. Prima di morire, era stato accusato di molestie sessuali da molte donne, e stava cercando di difendersi da quegli addebiti. La loro non era mai stata una famiglia felice, in particolare dopo la morte del fratellino. Lei e Cami sapevano ormai che il loro padre aveva sempre amato la madre di Cami, e non quella di Lulu, sposata per ragioni di convenienza politica.

«Andiamo al Green Grape a ballare e a divertirci un po'» suggerì Becca, terminata la cena. «È un bel po' che non lo facciamo.»

Cami diede un'occhiata a Lulu. «Ti va bene?»

«Sì» rispose lei, desiderosa di buttarsi quell'incidente dietro alle spalle.

CAPITOLO DUE

Il Green Grape era un bar in una zona tranquilla, a un isolato dalla strada principale. Era il posto preferito dalla popolazione locale, perché la folla dei turisti non sapeva nemmeno della sua esistenza. I muri divisori di un vecchio edificio di mattoni, usato un tempo come magazzino, erano stati abbattuti per aprire un ampio spazio che ospitava a un'estremità il bar e un piccolo palco, dall'altra un bel po' di posto per i tavolini e dei separé. Inoltre, aveva una bella pista da ballo. Se non c'era qualche band a esibirsi, facevano il karaoke.

Quando arrivarono, scoprirono che suonava un gruppo jazz. Lulu fu contenta che non fosse una serata karaoke: era stonata come una campana.

Trovarono un tavolo per sei, e gli uomini andarono al bancone a prendere delle birre. Rimaste sole, Cami e Becca si rivolsero a lei.

«Tutto a posto?» domandò Becca.

«Grazie, sto un po' meglio. Avete capito perché ero così turbata, vero?»

Cami sorrise, si allungò sopra il tavolo e le strinse una mano. «Certo, Weezie. Ci è chiaro.»

Lulu rise. «Weezie Lopez suona abbastanza bene, no?» Guardò Miguel che le portava una birra.

Lui le porse la bottiglia e si mise a sedere vicino a lei.

Quando Miguel le parlò, la musica in sottofondo diede a Lulu una piacevole sensazione di intimità. «So che tu e Cami siete imparentate, ma cosa c'entra tuo padre?» domandò.

«Perché quel tipo era così arrabbiato? Ti capita spesso di avere a che fare con questi stronzi?»

«Cerco di stare il più possibile lontana dai riflettori. In particolare perché mia madre è molto vulnerabile. Ma a volte arriva qualche idiota a molestarmi perché sono figlia di mio padre. Non sono orgogliosa di ciò che è accusato di avere fatto, ma ha anche aiutato molte persone. È qualcosa che cerco sempre di ricordare a me stessa.»

Miguel le rivolse uno sguardo pensieroso. «So cosa intendi. Mio padre non è stato esattamente l'orgoglio della famiglia Lopez. Forse è per quello che lavoro sodo e cerco di non ficcarmi nello stesso genere di guai.»

«Di che genere di guai si trattava?»

Le guance gli si imporporarono per l'imbarazzo. «Gioco d'azzardo. Appena ne aveva l'occasione scompariva all'Indian Head Casino. Una notte, è stato beccato da della gente a cui doveva dei soldi e l'hanno ucciso. È stato abbastanza perché giurassi a me stesso di non diventare mai uno stupido irresponsabile come lui.» Smise di parlare e la guardò con gli occhi spalancati. «*Ay! Dio mio!* Non è una cosa che io racconti in giro, di solito.»

«Non credo che tu possa dirmi qualcosa che mi sconvolga davvero» rispose Lulu. «Tra Hollywood e la politica, ho visto di tutto.»

«Caspita!» esclamò Miguel guardandola negli occhi. «Mi spiace che ti abbiano fatto così tanto male.» Allungò una mano. «Coraggio. C'è un lento. Raggiungiamo Cami e Drew sulla pista da ballo.»

Lulu esitò per un attimo, poi si disse di lasciar perdere il passato e godersi il presente. Quello stravagante locale di provincia era ben distante dal genere di serate che era solita trascorrere, quando partecipava a eventi mondani per intrattenersi con facoltosi finanziatori.

Quando le braccia di Miguel la avvolsero, si rilassò e si lasciò trasportare dalla musica insieme a lui. Mentre si appoggiava al suo petto solido, sentì il livello di adrenalina abbassarsi, ma sapeva che non era solo per quello. Con lui si sentiva... al sicuro. Come poco prima quando, raggelata dalla paura, lui l'aveva protetta.

Quella sensazione andò in frantumi nell'udire uno strillo acuto.

«Miguel Lopez! Come hai osato darmi buca? Ti ho chiamato e richiamato. Dovevamo vederci stasera.» La rossa arrabbiata scostò Lulu e si mise davanti a Miguel, a fissarlo.

Lui rivolse uno sguardo di scuse a Lulu e disse alla donna inferocita: «Ti avevo detto che ci saremmo visti prossimamente, ma non ho mai parlato di incontrarci stasera.»

«Ma io credevo...»

Lulu interruppe la conversazione. «Senti, Miguel, io devo comunque tornarmene a casa. Rimani pure, e noi ci vedremo prossimamente.» Non era un caso se aveva usato le stesse parole che lui aveva rivolto alla rossa.

Aveva sperato che fosse diverso da come si era immaginata all'inizio, ma, alla fin fine, era tutta una recita.

Mentre si faceva strada tra la folla per andarsene, sentì Miguel che la chiamava. Fece un cenno di saluto a Cami e proseguì, contenta di essere venuta con la sua automobile.

Lui riuscì a raggiungerla. «Ascolta! Non te ne andare. Avevamo appena cominciato a conoscerci, e tu mi piaci.»

Lulu scosse il capo. Brutti ricordi delle donne che andavano dietro a suo padre la lacerarono. Non intendeva sopportare mai più quel genere di situazioni. «Grazie, ma devo andare. Davvero.» Si disse che era meglio continuare a camminare, anche se le dispiaceva doverlo fare.

All'avvicinarsi del giorno del Ringraziamento, Lulu si ritrovò ancor più indaffarata con il Granaio. Ne era contenta. Miguel aveva provato più volte a chiamarla, ma lei l'aveva ignorato.

Il carico di lavoro aumentava. Le vendite online erano enormemente cresciute, e bisognava fotografare i prodotti per aggiornare il sito web con le offerte natalizie. Anche se era un'attività all'apparenza noiosa, assicurarsi che l'illuminazione fosse quella ideale per rappresentare gli oggetti era un lavoro che a Lulu piaceva. Dietro alla macchina fotografica si trovava a suo agio. Era divertente rendere unico ogni prodotto attraverso una giusta inquadratura e la perfetta quantità di luce.

Mentre il personale si dava da fare per rifornire il magazzino con i prodotti a catalogo e si preparava all'ondata di vendite imminenti, lei scattava le foto e scriveva i testi pubblicitari per ciascuno. Nel descrivere un bel servizio di bicchieri da vino rosso, con inciso il logo di Chandler Hill, Lulu ripensò al padre, che aveva sempre apprezzato la sua capacità di creare slogan per le sue campagne elettorali.

L'aveva amata il meglio che aveva potuto. Lei lo sapeva. Ma, dopo aver incontrato Rafe ed essere stata accolta a Chandler Hill, aveva capito com'era l'affetto onesto e disinteressato. Le attenzioni di Rafe per la sua "nipote acquisita" erano così genuine da farla sentire al sicuro. Nessuna condizione, solo accoglienza.

«Come sei messa?» domandò Cami, facendo capolino nel suo ufficio.

Lulu alzò la testa dal computer. «Devo inserire gli ultimi tre articoli. Bella idea quella di mettere insieme i bicchieri e i tovaglioli da cocktail stampati. Sono i piccoli dettagli che rendono un oggetto speciale.»

«Quello, e il cioccolato che ho ordinato a San Francisco per accompagnare il vino.» Cami le mise una mano sulla spalla e si curvò in avanti per leggere il testo della pubblicità.

«Qualità unica, pronta per il vostro palato.»

«Sei bravissima, in queste cose» esclamò Cami. «Chi avrebbe mai immaginato di ritrovarsi con una sorella così dotata...»

Si sorrisero.

«Sei pronta a occuparti del tuo primo matrimonio come fotografa di istantanee?» domandò Cami. «Le nozze autunnali da queste parti sono sempre deliziose.»

Lulu annuì, convinta. «Certo che sì. Quando mi sono iscritta al corso di fotografia all'università non pensavo che avrei usato le mie capacità in un simile contesto. Mi piace molto ritrarre le persone. Forse perché mio padre era sempre circondato da fotografi, fin da quando ero piccola. Mi hanno sempre affascinato.»

«Ti ringrazio di volerci provare. Penso che sia un ottimo servizio da offrire agli sposi. Si tratta di una opzione aggiuntiva che mettiamo a loro disposizione, in un'occasione così speciale. C'era già la possibilità di coinvolgere video-operatori e ritrattisti professionali. Ma nel tuo caso vogliamo sperimentare un approccio più informale. Non è sempre possibile utilizzare il metodo tradizionale, e in qualche caso non lo vogliono nemmeno.»

«Nessun problema. Sono felice di poter aiutare, in qualsiasi modo.» All'inizio, Lulu non aveva capito che diventare parte integrante delle attività della locanda e della cantina volesse dire essere a disposizione a qualsiasi ora, sette giorni alla settimana, ma aveva in breve scoperto che nessuno era escluso, nemmeno Cami. La squadra di Chandler Hill era speciale.

«Laurel organizzerà un incontro con te domani, per

discutere i dettagli del matrimonio. Sarete voi a occuparvi di una giovane, dolce coppia dell'Idaho.» Cami le fece uno scherzoso saluto militare e se ne andò.

Lulu tornò allo schermo del computer per le ultime modifiche al testo che aveva preparato.

Più tardi, mentre si preparava a tornare a casa di Cami, il cellulare squillò. Controllò il chiamante. *Miguel Lopez.* Di nuovo. Lasciò che deviasse sulla segreteria telefonica. Aveva deciso di non voler avere più niente a che fare con lui.

Due giorni dopo, Lulu era con Laurel Nelson nella lobby in attesa dell'arrivo di Sarah Pendleton e Lee Wing. Voleva catturare in un'istantanea il loro arrivo alla locanda. Saper cogliere momenti spontanei era il suo punto forte. Oltre a lei, un video-operatore era stato assunto per fare il filmato ufficiale della cerimonia di nozze.

Una Range Rover nera e lustra si fermò all'improvviso davanti all'ingresso della locanda, come pianificato. Lulu regolò la macchina fotografica per fare un primo piano della coppia nell'istante in cui fosse scesa dal SUV. Sarah era una bionda minuta e il futuro marito un bell'uomo snello, di origini asiatiche. Appena alzarono lo sguardo e videro l'hotel, appoggiato sulla collina come un diadema sopra il capo di una regina, i loro occhi si illuminarono e un sorriso attraversò i loro volti.

Clic! Clic! Lulu, in piedi sulla soglia, immortalò quell'istante e poi uscì dietro a Laurel per accoglierli.

Laurel era la persona ideale per sovrintendere ai matrimoni. Attraente e raffinata, sprigionava entusiasmo per ogni progetto di nozze su cui lavorava. Era famosa per la sua capacità di strappare un sorriso anche alla sposa più corrucciata.

«Benvenuti alla locanda Chandler Hill» disse, con un ben rodato sorriso. «Mi chiamo Laurel Nelson. Mi occuperò di tutti i dettagli relativi al vostro matrimonio. Vi presento Louise Kingsley, la vostra fotografa di istantanee. Siamo davvero felici di avervi qui, a celebrare il giorno più importante della vostra vita.»

Dopo che si furono scambiati varie strette di mano, Laurel disse: «La vostra camera è pronta.»

«Grazie. Le altre due coppie vengono direttamente da Boise e saranno qui più tardi» precisò Sarah. «Noi arriviamo da Portland. Vi siamo grati per l'aiuto che ci avete dato nell'organizzare la serata all'ultimo momento.»

«Siete riuscite a trovare tutto quello che vi abbiamo chiesto?» domandò Lee. I suoi occhi scuri si concentrarono su Laurel, e Lulu ebbe l'impressione che fosse abituato ad avere persone che eseguivano i suoi ordini.

«Sì, certo» rispose Laurel. «Ci abbiamo messo un po' per trovare la musica adatta, ma penso che sarete soddisfatti.»

Lee accennò un inchino. «Grazie mille. Ci tengo a che la cerimonia sia perfetta, proprio come Sarah desidera.»

Il viso della sposa si illuminò di piacere. Appena si voltò verso di lui, *Clic!*

Non c'era da dubitare del loro reciproco amore.

«Vi mando qualcuno a prendere il bagaglio» li informò Laurel. «Nel frattempo, potete entrare e fare la registrazione. Poi, se vi fa piacere, vi faccio fare un piccolo giro. Non capita spesso che venga organizzato un matrimonio senza una visita preventiva alla proprietà. Ma ormai, grazie ai video e le recensioni online, si riesce ad avere un'idea più che soddisfacente di quello che la proprietà vi può offrire.»

Sarah sorrise e indicò quanto li circondava, con un ampio gesto del braccio. «Appena ho visto le fotografie di Chandler Hill, ho capito che sarebbe stata perfetta per noi.»

Laurel e Lulu accompagnarono all'interno i futuri sposi. Dopo aver scattato qualche altra istantanea, Lulu li lasciò per andare a Chandler Hall, l'edificio dove si svolgevano gli eventi. Il salone principale era stato suddiviso per ricavare una zona presso il camino, dove già si stavano disponendo gli addobbi, e in cui poco più tardi si sarebbero svolti sia la cerimonia sia il ricevimento.

Cynthia di Fabulous Florals era impegnata a sistemare le decorazioni di crisantemi e gigli gialli e rossi, come richiesto da Sarah e Lee. Una tovaglia di lino rosso copriva il tavolo, apparecchiato per sei. Un mazzolino era appoggiato vicino a ogni coperto, vicino a un portacandele di cristallo. L'effetto era sorprendente.

Lulu aveva letto nel fascicolo relativo alle nozze che si trattava di un matrimonio in forma ristretta e privata, in contrasto con la disapprovazione della famiglia di Lee. Il padre gli aveva scelto una moglie all'interno della famiglia di un suo facoltoso socio d'affari. Brillante e di successo, Lee voleva opporsi ai desideri retrogradi dei suoi genitori. E poiché non aveva, all'apparenza, problemi di soldi, aveva organizzato una deliziosa cerimonia per la donna che amava.

Il pensiero di tale devozione per la moglie strappò un sospiro a Lulu. Aveva avuto un piccolo flirt con uno dei giovani sostenitori di suo padre, Wilson Chambers, ma non era andata oltre.

«Che cosa ne pensi?» domandò Cynthia, facendo un passo indietro per ammirare l'effetto della sua opera.

«Favoloso. Il rosso e l'oro sono colori importanti per questa cultura, ed è rinfrancante goderseli, mentre le tinte che ci sono fuori sono così sbiadite, in questo periodo dell'anno.»

«Sono curiosa di scoprire come sarà l'abito della sposa» continuò Cynthia. «Nelle immagini online sembra un angioletto dai capelli biondi e i grandi occhi azzurri. Penso che farai un sacco di foto, vero?»

«Sì, lo prometto» rispose Lulu. Dal modo in cui Sarah e Lee si erano guardati, era certa di ottenere molti scatti romantici.

Mentre Lulu usciva da Chandler Hall, arrivò Laurel con i due sposi. «Il risultato vi piacerà molto! Ci vediamo dopo» disse loro.

Corse via. Era richiesto che la fotografa di nozze fosse abbigliata in modo adeguato alla cerimonia e lei stessa voleva rendere omaggio alla coppia indossando qualcosa di super-carino. E doveva anche assicurarsi che i raccoglitori per le foto che aveva ordinato fossero arrivati al Granaio. Infatti, gli sposi avevano chiesto di avere un classico album di nozze, oltre al CD.

Lulu si diresse verso il Granaio e si fermò un momento ad ammirare le offerte speciali per l'autunno, valide fino al giorno del Ringraziamento. Subito dopo, tutto lo staff avrebbe cooperato per convertire le decorazioni degli interni in un paese delle meraviglie di proposte invernali. Lettie aveva sempre voluto che il passaggio da una stagione all'altra funzionasse in quel modo e Cami intendeva mantenere la tradizione. Il catalogo di Natale, comunque, era disponibile in negozio con mesi di anticipo, per le prenotazioni.

Gwen Chapman, la direttrice del Granaio, le si avvicinò. «Abbiamo ricevuto gli album per le foto che avevi ordinato. Spero che gli sposi ci autorizzino a esporle.»

«È una buona idea, ma non credo sia il caso. I genitori di entrambi sono contrari al matrimonio, e per questo motivo avremo solo gli sposi, la damigella d'onore, il testimone del marito e altri due invitati. Ma dovresti vedere Chandler Hall! Cynthia ha fatto un fantastico lavoro nell'allestimento, per l'occasione, di una piccola zona del salone.»

«Quindi, anche se con solo sei partecipanti, sarà tutto di prim'ordine, incluso il menu che Darren preparerà per loro» commentò Gwen. «È un peccato che le loro famiglie non possano mettere da parte i contrasti e festeggiare la coppia come si deve. Ho sentito da qualcuno che lavora nel vigneto che sono due persone adorabili.»

Lulu non poté trattenere una risatina. Aveva subito imparato che nel business alberghiero non c'erano segreti, e le informazioni si propagavano tra il personale più rapide di un incendio. «Sembrano molto innamorati» confermò.

Dopo essersi assicurata che fosse tutto pronto per la sua prima presentazione ufficiale di un album fotografico di nozze, tornò in ufficio per controllare alcune cose prima di andare a casa.

La tipografia aveva spedito una e-mail per avvertire di un ritardo nell'inserimento delle nuove offerte nel catalogo natalizio. E qualcuno aveva lasciato un post-it di fianco al computer, riguardo alla chiamata di un certo Ross Coughlin. A Lulu il nome non sembrava una novità, e si ricordò che era l'amico professore di Becca, che si occupava del doposcuola alle elementari. Era una persona che voleva assolutamente conoscere.

Prese il telefono e compose il numero.

Una voce profonda rispose: «Pronto?»

Lulu, anche se abituata a parlare con gli sconosciuti riguardo alle campagne elettorali del padre, all'improvviso esitò. «Buongiorno, mi chiamo Lulu Kingsley, so che mi ha chiamato. Sono un'amica di Becca, la supplente...» D'un tratto, le andò via la voce.

«Ah, sì. È il motivo per cui le avevo telefonato. Pensavo che potremmo incontrarci, se le va bene, magari prenderci un caffè insieme. Volevo farle delle domande sugli incentivi che vengono usati nelle scuole di Los Angeles per i programmi di doposcuola. Mi serve qualche nuova idea, se voglio tenere alto l'interesse dei bambini.»

«Sarò felice di condividere le informazioni che ho. Anche se il lavoro alla locanda Chandler Hill mi tiene molto impegnata, prometto di trovare un po' di tempo per lei.»

«Ottimo. Cosa ne dice della prossima settimana? Sono abbastanza libero.»

«Si può fare» rispose Lulu, e si domandò perché avesse i battiti così accelerati. Era solo una voce, ma una voce molto sexy.

«D'accordo. C'è un caffè molto carino in città, lungo la strada principale. Ci vediamo lunedì alle due. Le può andar bene?»

«Sì, è perfetto. Gran parte degli ospiti del fine settimana saranno già partiti.»

Dopo essersi salutati, Lulu mise giù il telefono, incuriosita dall'uomo dietro a quella voce. Guardò l'ora e sussultò. Doveva sbrigarsi se voleva fare agli invitati le foto che aveva in mente, perché erano attesi per le quattro.

Uscì di corsa dalla locanda per raggiungere l'auto. Sopra di lei, il cielo si aggrappava agli ultimi filamenti rosati che attraversavano le nuvole, in una promessa di bel tempo per il giorno seguente.

Mentre percorreva il viale d'accesso all'abitazione di Cami, si sentì improvvisamente felice. L'edificio non poteva competere, per dimensioni, con quello che in California aveva sempre definito casa, ma era il posto più caldo e accogliente in cui avesse mai vissuto.

Uscì dalla macchina e corse dentro, fermandosi per fare una carezza a Sophie. Non c'erano dubbi su chi comandasse lì dentro: come per ogni bassotto che aveva conosciuto, era lei il capo.

L'ala per gli ospiti, lontana dalla zona principale della casa, era tranquilla. Si tolse gli abiti da lavoro, corse in bagno a rinfrescarsi, e ne uscì con il viso pulito, il trucco rifatto e gli aromi floreali di un costoso profumo che le piaceva tanto.

Era davanti al guardaroba e cercava di scegliere l'abito perfetto per il matrimonio, quando Cami bussò e infilò la testa attraverso la porta.

«Ti prepari per tornare all'hotel?»

«Sì. Anche se si tratterà di una piccola cerimonia, come sai, tutto è stato fatto senza badare a spese. Solo i fiori devono essere costati una fortuna. Ho saputo che hanno preso un trio musicale per suonare pezzi romantici. Sai di chi si tratti?»

Cami le sorrise, birichina. «Sì, lo so. Ma è tutto quello che posso dirti. Penso che ci sia una piccola sorpresa per te.»

CAPITOLO TRE

Lulu corse nella lobby della locanda, appena in tempo per vedere due coppie dirigersi al banco della registrazione. Una delle ragazze era una bellissima e minuta giovane donna asiatica, in pantaloni scuri e giacca bianca di pelliccia. L'altra e i due atletici compagni sembravano appena usciti da una rivista sportiva, con gli scarponcini da escursionismo, jeans e parka leggeri.

Prima che Lulu li raggiungesse, Sarah entrò nel salone d'ingresso, seguita da Lee. «Finalmente! Eccovi qua» strillò. Mentre abbracciava le amiche, Lee strinse la mano agli uomini e ringraziò le donne per essere venute.

Laurel arrivò dietro a Lulu e osservò con discrezione il gruppo, insieme a lei.

Sarah le notò e fece un gesto perché si avvicinassero. «Vorrei presentarvi i miei migliori amici.» Diede un'occhiata a Lee. «I *nostri* migliori amici. Ehi, voi, loro sono Laurel Nelson, la coordinatrice delle nozze, e Louise Kingsley, la nostra fotografa speciale.»

Un pensiero sembrò attraversare il volto della più alta, come se avesse riconosciuto Lulu. La studiò con interesse ma, con suo gran sollievo, non disse niente.

Sarah mise un braccio sulle spalle della donna asiatica. «Lei è Amy Chou. È stata la mia compagna di stanza il primo anno alla Boise State University, ed è ancora tra le mie migliori amiche, adesso che frequentiamo il master.» Indicò l'altra. «Mindy Peters, è una nostra comune amica.» Si voltò verso gli uomini e indicò il più basso. «Sam Dwyer è amico e collega di laboratorio di Lee, e Elliot Brinkman è il loro assistente didattico.»

«Lavoriamo insieme a un progetto universitario di ricerca sulla genetica» spiegò Lee. «Siamo buoni amici da parecchi anni, ormai.»

Mentre faceva le foto, Lulu apprezzò la familiarità che c'era tra gli uomini. Anche se erano abbigliati in modo sportivo, era sicura che fossero molto brillanti nel loro lavoro. Avevano occhi che luccicavano di intelligenza.

Si concentrò sulle donne, facendo numerosi scatti. Era gradevole ascoltare l'allegro brusio della loro conversazione, e le piaceva l'espressione felice dei volti.

Un cellulare trillò e smisero tutti di parlare. Sarah prese il proprio dalla tasca, lo guardò, e fece un'espressione preoccupata.

«È tua madre?» domandò Amy, con apprensione.

Gli occhi della ragazza si riempirono di lacrime. «Sarà furiosa che io sia andata avanti con questo piano, ma è una donna priva di compassione. Non c'è da stupirsi che mio padre l'abbia lasciata ormai da anni.»

Dopo un paio di fotografie, Lulu spostò l'obiettivo da loro.

Mindy si voltò e le disse: «Sua madre è piena di pregiudizi e l'ha avvertita che, se avesse insistito con lo sposare Lee, non le avrebbe mai più parlato.»

Lulu si impose di rimanere in silenzio, ma pensò: *Scelta facile. Sposalo.* Aveva visto sufficiente intolleranza e odio perché le bastassero per tutta la vita.

Amy continuò a guardarla. «Triste, non è vero? E, come non fosse abbastanza, la famiglia di Lee ha già scelto chi dovrà sposare il figlio. Me.» Guardò Lee. «Non saremmo affatto una coppia azzeccata. Non siamo interessati l'una all'altro.» Si voltò e sorrise timidamente a Sam.

«Esatto» confermò Lee. «Tutte queste idee antiquate

devono sparire.»

«Tra l'altro, Amy e Sam stanno benissimo insieme» aggiunse Sarah. «Come me e Lee.»

Lulu fece una foto mentre Amy e Sam si sorridevano.

«Adesso che ci siamo tutti, cerchiamo di divertirci» li invitò Sarah. «Lee ha organizzato una festicciola pre-matrimonio.»

«Mi sembra una buona idea. Ricordatevi di coinvolgermi, di qualsiasi cosa abbiate bisogno. Vogliamo che queste nozze siano perfette» disse Laurel, lì vicina.

Dopo che furono uscite dalla lobby, Laurel si girò verso Lulu. «È un peccato che questo momento sia funestato da questi risvolti cupi. Ma Lee ha fatto tutto il possibile per renderlo memorabile per tutti. Aspetta di vedere i gioielli di giada che ha comprato per le tre amiche! E gli uomini riceveranno dei buoni regalo.»

«È un vero guaio che l'atteggiamento della madre di Sarah sia così terribile, riguardo alle nozze. Mi domando cosa dirà la famiglia di Lee, su questo matrimonio.»

«Per quanto ci riguarda, non sono affari nostri» rispose Laurel. «Abbiamo avvertito la reception di non passare nessuna telefonata alla stanza di Sarah e Lee.»

«Mancano solo poche ore, e saranno finalmente sposati.»

«Sì, e potranno tirare un po' il fiato.» Laurel fece un sospiro. «Non mi piacciono i matrimoni segreti.»

Lulu era in cucina a parlare con Darren del menu speciale che aveva preparato per il ricevimento, quando Cami entrò.

«Dobbiamo anticipare la cena. Il padre di Lee sta arrivando alla locanda. Ha mandato un messaggio al figlio per avvertire che sarà qui entro due ore.»

«Dove sono gli sposi, in questo momento?» domandò

Lulu. «Era previsto che facessi qualche scatto a Sarah mentre si preparava.»

«Sono a Chandler Hall, e la cerimonia nuziale è già cominciata. Fai più foto possibile, perché non siamo riusciti a contattare il cine-operatore assunto da Lee per comunicargli il cambio di programma.»

Lulu corse in ufficio, afferrò la fotocamera, e si precipitò a Chandler Hall.

Aprì la porta senza fare rumore ed entrò. Il Reverendo James Bliss, che aveva celebrato lì molti matrimoni, disse: «E ora vi dichiaro marito e moglie.»

Lulu controllò l'orologio. Solo un'ora e mezza prima aveva incontrato il gruppo alla reception. Corse verso la scena del matrimonio e iniziò a scattare foto della coppia felice, dell'ambientazione e del corteo nuziale.

«Sarah, il suo vestito è splendido» disse alla sposa. «Si fermi qui, che faccio qualche scatto.» La abbracciò brevemente e fece un passo indietro per ammirarla.

Seppur non bella, Sarah aveva qualcosa che, nel complesso, la rendeva attraente: un sorriso spontaneo, luminosi occhi azzurri e capelli biondo chiaro, color del grano. L'abito era un tubino in tessuto bianco satinato, con maniche corte. Un motivo di fiori ricamati, fatti con minuscole perline, rifiniva l'orlo, che arrivava appena sotto il ginocchio. Semplice, ma elegante, era perfetto per quella cerimonia privata. Sarah sfoggiava al polso destro un braccialetto d'oro e giada e, ai lobi, degli orecchini ugualmente di giada, senza dubbio regalati da Lee. Notò che anche le due amiche avevano orecchini con la stessa pietra.

Quando ebbe fatto a Sarah un numero adeguato di foto, Lulu chiamò Lee. «Si metta vicino a lei. E poi, faremo degli scatti con tutti voi insieme.» Le ragazze indossavano semplici abiti a trapezio color oro. Gli uomini avevano blazer blu e pantaloni grigi.

Dopo averli ritratti in varie pose, Lulu si avvicinò a Sarah. «Perché non mi ha avvertito? Le avrei fatto delle foto mentre indossava il vestito da sposa e le amiche la aiutavano a prepararsi.»

Sarah agitò una mano davanti al volto, per scacciare le lacrime. «Mi spiace, ma non volevo dare a qualcuno l'impressione sbagliata, piangendo mentre indossavo l'abito nuziale. È un momento così felice, per me. O, comunque, dovrebbe esserlo. Le nostre famiglie non ci semplificano per niente le cose.»

Lee si avvicinò. «Procediamo subito con la cena. Darren mi ha assicurato che ha fatto il possibile perché fosse tutto come desideravo.» Mise un braccio sulla spalla di Sarah e la strinse a sé. «Spero che tu sia soddisfatta.»

Lei gli sorrise. «So che sarà così. È il nostro ricevimento di nozze.»

Lulu osservò il frenetico viavai del personale di cucina e dei camerieri, che collaboravano per sistemare il cibo su un grande supporto girevole, posizionato al centro del tavolo.

Lee le disse: «Per favore, faccia una fotografia di ognuno dei piatti, mentre li descrivo. Voglio che i miei genitori sappiano che ho rispettato alcune delle tradizioni.»

«Non vedo l'ora di scoprirle anch'io» rispose Lulu. «È interessante conoscere le abitudini di culture differenti. Potremmo anche includerne qualcuna nel nostro programma di nozze.»

«Cercherò di dare una spiegazione esauriente.» Lee avvicinò la sedia a Sarah e si accomodò alla tavola, come gli altri. «Invece di servire una portata dopo l'altra, come si fa per i matrimoni numerosi, ho chiesto a Darren di portare tutti i piatti insieme, in modo che ognuno possa assaggiare ciò che preferisce. Ma, prima, vi dirò il significato di ogni pietanza.»

Indicò un piatto di pezzi di maiale dalla cotenna dorata. «Il maiale rappresenta la purezza della sposa, in particolare per la croccantezza della pelle.»

Mentre tutti si servivano per provarlo, Lee continuò.

«Le chele di granchio rappresentano lo sposo, il Drago. Le capesante con asparagi sono l'augurio di avere molti figli, perché la parola "capesante" in cinese assomiglia molto alla parola "bambini". L'astice è saltato in padella con zenzero e cipolle e guarnito con il coriandolo. Ma è il colore rosso dell'astice a essere importante. Il colore rosso porta fortuna, ed è per questo che abbiamo così tanto rosso su questa tavola e nei fiori del matrimonio. Non siamo riusciti a procurarci dei piccioni, ma il pollo che vedete simboleggia la pace.»

«Allora è il caso di mangiare un bel po' di pollo» lo canzonò Sam.

Tutti quanti risero e la tensione che aleggiava si dissolse. Dopo avere versato vino e birra, tutti si dedicarono ad assaporare l'interessante assortimento di cibi, che rappresentavano elementi così importanti per gli sposi.

Lulu fotografò le portate e gli amici che festeggiavano tutti insieme a tavola, e poi disse a Lee: «Buon appetito. Sono a vostra disposizione in qualsiasi momento. Basta che mi diate un colpo di telefono.»

Lulu stava per prendersi qualcosa da mangiare al volo in cucina, quando l'impiegata addetta alla registrazione degli ospiti arrivò correndo. «Lulu, vieni subito! Cami ha bisogno di te.»

Rimise sul piatto il sandwich che era in procinto di addentare e uscì di volata dalla cucina.

Nella lobby, Cami era in piedi e fronteggiava un uomo arrabbiato. Le rivolse uno sguardo disperato.

«Il signor Wing vorrebbe parlarci del matrimonio del figlio. Ho cercato di spiegargli che Lee e Sarah sono ospiti della locanda e non desideriamo che vengano disturbati. Gli ho anche detto che è libero di chiamare il figlio al cellulare e aspettarlo qui, ma che non possiamo permettergli di interromperli senza avere avuto il loro consenso. Abbiamo delle regole da rispettare, per quanto concerne la privacy dei clienti.»

«Capisco» disse Lulu, prendendosi un attimo per ragionare sulle prossime mosse. Allungò la mano. «Signor Wing, il mio nome è Louise Kingsley, sono la fotografa assunta da suo figlio e sua nuora. Posso offrirle qualcosa da bere?»

«Cosa ne dice se portiamo anche qualche stuzzichino?» aggiunse Cami, sorridendole riconoscente. «E, signor Wing, che cosa preferisce: tè, caffè, vino?»

L'uomo sospirò per la frustrazione e poi disse, a bassa voce: «Un calice di vino mi farebbe piacere. Ho fatto tutto di corsa, per venire fin qui. E, adesso che so che è troppo tardi, ho bisogno di qualche istante per ragionare sulla faccenda.»

Lulu lo fece accomodare su un divano del soggiorno. «Si sieda qui. E, se le interessa, posso mostrarle qualche scatto che ho fatto.»

Lui si sedette sul sofà e appoggiò la testa tra le mani. Quando la risollevò per guardare Lulu, gli occhi erano colmi di tristezza. «Le tradizioni non sono sempre facili da seguire, e lo capisco. Ma i giovani d'oggi non hanno idea di quanto siano liberi, rispetto a com'è stato per la mia generazione.»

Lulu lo esaminò. Era un bell'uomo ben vestito, con i capelli grigi alle tempie. Nonostante l'atteggiamento severo iniziale, notò che delle rughe di espressione gli addolcivano lo sguardo e si rilassò.

Cami tornò con le fotocamere di Lulu. «Ho pensato che

potessero servirti.» Si voltò all'arrivo di una cameriera che portava un vassoio di spuntini, due bicchieri e una bottiglia di vino già stappata.

Lulu avvicinò un tavolino al divano e aiutò ad appoggiarvi sopra le varie cose.

Cami versò il vino nei calici e, dopo aver scambiato con lei occhiate rassicuranti, se ne andò.

Lulu sollevò il bicchiere. «Faccio un brindisi alla sua salute e felicità, signor Wing.»

Lui fece un cenno col capo. «E alla sua.»

Mentre il vino le scendeva lungo la gola, Lulu lo teneva d'occhio. Mentre osservava il suo volto distendersi un po', pensò che era stato giusto offrire quel gesto di ospitalità per controbilanciare il rifiuto di fargli interrompere le nozze di Lee e Sarah. Di norma, non avrebbe consumato del vino con un cliente, ma sapeva che sarebbe stato maleducato lasciar bere il signor Wing da solo.

Sorseggiarono dai loro calici e assaggiarono gli stuzzichini in silenzio, finché lui disse: «So cosa significa sfidare le tradizioni. I nostri vecchi hanno sempre accusato quelli della mia generazione di essere irriverenti, e adesso i miei figli mi mettono ulteriormente alla prova.»

«Lasci che le mostri alcune delle fotografie. Penso che vi troverà la risposta ai suoi dilemmi.» Prese la fotocamera digitale e cominciò a scorrere gli scatti insieme a lui. Anche se era una persona modesta, Lulu si rese conto di avere colto la vitalità, l'allegria e la spontaneità di Lee e Sarah insieme.

Il signor Wing rimase silenzioso, finché non arrivarono alle foto dei cibi. A quel punto, con gli occhi umidi, balbettò: «Mio figlio non si è dimenticato di tutto. Vedo il colore rosso, la scelta delle pietanze...»

«E il loro amore?» non poté fare a meno di chiedere Lulu.

«Vedo anche quello.» Si alzò e andò a una delle finestre per guardar fuori.

Lulu rimase seduta in silenzio, mentre lui puntava gli occhi nell'oscurità.

«Padre?»

Al suono della voce di Lee, il signor Wing si voltò. «Figliolo?»

Tenendo Sarah per mano, Lee si mosse nella sua direzione. Arrivato di fronte a lui disse, con voce malferma: «Io e Sarah siamo sposati, ormai. Speriamo che tu voglia concederci la tua benedizione.»

Il padre lo guardò e poi annuì leggermente. «Non mi metterò contro di voi, ma vorrei che mi facessi il favore di scrivere al signor Chou per informarlo della tua decisione. D'accordo?»

«Sì, ma non serve. Amy è qui con noi. È stata invitata alle nostre nozze insieme al suo ragazzo. È quello che desideravamo entrambi.»

Il signor Wing sgranò gli occhi per la sorpresa, ma subito riprese il controllo. «Di questo parleremo più avanti. Ora, devo chiedere a Sarah di perdonare la mia scortesia. Sarai la benvenuta a casa mia e di mia moglie, in qualità di sposa di Lee.» Fece un breve sorriso. «Sono certo che Mei vorrà festeggiarvi adeguatamente, quando verrete a San Francisco.»

«Grazie» rispose Sarah. «Ne sono onorata.»

«Grazie, Padre» aggiunse Lee.

Anche se la conversazione era stata un po' formale, Lulu si rese conto che avevano fatto enormi passi avanti.

«Vorrebbe unirsi a noi? Mangeremo la torta e suoneremo un po' di buona musica» disse Sarah al suocero. Poi si rivolse a Lulu. «Vuole venire anche lei?»

Lulu prese le fotocamere e, insieme al signor Wing, seguì Lee e Sarah in direzione di Chandler Hall. Era curiosa di scoprire quale fosse il gruppo di cui Cami le aveva parlato. Era stata una serata piena di sorprese e, secondo la sorella, ce n'era un'altra che l'aspettava.

Le note di una musica soffusa si diffondevano nell'aria per accoglierla, mentre si avvicinava all'edificio.

Anche se era stata dedicata al matrimonio e al ricevimento solo una porzione di Chandler Hall, l'intera facciata risplendeva di scintillanti lucine. All'interno, scoprì che la stessa cura era stata messa nell'accoglienza degli ospiti.

Sarah e Lee li condussero nella zona riservata, davanti al camino. Lulu si bloccò. Tre musicisti, alla tastiera, alla chitarra e alla batteria, eseguivano una piacevole e morbida melodia jazz. L'uomo che suonava la chitarra catturò il suo sguardo e le strizzò l'occhio.

Lulu sussultò. Anche se non era quello il genere di musica che stava suonando, Miguel Lopez sembrava in tutto e per tutto la rock-star più affascinante che avesse mai visto.

«Cami ha detto che saresti stata sorpresa di incontrare Miguel» disse Laurel, raggiungendola. «Anche se lui non vuole ammetterlo, è davvero molto bravo. E ha proprio il *physique du rôle.*»

«Già» rispose Lulu, in automatico. La sua testa continuava a vorticare alla vista di lui nella semi-oscurità, con i jeans attillati e la camicia bianca a maniche lunghe che mostravano ogni guizzante muscolo del suo corpo, allenato dal lavoro nei vigneti.

«Sorpresa?» Cami le sorrise con fare birichino, avvicinandosi. «Ti conviene fare un bel po' di foto. Ho fatto fatica a convincere Miguel a sostituire il ragazzo che suona di solito in questo gruppo.»

«Ottima scelta» disse Laurel. «Mindy mi sembra già pronta per cadere a terra svenuta.»

Tutt'e tre scoppiarono a ridere. I matrimoni potevano essere molto interessanti.

CAPITOLO QUATTRO

La melodia romantica della musica commosse Lulu. Si augurava di poter un giorno incontrare l'uomo dei suoi sogni e condividere una tranquilla cerimonia come quella. Qualcosa di intimo e ristretto.

Sollevò lo sguardo e incontrò quello di Miguel su di lei, sentendo un improvviso calore al volto. Non solo il suo aspetto la attraeva moltissimo, ma lui l'aveva protetta da quel tizio infuriato del ristorante. Ed era qualcosa che per lei significava davvero tanto.

Il signor Wing si alzò da tavola e chiese a Sarah di ballare. La sorpresa sul viso di lei fu eloquente quanto l'espressione di gratitudine di Lee. Silenziosa e un po' defilata, Lulu cominciò a scattare delle foto, e notò le lacrime nei loro occhi. Probabilmente erano spinti da differenti motivazioni, ma si trattava proprio di quelle situazioni tenere e delicate che aveva sperato di immortalare.

In passato, Lulu aveva avuto molte occasioni per studiare i comportamenti delle persone che si accalcavano intorno al padre come falene attratte da una fiammella, e aveva imparato a cogliere dettagli non sempre evidenti. Era per quel motivo che le sue fotografie erano così efficaci. E quella sera era felice di avere sviluppato una simile capacità.

Quando la musica si interruppe, il signor Wing si avvicinò ad Amy. Lulu lo sentì mentre le diceva: «Domani parlerò con tuo padre.»

Amy strinse le mani al petto in un gesto di riconoscenza. «L'ho chiamato io stessa, dopo la cerimonia, ma sarebbe importante se voi due vi parlaste. Mi spiace se ho offeso lei o la sua famiglia. Non ho mai avuto l'intenzione di mancarvi di rispetto.»

Lui la guardò dritta negli occhi. «Il rispetto tra le famiglie è importante. Parlerò a tuo padre di quanto ho visto e sentito. Ti auguro la stessa felicità che ha trovato mio figlio.» Si voltò a guardare Lee e Sarah che ballavano e disse: «Ah, essere così giovani, coraggiosi, audaci...»

Mentre pronunciava quelle parole, Lulu notò il rimpianto riflesso nei suoi occhi e capì che vi albergava una triste storia.

«Ora devo andare» disse il signor Wing, raggiungendo Lee.

Laurel corse da lui. «Perché non si ferma da noi, questa notte? Le abbiamo preparato una stanza.»

L'uomo scosse il capo. «Devo andare a Portland. Domattina presto mi attende un volo per tornare a casa. Ho delle cose da sbrigare.»

«Capisco. Possiamo fare qualcosa per renderle il viaggio verso Portland più gradevole? Una bottiglia d'acqua e uno spuntino, magari?»

Di nuovo, fece un gesto di diniego. «Grazie, ma il mio autista ne è già rifornito.»

Laurel lo guardò, preoccupata. «Un autista? Oh, santo cielo! Ed è rimasto ad aspettarla per tutte queste ore?»

«Sì, ma va bene così. L'avevo avvertito che ci sarebbe voluto un po' di tempo.»

Sentendolo parlare in quel modo, Lulu si rese conto che quella serata, in cui era andato tutto così bene, avrebbe potuto benissimo trasformarsi in un completo disastro. Il padre di Lee era abituato a veder funzionare tutto secondo le sue direttive. Le fu quindi ben chiaro quanto dovesse amare il figlio.

Lee e Sarah uscirono dalla sala insieme a lui.

«Cavoli! Sono contenta che sia tutto finito» disse Amy

lasciandosi cadere sulla sedia. «Non sono mai stata così nervosa in tutta la mia vita. Il signor Wing avrebbe potuto diventare mio suocero.»

«Sembra un brav'uomo» commentò Laurel.

«Ed è così, ma è ancor più all'antica di mio padre. E, comunque, io sono innamorata di Sam. I miei genitori sapevano già che non avrei sposato Lee, ma non era una cosa che potessi dire al signor Wing.»

Poco più tardi, Lee tornò da loro. «Per me e Sarah è venuto il momento di ritirarci, ma vi invito a rimanere, continuare a ballare e divertirvi.»

«Io e Amy siamo un po' stanchi per il viaggio. Penso che andremo in camera.» Lo sguardo che Sam rivolse alla sua ragazza indicava che non erano così stanchi da non potersi divertire un po' insieme.

Mindy si girò verso Elliott. «E tu, cosa vorresti fare?»

Elliott le mise un braccio intorno alla vita. «Anch'io sono pronto per ritirarmi.»

Laurel chiamò il personale di sala perché cominciasse a riordinare. Lulu fece qualche scatto ai resti della torta e ai musicisti che riponevano i loro strumenti. Le nozze Pendleton/Wing erano terminate. Avrebbe fatto qualche foto al gruppo l'indomani mattina, e poi anche il suo lavoro sarebbe finito.

Si mise le fotocamere al collo e si preparò ad andarsene.

«Ehi! Dove stai andando?» le disse Miguel, raggiungendola.

«Pensavo di tornarmene a casa. Per stasera, il mio lavoro è concluso.»

Lui le sollevò il mento e le rivolse un sorriso dispiaciuto. «E quell'ultima canzone? L'ho suonata per te. Non lasciare che la serata termini proprio adesso. Facciamo un salto al Green Grape: vorrei avere la possibilità di conoscerti meglio.»

Ogni suo istinto le suggeriva di dire di no. Quella mano, sfiorandole il mento, le aveva scatenato un'ondata allarmante di calore attraverso il corpo.

«Su, dai... Per favore. Non mi hai permesso ancora di scusarmi, dall'ultima volta che siamo stati là. Dammi l'occasione per rimediare.»

Lulu sospirò. «D'accordo. Lasciami il tempo di depositare le fotocamere nel mio ufficio, e ti raggiungo qui fuori.»

Lui le sorrise, raggiante. «Affare fatto. Scalderò il motore del pick-up mentre ti aspetto.» La sua espressione le fece capire che non era l'unica cosa che aveva intenzione di scaldare.

Era sabato sera e il Green Grape era pieno zeppo. Miguel la prese per mano e la trascinò attraverso la folla.

«Dove stiamo andando?» domandò Lulu, districandosi tra la gente che ballava.

«Ho chiamato per riservare un tavolo» rispose lui. «Conosco una delle ragazze del bar.»

«Non ne dubito» commentò caustica, di rimando, e si chiese perché si fosse lasciata convincere a uscire con lui. Mentre le faceva strada, Miguel le ricordava alcuni degli addetti alla sicurezza di suo padre. Lulu fu felice di notare che il tavolo prenotato per loro era piccolo e defilato.

«Cosa ti porto? Vino? Birra?»

«Birra, direi. Una marca a tua scelta andrà bene.» Di tanto in tanto si concedeva una birra e, con tutti i micro-birrifici che c'erano nel nord ovest, aveva scoperto che c'erano estimatori di quella bevanda esigenti quanto lei lo era per il vino.

«Torno subito» disse Miguel, e si diresse verso il bancone.

Lulu era assorta nei pensieri riguardo a Lee e suo padre, quando si accorse che si avvicinava qualcuno. Si voltò. Una giovane donna con lunghi capelli scuri scivolò sulla sedia vuota al suo tavolo.

«Mi spiace, questo tavolo è riservato» le disse.

«Lo so benissimo» rispose quella, con tranquillità. «Volevo solo darti un'occhiata, e avvertirti che io e Miguel siamo già d'accordo. Quando la farà finita con tutte queste sciocchezze, abbiamo in programma di sposarci.»

«Ma tu chi sei?» le domandò Lulu e si chiese perché nessuno l'avesse avvertita che era fidanzato.

La donna guardò la folla intorno a loro e si alzò. «Mi chiamo Maria Ramos. Non scordartelo.»

Mentre correva via, Miguel arrivò con le birre. «Chi era?»

«Come, non riconosci la tua fidanzata?»

Lui appoggiò i drink con maggior violenza di quanto fosse necessario e si guardò in giro. Dopo un attimo si voltò verso di lei e sedette. «Se intendi Maria, non è la mia fidanzata!» Miguel si passò la mano tra i lucidi capelli neri. «Si è trattato di un errore. Tutto quanto.»

«Non serve che mi parli della tua vita amorosa» disse Lulu, scossa dall'episodio.

Gli occhi castano scuro di Miguel la osservarono, increduli. «Mi stai accusando di qualcosa, senza sapere che cosa è successo davvero? Proprio tu?»

Le guance di Lulu presero fuoco. Si stava comportando nella stessa maniera orribile dei giornalisti e degli altri componenti dei mezzi di informazione, che decidevano che qualcosa era vero anche se non avevano indagato sui fatti. Si allungò per toccargli una mano. «Scusami. Vai avanti, per favore.»

«Io e Maria stavamo insieme, alle superiori. Quel genere di cose che succedono tra il giocatore di football e la cheerleader. Al termine dell'ultimo anno, prima di partire per l'università, lei voleva che ci sposassimo. Io le ho detto di no, che avevo ancora molta strada da fare.»

«È convinta che tu te la stia spassando un po', per così dire, prima di sistemarti con lei.»

Il sospiro di Miguel la diceva lunga. «Ho cercato di spiegarle che non succederà mai, ma non vuole ascoltarmi. Non ho intenzione di sposare nessuno, finché non sarò sicuro di essere pronto. Faccio del mio meglio per ignorarla, ma a volte mi sento perseguitato.»

Mentre lo ascoltava, Lulu provò comprensione per lui. Avendo visto quello che era successo a suo padre, capiva bene come doveva sentirsi. «Cerchiamo di godercela, e basta. È stata una giornata impegnativa per me, anche dal punto di vista emotivo, e ho bisogno di rilassarmi.»

Mentre sorseggiavano le loro birre, cominciarono a parlare dei vigneti e di come le tre proprietà – Chandler Hill, Taunton Estates e Lone Creek – avrebbero potuto fare grandi cose insieme. Le birre diventarono due e poi tre.

A Lulu piaceva l'atmosfera del locale e la possibilità di raccogliere il punto di vista di Miguel sulla vita nella valle. Si rese conto di quanto fosse esperto sulla coltivazione della vite. E aveva un modo di ascoltare le sue domande che la faceva sentire unica e importante.

La guardò. «Bene, adesso conosci qualcosa su di me e su come mi guadagno da vivere. Cosa dovrei sapere di te, a parte il fatto che sei figlia di tuo padre, sorellastra di Cami e che lavori a Chandler Hill? Quali sono i tuoi passatempi? E che cosa ti piace fare?»

Lusingata, Lulu rispose: «Dunque, amo la fotografia e catturare alcuni aspetti delle persone quando meno se l'aspettano. Cami mi ha chiesto di dare una mano durante il ricevimento di stasera e mi sono appassionata molto. Spero che capiti ancora. Che cosa mi piace? Il cioccolato belga e, proprio come a Cami, le rose di colore rosa. Ecco qua, ti basta?» Aveva imparato dalla politica che non bisogna mai raccontare troppo di se stessi.

Ridendo, Miguel scosse la testa. «Beh, è un inizio. Ma non è molto. Voglio conoscere tante altre cose su di te. Hai fratelli e sorelle?»

Ascoltò in silenzio, con un'espressione sempre più triste sul volto, mentre lei gli raccontava di Teddy.

«Mi spiace. Non riesco a immaginare come sia, perdere un fratello. È terribile.»

«E tu? Sei figlio unico oppure no?»

«Io? Ho tre sorelle più grandi.» Ridacchiò. «Pensa a come può essere stata la mia vita, crescendo con quelle tre che cercavano di comandarmi.»

Cami rise con lui. Senza dubbio l'avevano coccolato e viziato moltissimo. Doveva essere stato un ragazzino adorabile. E, di sicuro, era un uomo parecchio attraente.

Miguel si sporse in avanti. «Ascolta, vorrei la tua opinione su un'idea che mi è venuta, per rimettere a posto la fattoria di Taunton Estates. Ti andrebbe di darmi una mano?»

«Certo. Quando vuoi.» Adesso che si sentiva molto più a suo agio con lui, era curiosa di vedere che cosa avesse in mente.

«E se lo facessimo adesso?» le chiese, sorridendo.

Lo guardò sconcertata. «Stai scherzando? Fuori è buio.»

«Lo so. È per questo che voglio mostrarti una cosa ora. È un'idea che può sembrare un po' assurda ma, dopo averti parlato, spero proprio che non riderai di me.»

«Va bene» acconsentì Lulu, più rilassata, e più propensa a divertirsi di quanto lo fosse stata per molti mesi.

Dopo aver pagato il conto ed essere uscito dal locale, Miguel la aiutò a salire sul pick-up. Mentre si metteva al posto di guida, si voltò verso di lei. «Allora, ti va bene se andiamo adesso? Possiamo anche farlo un'altra volta. Abbiamo entrambi bevuto parecchia birra.»

«Come ti permetti?» rispose Lulu. «Reggo l'alcool molto bene, grazie.»

Lui rise. «Non volevo insinuare che fossi ubriaca. Volevo solo dire che... oh, non importa. Tu stai bene. E anch'io. Va tutto alla grande.»

Mentre si dirigevano ai Taunton Estates, Lulu si appoggiò allo schienale e fece un sospiro soddisfatto. Si sentiva così rilassata. Anche se non aveva avuto delle relazioni serie, non ricordava l'ultima volta in cui si fosse sentita così attratta da un uomo. C'era stata una breve avventura con Kirk Ketcham, uno studente universitario che lavorava alla campagna di suo padre, e di sicuro anche Wilson Chambers era stato molto interessato a lei. Ma attribuiva le sue attenzioni al fascino dei contatti politici che avrebbe potuto ottenere da una tale relazione. Parlava già di candidarsi per una carica locale.

«Siamo arrivati» disse Miguel, sottraendola ai suoi pensieri.

Quando scesero dal camioncino, l'aria era frizzante. Guardò verso lo scuro cielo settembrino. La luna piena risplendeva fluttuando sopra di loro, come una luce che li accogliesse al ritorno a casa. Le stelle brillavano, rivolgendo loro occhiate silenziose.

«Entra» la incoraggiò Miguel. «Così potrai vedere ciò di cui ti ho parlato.» Allungò una mano, e Lulu la accettò. «Noi quattro proprietari della cantina Lone Creek abbiamo intenzione di mettere a posto questo edificio, perché possa diventare la mia abitazione, ma anche per usarlo, occasionalmente, per degli eventi. Quindi, anche se è forse un po' più grande di quello che di norma sceglierei, voglio renderlo unico e speciale per me.»

«Se ho ben capito, sono tutti d'accordo a rimetterlo a posto. Drew non vede l'ora.» Delle tre case nelle differenti proprietà, inclusa quella di Cami, quella era la preferita di Lulu. Il rivestimento in stucco bianco e il tetto mansardato le conferivano un tocco europeo.

«Tutti gli aspetti tecnici relativi alla proprietà dei beni saranno sistemati con gli avvocati, ma potrò viverci per tutto il tempo che vorrò, così come la casa di Lone Creek è a disposizione di Dan e Becca.»

«A quanto pare, avete pensato a tutto.»

La condusse ai gradini del portico anteriore, accese l'illuminazione esterna e interna e la invitò a entrare.

Cami sbatté le palpebre per abituarsi a quella luce improvvisa e si guardò intorno. Al momento, era il classico posto in cui vive un uomo. Niente di elaborato, solo l'arredamento essenziale, pareti bianche e una moquette anonima.

«Adesso che lo guardo insieme a te, capisco quanto lavoro ci vorrà per rendere questo posto accogliente come le case delle altre proprietà» osservò Miguel. «Ma, come ho detto agli altri, la struttura è buona. In questo momento, ci sono quattro camere da letto e due bagni e mezzo. Intendiamo fare delle modifiche e aggiungere uno o due bagni. Dan è bravo a studiare queste cose.»

«Sono curiosa. Cos'è che volevi farmi vedere?» Già aveva in mente alcuni cambiamenti all'arredo e ai colori.

«Al piano superiore. Seguimi.»

Lulu lo guardò in modo interrogativo e lo seguì sulla scala. Quando si accorse che si stava concentrando sul suo didietro, disse a se stessa di smetterla con le fantasie. Quell'uomo non intendeva impegnarsi con nessuna e per il momento voleva continuare così.

Quando arrivarono all'ingresso di una grande camera da letto, si fermò con un tuffo al cuore. «Era questo? Una scusa per portarmi qui?»

«Che cosa? No! Questa è la zona dove voglio fare le modifiche più importanti. Vieni con me.»

La accompagnò a una porta di vetro scorrevole e uscirono insieme sul terrazzo. In piedi di fianco a lui osservò con ammirazione il paesaggio circostante. La luce lunare rivestiva le colline e i vigneti di un riflesso argenteo che toglieva il fiato.

«Ho visto in televisione qualcosa del genere, e vorrei farlo qui. Dimmi cosa ne pensi. Per prima cosa, amplierò il terrazzo e, invece di lasciarlo scoperto, voglio costruire un tetto con un lucernario e racchiudere il tutto con degli ampi finestroni scorrevoli in vetro che funzionerebbero da pareti. Questa sarebbe la camera da letto principale. Lo spazio all'interno, invece, potrebbe essere destinato a un guardaroba, altri armadi, un ampliamento del bagno, e altro.»

«Sarebbe come stare sotto le stelle» commentò Lulu a bassa voce, guardando il cielo, e immaginò come potesse essere dormire lì, circondata dalla notte, dalla luna e dal firmamento. Allargò le braccia e girò su se stessa, come se potesse circondare tutto quanto.

«Lo sapevo che ti sarebbe piaciuto!» Miguel la guardò, raggiante. «Gli altri cercano di dissuadermi. Sono preoccupati da come riuscire a riscaldare la zona d'inverno e tenerla fresca d'estate. Ma io credo che si possa risolvere il problema con dei pannelli solari, un sistema radiante a pavimento e un impianto di condizionamento adeguato.»

Guardando le stelle, Lulu disse: «Altrimenti, trasformalo in una veranda per dormire – come quelle di una volta – che si possa usare per la maggior parte dell'anno senza problemi. È un'idea troppo buona per abbandonarla.»

Il volto di Miguel si illuminò, avvolto dai raggi lunari. «Sono così contento che tu capisca quello che cerco di fare qui.» La prese tra le braccia e si chinò per baciarla.

A quel tocco, un intenso brivido di desiderio attraversò il

corpo di Lulu e la raggiunse fino al profondo. Gli allungò le braccia intorno al collo, e desiderò di poter trattenere quella sensazione, per lei del tutto nuova.

Le labbra di Miguel incontrarono le sue con dolcezza, e poi si fecero più ardite.

Quando alla fine si separarono, Lulu faticò a riprendere fiato, perché il cuore le batteva forte nel petto.

«Cavoli!» disse Miguel, a bassa voce. «Vieni qui.»

Lulu non esitò a gettarglisi tra le braccia. Non si era mai sentita in quel modo e desiderava di più. Molto di più.

CAPITOLO CINQUE

Più tardi, Lulu era sdraiata sulla moquette della camera da letto, vicino alla porta scorrevole che conduceva sul terrazzo, e ripensava con meraviglia e stupore a quanto era appena successo tra loro. Prima di allora, aveva fatto l'amore solo con un altro uomo, ma quella era stata un'esperienza del tutto diversa.

Dietro di lei e a pancia in su, Miguel sfoggiava un'espressione soddisfatta, illuminata dal bagliore soffuso della luna che brillava sui loro corpi nudi.

Miguel rotolò su un fianco e la attirò a sé. «Sei così bella» mormorò, «e non sei per niente come mi immaginavo.»

«Oh, davvero?» Non aveva molta esperienza e temeva di non essersi dimostrata una brava amante.

Le prese il volto tra le mani e la guardò con tenerezza. «Sei una donna straordinaria, Weezie Lopez!»

Lulu ridacchiò. «Non riesco a credere che Cami sia riuscita a inventarsi un nome così velocemente, ma è una buona copertura.»

«A me piace.» Le labbra gli si piegarono in un sorriso mentre la guardava. «Ma mi piace anche Lulu Kingsley, che è al mio fianco in questo momento. Sei davvero speciale.»

Fecero di nuovo l'amore, lento e piacevole, raggiungendo un'altra esplosione di sensazioni.

Lulu si risvegliò un po' di tempo più tardi e, accortasi dell'ora, si obbligò a spostarsi dal tiepido corpo di Miguel per dirigersi in bagno. Si rinfrescò e rivestì rapidamente.

Mentre si ravvivava i capelli con le dita, Miguel fece

capolino in bagno. «Che succede?»

«Mi spiace, ma non posso fermarmi per la notte. Non voglio pettegolezzi su di noi. Ne ho abbastanza di quel genere di cose. Puoi riportarmi a casa, per favore?»

«Parli sul serio?»

Dalla voce le sembrò ferito, ma decise di mantenere il proposito. Non era pronta per una relazione, finché non fosse riuscita a raccogliere i pezzi della sua vita e a rimetterli insieme. In particolare se si trattava di una relazione all'insegna delle emozioni e non del buon senso. La profondità di ciò che provava, il bisogno che aveva di lui, la spaventava.

La mattina successiva, quando Lulu entrò in cucina, Cami la guardò con un sorriso. «Hai fatto le ore piccole, ho saputo. Becca mi ha detto che tu e Miguel siete andati via insieme, dal Green Grape.»

Lulu appoggiò le mani sui fianchi. «In questa città la gente sa sempre i fatti degli altri?»

«Più o meno» rispose Cami, rivolgendole un sorrisetto canzonatorio.

«Beh, è il caso che queste chiacchiere abbiano subito fine. Nessuno di noi due è pronto a impegnarsi seriamente. E, oltre a questo, sto ancora cercando di far luce su tutto ciò che concerne la morte di mio padre. Problemi personali che devo indirizzare.»

Il sorriso abbandonò il volto di Cami. «Scusa se ti ho preso un po' in giro. Ero solo felice di sapere che uscivi con qualcuno.»

«Non preoccuparti.» Lulu sospirò e guardò fuori dalla finestra. «Ho così tante cose di cui occuparmi. In primo luogo, mia madre.» Si voltò verso Cami. «Non sai quanto ti sia grata di essere qui.»

Il trillo acuto del telefono mise fine alla conversazione. Cami si alzò per rispondere.

Lulu si versò del caffè e uscì sul terrazzo. Anche se l'aria era fresca, si sentiva a suo agio nel morbido accappatoio rosa di spugna che si era comprata di recente. Si era appena sistemata su una delle sedie a dondolo, quando Cami arrivò di corsa, con il telefono.

«La chiamata è per te. Devi rispondere subito.» Le porse l'apparecchio e, invece di andarsene, sedette su una sedia vicino a lei, stringendole la mano, e le rivolse un'occhiata preoccupata.

«Pronto? Signorina Kingsley? Sono il dottor Cleveland della Clinica di Riabilitazione Steelman. Sua madre è stata ricoverata questa mattina, dopo aver attentato alla propria vita con una overdose di barbiturici. Per fortuna, la governante l'ha scoperta in tempo e ha chiamato subito l'ambulanza. Dal momento che le è stata conferita la procura sulle questioni che riguardano sua madre, dovrà firmare alcuni documenti. Sarebbe opportuno potersi sedere insieme a discutere della situazione.»

Lulu si sentì come se le avessero dato un calcio nello stomaco. «Certo, arrivo subito. Stavo solo facendo un periodo di...»

«Non serve che mi dia spiegazioni» rispose il dottor Cleveland con gentilezza. «Quando arriva in città, chiami il mio ufficio per un appuntamento. La sua governante ha il mio numero e quello della clinica. Le suggerisco di non contattare sua madre finché noi due non avremo parlato della cosa.»

Lulu annuì, come se il dottore potesse vederla, terminò la telefonata e restò seduta, immobile, in un silenzio attonito.

Cami la avvolse subito in un abbraccio. «Cos'è successo?»

«Si tratta di mia madre. Ha di nuovo tentato il suicidio. Avrei dovuto essere con lei. Adesso devo tornare a casa.»

«Oh, no! Mi dispiace, tesoro» esclamò Cami. «Cosa posso fare per aiutarti?»

«Puoi guardare i voli da Portland?» La voce le tremava. «Devo prendere il primo aereo disponibile.» Era molto combattuta. Sapeva di avere una responsabilità nei confronti di sua madre, ma sperava anche di costruire un forte rapporto con la sorella. Le lacrime le appannarono la vista. «Mi spiace di non poter essere qui, con il periodo delle vacanze alle porte.

«Non preoccuparti di questo, ora. Prenditi cura di tua madre, e appena potrai ci rivedremo. Terremo la stanza pronta per il tuo rientro.»

«Posso lasciare la macchina? Così, saprò di tornare.»

«Sarà qui ad aspettarti. E anche tutti noi.»

«Alcune bambine sognano la fata madrina. Io ho sempre sognato di avere una sorella. Sono così felice di aver trovato te» disse Lulu, e abbracciò forte Cami, prima di correre in camera a prepararsi per il viaggio di ritorno a casa.

Stava preparando i bagagli quando Cami bussò alla sua porta ed entrò. «C'è un volo da Portland alle undici. Hai il tempo per una doccia e la colazione. Ti do io un passaggio all'aeroporto.»

«Grazie, ma non ho fame. Proverò a mangiare qualcosa più tardi.»

Si spogliò, entrò in bagno e si ficcò sotto la doccia.

I rivoli di acqua calda che le scivolavano sulla pelle erano come le sue lacrime. Sollevò il volto in direzione del getto che proveniva dal soffione. Sapeva che la depressione era terribile per chiunque da sopportare, ma sua madre non sembrava voler fare nulla che le fosse d'aiuto. Tutto ciò che desiderava era ricongiungersi al figlio defunto, un'altra indicazione del fatto che era sempre stata così avvolta dal suo dolore da non preoccuparsi di vivere ed essere vicina a Lulu.

Finì di lavarsi e si asciugò. *È venuto il momento di smettere di piangersi addosso*, si disse. Doveva prendersi cura di ciò che era rimasto della famiglia Kingsley.

Una volta a bordo, Lulu ripensò alla serata con Miguel. Il dubbio la divorava. Immaginare che da quell'incontro potesse o dovesse nascere qualcosa era pura fantasia. Considerando chi lei era e le sue responsabilità nei confronti della madre in California, sarebbe rimasto solo il ricordo felice di una serata in cui aveva dimenticato le preoccupazioni e si era goduta la compagnia di un bell'uomo, la cui gentilezza l'aveva un po' sorpresa.

Quando fu atterrata, si accorse che Miguel aveva provato a chiamarla due volte e scritto un breve messaggio che diceva solo: «Ti prego, fatti sentire. Mi manchi già.»

Lulu lesse e rilesse quelle poche parole, per poi dirsi che i pensieri su Miguel Lopez e Chandler Hill andavano messi da parte, finché non avesse sistemato sua madre. Inoltre, temeva che si trattasse del messaggio standard del mattino, che Miguel spediva alle donne con cui era stato la notte precedente.

Mentre aspettava il bagaglio, gli rispose spiegando che aveva dovuto tornare in California all'improvviso per occuparsi di sua madre e che l'avrebbe contattato al suo rientro in Oregon. Sperava, una volta tornata, di essersi liberata di lui. L'ultima cosa di cui aveva bisogno nella vita era un altro uomo carismatico come il padre. Le donne si gettavano costantemente ai suoi piedi. Ne sarebbe di sicuro arrivata qualcun'altra. Quello che provava per lui era troppo rapido, troppo intenso, una bomba a orologeria pronta a esplodere.

Più tardi, incontrò il dottor Cleveland, un signore gentile di una certa età, che la accolse con simpatia e comprensione.

«Sediamoci un attimo a parlare. Sono consapevole delle difficoltà che ha affrontato e che si trova ad affrontare adesso. Vorrei predisporre un nuovo protocollo per meglio bilanciare la terapia farmacologica di sua madre. È tutto un problema di medicine» disse. «Occorre lavorare insieme per assicurarci che raggiungano lo scopo che ci prefiggiamo. Suggerisco di discutere il piano con sua madre, la governante – di cui lei si fida – e lei stessa.»

«E se non avremo successo?» domandò Lulu, sbattendo le palpebre per trattenere le lacrime.

Gli occhi azzurri del dottor Cleveland si fermarono su di lei. «Non è responsabile di tenerla in vita, Louise. Può esserle d'aiuto ma, alla fine, se le cose andranno male, non deve farsene una colpa.»

«Ma mio padre mi ha sempre detto di tenerla d'occhio. Ci ho provato ma poi, quando sono andata a trovare mia sorella, è successo questo.»

«È una sfortuna e un'ingiustizia che le abbiano dato un tale fardello» rispose il dottore. «Intendo sollevarla subito da un carico così pesante. Coopereremo per tenerla più in salute possibile, ma è tutto quello che possiamo fare. Le scelte che farà sono soltanto sue.»

«Ma non dovrei rimanere con lei? Restare a casa per un po'?»

«Potrebbe aiutare, in effetti» ammise il dottor Cleveland.

«D'accordo, allora è così che farò» rispose Lulu, ma desiderò che le spuntassero delle ali magiche e potesse volare via, verso l'Oregon.

Melba Milner, la governante che lavorava per la famiglia da molti anni, era una bellezza mozzafiato di origini miste, in parte afroamericana e in parte nativa americana. Oltre a essere una delle persone più generose che Lulu conoscesse, Melba era una brillante donna felicemente sposata, che aveva cresciuto due figli meravigliosi: uno era medico e l'altro avvocato. Lulu aveva sempre pensato che suo padre fosse un po' innamorato di Melba, anche se lei non avrebbe mai fatto nulla che potesse far del male a sua madre. Melba adorava Rosalie Stockton Kingsley. Ai bei tempi, erano legate come sorelle e, quando le cose peggiorarono, Melba fu sempre la persona che Rosalie volle vicino a sé.

Lulu era seduta nel soggiorno della lussuosa residenza di Brentwood, dove aveva sempre vissuto. Ma dopo essere stata a Chandler Hill per un paio di mesi, quella casa le sembrava ingombra di mobilio troppo ricercato e dipinti dalle cornici eccessive.

«Non ti preoccupare» disse Melba. «Lavoreremo insieme per aiutare tua madre, come ha chiesto il dottor Cleveland.»

«In tutta onestà, credo abbia sempre desiderato che fossi annegata *io*, non Teddy» rispose Lulu, incapace di nascondere il dispiacere.

Melba si allungò oltre lo spazio che le separava sul divano, e le prese la mano. «No, Lulu, non voglio nemmeno che pensi una cosa del genere. E lo sai anche tu che non è così, se ritorni ai bei momenti trascorsi insieme.»

«Immagino di sì» rispose. «Santo cielo! Che piagnucolona che sono.»

Le labbra di Melba si aprirono in un sorriso amorevole. «No, tesoro. Sei solo una giovane donna che avrebbe voluto avere più tempo con sua madre.»

Gli occhi di Lulu si riempirono di lacrime. «Lo sai quante volte ho desiderato che fossi *tu*, mia madre?»

«Vieni qui» disse Melba, e attirò Lulu tra le sue braccia. «Tu sei la figlia che ho nel cuore.»

Lulu si appoggiò al corpo di Melba e sospirò, grata a quella donna che aveva più o meno tenuto insieme la famiglia. «Ti voglio bene, Melba» disse, credendoci con tutta se stessa.

«Anch'io ti voglio bene, piccolina» rispose Melba. «Te ne ho sempre voluto. E, adesso, parliamo del piano di cui il dottor Cleveland ci ha chiesto di occuparci.»

Lulu si raddrizzò e fece un profondo respiro. «Avremo bisogno di tenere traccia dei farmaci, di quello che mangia e se mostra qualche sbalzo d'umore e quando.»

«E poi?»

«Una volta stabilito lo schema di comportamento, potremo capire quando le dosi delle medicine devono essere aumentate, per un certo periodo. Dovremmo anche riuscire a prevedere l'arrivo della prossima crisi e intercettarla in tempo. È quello che speriamo, almeno. Mia madre si è sempre confidata con te sinceramente, il che, secondo il dottor Cleveland, sarà molto utile nel vigilare sull'assunzione dei farmaci e sugli sbalzi d'umore.»

«Io posso occuparmene durante il giorno» propose Melba. «Ma dovrai spiegare tutto per bene all'infermiera che assumerai per le ore notturne. Dovrebbe essere una cosa normale, per lei, prendere nota di queste cose e controllare che prenda le medicine. E tu sarai qui per aiutarci quando serve. Corretto?»

«Sì, rimarrò di sicuro fino al Ringraziamento» confermò Lulu, anche se avrebbe voluto fare diversamente. «Ma se siete tutti d'accordo – tu, mia madre e il dottor Cleveland – mi piacerebbe tornare a Chandler Hill all'inizio del nuovo anno, o anche prima.»

Gli occhi di Melba si illuminarono per la gioia. «Va tutto bene con la tua nuova sorella? Mi sembra una personcina davvero a posto.»

«Cami è meravigliosa. E anche suo nonno, Rafe Lopez.

Non mi sono mai sentita così accolta e accettata per come sono. Non posso permettere che un rapporto simile vada perduto.»

«Certo che no» convenne Melba. «Cerchiamo di superare le prossime settimane, e poi ti lasceremo tornare in Oregon. Nel frattempo, che cosa intendi fare mentre sei qui?»

«Vorrei provare a lavorare con un fotografo professionista, o almeno frequentare dei corsi online. Ho ancora così tanto da imparare. Ho cominciato a scattare delle istantanee ai ricevimenti di nozze alla locanda e ho scoperto di essere abbastanza portata.»

«Immagino che tu sia esperta, nel capire la gente» commentò Melba. «Hai partecipato alle attività di tuo padre e hai incontrato ogni genere di persona fin da quando eri piccola.»

«Mi ha aiutato a saper individuare le piccole caratteristiche che le differenziano l'una dall'altra.» Lulu sorrise. «A Chandler Hill sono tutti entusiasti di quello che faccio con la mia fotocamera e con i programmi di marketing. E lo sono anch'io.»

«È una buona cosa che tu ti tenga occupata mentre sei qui. E qualcuno che conosco sarà contento che tu sia tornata a casa.»

Lulu la guardò e sollevò un sopracciglio. «Ti riferisci a Wilson Chambers?» A Melba era sempre piaciuto.

Melba le fece un sorriso sincero. «Sì. Ho promesso di informarlo, quando tu fossi tornata a Los Angeles, ma non l'ho ancora chiamato. Ho pensato che volessi farlo tu stessa. Lo sai che tuo padre era convinto che fosse la persona giusta per te.»

«Non sono pronta per iniziare una relazione con nessuno» rispose Lulu, incerta su quello che provava per Wilson. Will – come preferiva essere chiamato – era un uomo intelligente e di bell'aspetto, molto ambizioso. Stare con lui sarebbe stata un'avventura frenetica, come lo era stato vivere con suo padre.

«Sei ancora molto giovane, ma non ti farebbe male uscire con lui e avere la possibilità di conoscerlo un po' meglio» ribatté Melba. «Sono convinta che tu debba andare avanti con la tua vita e non farti condizionare dalla malattia di tua madre.»

«Forse hai ragione.» Il pensiero di Lulu andò a Miguel. Aveva ricevuto un altro educato messaggio in cui le diceva di essere dispiaciuto per la madre e che era a sua disposizione, se aveva bisogno di lui. Dopo di che, nient'altro.

Un paio di giorni più tardi, Lulu incontrò il dottor Cleveland nella camera privata della madre, presso la clinica di riabilitazione. Una infermiera aveva aiutato Rosalie a prepararsi per il ritorno a casa. Anche se era troppo magra e aveva un'espressione guardinga, era una bellissima donna, dall'aspetto molto fragile. Erano in particolare gli occhi, pensò Lulu, a essere stati maggiormente colpiti. Erano inerti e vuoti come la donna che sedeva su quella sedia, che stringeva forte un fascio di fogli, come se potessero dirle come sopravvivere alla sua stessa esistenza.

«Gli elementi chiave del programma saranno l'onestà e la fiducia» disse il dottor Cleveland. «Lulu e Melba avranno il compito di prendere nota di ogni cosa e lei, Rosalie, dovrà essere del tutto onesta riguardo a come si sente. Scoprirà presto che è più facile esprimere in modo aperto le emozioni, che nasconderle e cercare di combattere da soli i propri demoni.»

«Voglio che tu stia meglio, mamma. Anche per me stessa. Ci siamo perse tante cose.»

Rosalie sospirò. «Ti ho deluso, Lulu.»

«No» ribatté Lulu, e prese la mano sottile della madre tra

le sue. «Lasciamo da parte queste considerazioni. Decidiamo che sia un nuovo inizio, per entrambe.»

Il dottor Cleveland sorrise a Lulu. «Buona idea. Che cosa ne dice, Rosalie? Ha voglia di provarci?»

Rosalie guardò lui e la figlia. «Ci sarà anche Melba, con me? È così?»

La delusione fu una pugnalata al cuore per Lulu. Ancora una volta lei non era abbastanza, per la madre. Cercò di non far trapelare il suo dolore. «Sì, Melba ci sarà, per entrambe.»

«Bene» disse Rosalie. «Lei sa cosa mi piace mangiare.»

«Il cibo le farà bene» commentò il dottor Cleveland. «Ma nessun altro farmaco, a parte ciò che le ho prescritto. E niente alcool. È chiaro?»

Le spalle di Rosalie si afflosciarono, sconfitte. «Sì» rispose, a bassa voce.

A casa, a Lulu la madre sembrava più a suo agio. Sedeva in cucina con lei a guardare Melba, che preparava la zuppa di pollo casalinga che Rosalie adorava.

«Cominceremo con dei cibi facili da digerire» decretò Melba. «Quando avrà ripreso le forze, passeremo ad altro. So che le piacciono i dolci, Rosalie, e ho una nuova ricetta per una torta di cioccolato che sono sicura le piacerà.»

«Tu sai sempre tutto, Melba.»

Lulu ascoltava la loro conversazione e capiva quante cose loro due avessero passato insieme. Si ricordava di tutte le notti, dopo la morte del fratello, in cui la governante si era fermata a casa loro a dormire e a consolare Rosalie. Si alzò dalla sedia, andò da Melba e la abbracciò. Quando si voltò, notò la sorpresa sul volto della madre e all'improvviso ne comprese il motivo. Lei e la madre non si abbracciavano quasi mai.

CAPITOLO SEI

Qualche giorno dopo, mentre la madre faceva un sonnellino, Lulu, che si sentiva annoiata e irrequieta, decise di aver bisogno di qualche distrazione. Scorse l'elenco dei contatti e chiamò Will.

Il suono baritonale del suo «Pronto» le parve familiare e confortante. Si trattava di un tipo simpatico, che era stato molto devoto a suo padre. Proveniva da una famiglia facoltosa e aspirava da sempre a una carriera in politica.

«Ciao Will, sono Lulu. Per un po' di tempo rimarrò qui in città. È stata Melba a dirmi di chiamarti, e so che aveva promesso di farti sapere se fossi tornata.»

Lui ridacchiò. «Dovevo essere certo di non perdermi l'occasione. Sei scomparsa senza farti accorgere. Come sta tua sorella e com'è la vita a Chandler Hill?»

«Cami è fantastica, sono davvero fortunata. Lei e il nonno, Rafe Lopez, mi considerano parte della famiglia. Mi sento più a casa lì che qui a Los Angeles. E a te come vanno le cose? Lavori sempre per il procuratore distrettuale?»

«Sì, ma sono in procinto di cambiare. Lavorerò nello studio legale di mio padre, per seguire i clienti svantaggiati. Mi amareggia sapere che molte persone non hanno la possibilità di avere una giusta e adeguata rappresentanza, che si tratti di difesa o di accusa. Io mi occuperò di quelli che meritano una migliore opportunità per avere giustizia.»

«Come mio padre, ho sempre ammirato questa tua mentalità.»

Il sospiro di Will fu pieno di rammarico. «Se solo avessimo

saputo che aveva il cuore così malandato... Sono certo che io e lui avremmo potuto fare grandi cose per questo paese. È per quel motivo che ho promesso di portare avanti il suo messaggio.»

«Non nella sua interezza, mi auguro» disse Lulu, spinta dal rancore che talvolta provava.

«No, certo. Non in quel senso.»

Ci fu un momento di imbarazzato silenzio. «Mi ha fatto piacere parlare con te, ma sento che Melba mi chiama. È meglio che vada» disse Lulu.

«Aspetta! Posso telefonarti?»

«Certo. Credo che rimarrò qui per un po'.»

«Per tua madre?»

«Sì. Ha bisogno di me.» Lulu non aggiunse altro, non ce n'era bisogno.

«Ci sentiamo presto. Sono contento che tu sia tornata.»

Lulu terminò la chiamata, contenta di avere riallacciato i rapporti. Will sapeva sulla sua famiglia molto più della maggior parte delle persone, ma nonostante ciò la accettava lo stesso. Dopo essere stata fatta a pezzi dalla stampa, significava molto per lei.

Mise giù il telefono e corse in salotto da Melba.

«Cos'è successo?» domandò.

«Tua madre vuole del gelato. Andresti a comprarglielo? Le piacciono le barrette al cioccolato e la vaschetta al caffè.» Melba le strizzò l'occhio. «Ho pensato che ti avrebbe fatto piacere uscire di casa per un po'.»

«Grazie. Prendo l'automobile della mamma.»

Lulu afferrò il mazzo di chiavi e andò nel garage, dove era custodita la Mercedes decappottabile color argento di sua madre. Si mise al volante domandandosi quanto spesso utilizzasse quel veicolo. Era diventata una specie di reclusa, dopo che erano emerse le prime brutte notizie sul conto di suo padre. Collegò il cellulare al bluetooth dell'auto: se doveva rimanere a Los Angeles per un po' di tempo, tanto valeva rendersi la vita un po' più facile. In quel posto si sentiva davvero isolata.

Mentre si dirigeva al Whole Foods Market sul San Vicente Boulevard, superò molte bellissime dimore. Le era sempre piaciuto vivere in quel quartiere, ma dopo essere stata con Cami, era attratta dall'idea di uno stile di vita più semplice. Non vedeva l'ora di ritornarvi.

Trillò il cellulare e il nome del chiamante comparve sullo schermo. Sfiorò il pulsante verde per rispondere: «Ciao Cami, come stai?»

«Sono preoccupata per te. Com'è la situazione a Los Angeles?»

«Bene, considerate le circostanze. Ho preso l'auto di mamma e sto andando a comprarle del gelato. Melba fa di tutto per assicurarsi che mangi abbastanza. Le nuove medicine sembrano funzionare, ma ci sono già passata e non saprei dire per quanto tempo la cosa possa andare avanti così.»

«È stata Melba a trovarla, vero?»

«Sì, dopo tutto quello che la nostra famiglia ha passato negli ultimi vent'anni, si è creato un forte legame tra lei e mia madre. Potrei dire che è stata Melba a tenere insieme i pezzi.»

«Dev'essere una persona adorabile. Quando pensi di poter tornare a Chandler Hill?»

«Non prima della fine delle vacanze, direi. Poi, se mia madre procede bene, vorrei venire a stare con te fino a quando non mi sarà chiaro che cosa fare della mia vita. Vorrei tanto far parte di Chandler Hill.»

«E sarà così, Lulu. Se non adesso, un po' più avanti. Qui ci sarà sempre un posto per te.»

Le lacrime le appannarono la vista. Sbatté le palpebre per

tenerle a bada. «Grazie, sono felice di sentirtelo dire. Qualsiasi cosa succeda a mia madre, non ho nessuna intenzione di rimanere a Los Angeles.»

«E cosa mi dici di Will, quel tizio di cui mi hai parlato una volta?»

«Oh, lui è un'altra storia. Ci siamo sentiti, e probabilmente organizzeremo di vederci.»

«Mmm...» disse Cami, e Lulu si immaginò le sopracciglia sollevate e il suo sorrisetto.

Lulu rise. «Vedremo quel che succede.»

«Sono contenta di averti sentito» aggiunse Cami. «Adesso sono un po' di corsa, ma sai che puoi chiamarmi quando vuoi, se ti serve aiuto.»

«Grazie. Verrò a riprendere l'auto dopo le vacanze. Va bene se resta lì da voi fino ad allora?»

«Certo che sì. Non vedo l'ora che tu sia qui. Mi manchi!»

Dopo la telefonata, Lulu rimase seduta in macchina sentendosi così sola che le veniva da piangere.

Alcune sere più avanti, Lulu era in piedi davanti allo specchio e osservava il semplice abito nero con le maniche lunghe che aveva addosso. Si armonizzava bene ai capelli e agli occhi scuri. Aveva una capigliatura lunga e liscia e, anche se aveva messo degli orecchini con diamanti, non voleva attirare l'attenzione su di essi perché, come Cami, i suoi lobi erano leggermente deformi. Era una delle caratteristiche che avevano in comune, ereditata dal padre.

Si avvolse un foulard di seta verde intorno al collo, fece scivolare un braccialetto d'argento al polso e decise che degli stivaletti neri alla caviglia, indossati con i collant neri, si adattavano perfettamente all'insieme. Era piacevole prepararsi per la serata, una cosa che non faceva spesso, ultimamente.

Quando suonarono alla porta corse a rispondere, perché Melba aveva terminato la giornata lavorativa e se n'era andata. La madre riposava in camera sua, e l'infermiera notturna era con lei.

Aprì e sentì un sorriso affiorarle sul viso. Wilson "Will" Chambers era decisamente un bell'uomo. Alto e ben piantato, aveva capelli castani dai riflessi dorati, ben pettinati per mostrare il volto, che era caratterizzato dal naso aquilino, il mento volitivo e il sorriso ampio e affascinante che si apriva su denti bianchi e diritti. Gli occhi luminosi scintillavano attraverso degli occhiali dalla montatura di corno. A trentadue anni, facoltoso e con ambizioni per il futuro, era considerato un ottimo partito.

«Lulu, è un piacere incontrarti» disse e la strinse tra le braccia.

Ridendo, rispose con piacere al suo abbraccio.

Will allentò la stretta e la ammirò. «Hai un aspetto splendido. Non vedo l'ora di mostrarti a tutti.»

«Andiamo solo a cena, corretto?»

«Per cominciare. Anche se ho rispettato il tuo desiderio di avere un po' di tempo per te stessa, mi sei mancata.» Le prese il volto tra le mani. «Mi ricordi tuo padre.»

«Anche Cami, se ti capiterà di incontrarla» rispose Lulu. «A parte i colori, ci assomigliamo davvero molto.»

«Spero di conoscerla, un giorno.» La strinse a sé e la baciò con affetto e aggiunse: «Sei pronta?»

«Mi ci vorrà solo un momento. Devo far sapere a mia madre e all'infermiera che sto uscendo.»

L'espressione sul viso di Will si rattristò. «Come sta?»

Lulu si strinse nelle spalle. «Sembra che vada molto meglio e che sia più serena. Ma ho paura di farmi delle illusioni.»

«Forse questa volta funzionerà» commentò Will. «Ti

aspetto qui.»

«Grazie.» Lulu corse di sopra, nella camera della madre. Bussò e aprì la porta. Rosalie era sdraiata su una chaise long rivestita di un tessuto color avorio.

«Sì? Cosa succede?» La voce della madre aveva una sfumatura di fastidio che Lulu ignorò. Alcuni dei farmaci a volte la rendevano un po' scostante.

«Sto uscendo per la serata. Ci vediamo domani. Passa una buona notte.»

«Come vuoi che sia...» sospirò Rosalie. «Ma grazie. Divertiti.»

Lulu chiuse la porta senza far rumore e corse giù per le scale. Non vedeva l'ora di uscire da quella casa.

«A posto?» domandò Will.

Lei fece un lungo respiro di sollievo. «Sì. Sono pronta per un po' di svago.»

Will la condusse alla sua BMW nera. Lulu salì e si appoggiò contro il sedile in pelle: era così piacevole che, mentre si metteva comoda, emise un breve sospiro. Quella serata di relax le serviva proprio.

Mentre si dirigevano verso Rodeo Drive, Lulu era carica di aspettative. Era in compagnia di un uomo che ammirava e *Cosima* era uno dei suoi ristoranti preferiti. Inoltre, il cibo che vi servivano era davvero fantastico.

«Sei bellissima, Lulu. Tutta quell'aria pura dell'Oregon ti ha fatto proprio bene.»

«Grazie. Mi sono già innamorata di Chandler Hill e della Willamette Valley.»

Le strinse la mano. «Però, spero che tu sia contenta di essere tornata. Abbiamo un bel po' di lavoro da fare insieme. Ricordi di quando ne abbiamo discusso con tuo padre?»

Lulu fece uno sguardo stupito. «Non avevo capito che parlaste seriamente. Pensavo fosse la classica sparata di una sera, mentre si sta cenando.»

Will accostò così bruscamente che lei dovette aggrapparsi al bracciolo.

La guardò quasi con severità. «Lulu, io sono sempre stato più che serio riguardo a te, ai nostri progetti, a tutto. E adesso lo sono più che mai. Mentre affrontavamo tutte le conseguenze delle accuse contro tuo padre e poi la sua morte, sapevo che eri troppo sconvolta per prendere in considerazione una relazione tra di noi, ma devi capire che ero sincero allora e lo sono ancora. Su ogni cosa.»

Colta di sorpresa, Lulu ribatté: «Ma io e te... non ci siamo mai davvero messi insieme.»

Will scosse il capo. «Solo perché non ne ho mai avuto l'opportunità. Proprio quando ho deciso di voler fare sul serio con te, è crollato tutto quanto. Non intendo permettere che altre cose si frappongano tra noi. Voglio che tu sia la mia compagna, adesso e in futuro.»

Il cuore di Lulu batteva a mille. «Cavoli! Mi stai chiedendo di sposarti?»

«Non ancora. Diavolo, tanto vale che te lo dica adesso, invece di aspettare la cena. Intendo candidarmi al Congresso, l'anno prossimo, e voglio che tu lavori con me alla campagna. Ma, soprattutto, mi interessa capire se possiamo costruirci un futuro che riguardi entrambi. Siamo amici, e ogni tanto siamo usciti insieme. Ma desidero più di questo.» Lo sguardo dei suoi occhi verdi si posò su di lei. «Possiamo almeno dare a questa cosa, a noi, una possibilità?»

Una scarica di adrenalina la attraversò. Le era sempre piaciuto Will, e una volta aveva perfino fantasticato sull'avere con lui una relazione più intima. Ma quella non era la stessa cosa. Si trattava di loro due e basta, senza suo padre al fianco che la incoraggiava a perseguire un'idea del genere. «Ho bisogno di un po' di tempo per pensarci» rispose, in tutta onestà.

«Lo capisco» disse Will. «E se un rapporto più profondo tra noi non dovesse funzionare, puoi comunque prendere in considerazione l'idea di diventare la responsabile della mia campagna elettorale.»

«Stai scherzando, davvero! Che cosa ne so io, di un lavoro del genere?»

Il sorriso sghembo di Will si trasformò in una sommessa risata. «Sei uno dei politici più astuti che io conosca. E, con tutta l'esperienza che hai sviluppato a fianco di tuo padre, sei la persona perfetta per il ruolo.»

Tutti i sensi di Lulu si risvegliarono. All'improvviso ricordò com'era stato l'entusiasmo quasi rapito delle persone nell'ascoltare il padre promuovere le proprie idee. A volte si era comportato in modo avventato, ma era molto creativo nel trovare il giusto modo per aiutare la collettività.

Will si accorse di quello che provava, e le rivolse un sorriso compiaciuto; poi controllò che non sopraggiungessero delle automobili e ripartì. «Forse ho corso troppo riguardo i miei intenti per questa serata, ma spero che tu possa ugualmente rilassarti e godertela appieno. Come ho detto, mi interessa capire come può svilupparsi il nostro rapporto. Abbiamo iniziato come amici, ma...» La voce gli si affievolì.

Lulu lo osservò, e lo vide sotto una luce diversa. C'era molto, in lui, da ammirare. L'idea del suo sincero interesse per un futuro insieme la faceva sentire bene. Era ben consapevole di come le donne gli girassero intorno durante i vari eventi politici. Will aveva un carisma particolare, come il padre, ma lo aveva sempre considerato solo un suo dipendente. Ora, invece, l'idea che fosse stato così interessato a lei per tutto quel tempo la intrigava.

Will la condusse all'interno del ristorante. Mentre seguivano il maître fino a un ambìto tavolo d'angolo, Lulu notò i mormorii sommessi e l'attenzione che veniva loro rivolta. Le si annodò lo stomaco. Negli ultimi mesi, essere oggetto di attenzione l'aveva messa a disagio. E, quella sera, non era diverso.

Si obbligò a mostrare una calma che non provava, mentre prendeva posto di fronte a Will. Alcune di quelle stesse persone che annuivano e sorridevano loro, in passato l'avevano attaccata e giudicata per ciò che suo padre aveva fatto.

«Credo che adesso sia ufficiale» decretò Will con un sorriso, mentre allungava la mano per stringere la sua. «È un appuntamento.»

Arrivò il cameriere, che porse loro i menu, prese l'ordinazione per l'acqua e disse a Will che il sommelier sarebbe presto arrivato, per aiutarli a scegliere il vino per accompagnare la serata.

Lulu osservava gli avventori, e le sembrava di essere parte di una rappresentazione provata più volte in passato. Gli aromi che si diffondevano nell'aria erano invitanti, ma sapeva già quello che avrebbe ordinato come portata principale.

«Se ricordo bene, tu prenderai il vitello, vero?» le disse Will.

Lulu fece un rapido battito di ciglia, sorpresa che se ne fosse ricordato. «Sì, probabilmente la piccata.» Da *Cosima*, i piatti a base di vitello erano leggendari.

Will si voltò a salutare il sommelier, che era arrivato con la lista dei vini rilegata in cuoio.

«Posso aiutarla, signore?» domandò l'uomo.

Will sollevò il menu. «La mia accompagnatrice ha scelto la piccata, e io penso di orientarmi sul saltimbocca di vitello.»

Mentre i due scorrevano l'elenco dei vini, Lulu si guardò in giro. Le pareti rivestite di pannelli scuri incontravano una spessa moquette rosso rubino. Delle tovaglie inamidate di lino rosa coprivano i tavoli, su cui c'era un portacandele in cristallo molato e una rosa rossa in un bicchiere, pure di cristallo. Riconobbe un paio di celebrità del cinema, ma si rivolse altrove. Non le interessava incrociare lo sguardo con nessun altro. La serata doveva essere solo per loro due.

«Come vino, avremmo scelto un ottimo Barolo. Dovrebbe accompagnarsi bene con la carne. Ti va bene?» domandò Will, attirando la sua attenzione.

«Mi sembra delizioso» gli rispose, lusingata che chiedesse il suo parere. Da quel punto di vista, era sempre stato molto galante.

Quando il sommelier se ne fu andato, Will disse: «Grazie di aver accettato di vedermi stasera, con così poco preavviso.»

«Sono contenta di essere fuori casa e felice di essere qui con te.»

Lui ridacchiò. «Sei sempre stata molto diretta. Lo apprezzo.» Un velo di tristezza gli attraversò il viso. «La scomparsa di tuo padre mi ha mandato alla deriva. Poi mi sono ricordato ciò che mi aveva insegnato e ho deciso di portare avanti le sue idee.»

«È un modo per rendergli onore, immagino, in un momento in cui nessuno ha intenzione di prendere il suo posto» osservò Lulu, e pensò a tutte le difficoltà che avrebbe dovuto affrontare nel candidarsi.

Lui la guardò intensamente. «E tu, come stai?»

Lulu fece un lungo sospiro. «Sono passata attraverso le emozioni più disparate: rabbia, dolore, rimpianto e, in parte, accettazione. Ci sto ancora lavorando. In questo momento, provo a occuparmi di mia madre e della sua malattia. In un certo senso, è come se l'avessi persa molto tempo fa.»

«Non hai certo trascorso dei momenti facili» commentò

Will.

«Già» rispose, grata che non aggiungesse altro.

Arrivò il vino. Dopo che fu assaggiato e approvato, il sommelier ne versò a Lulu, quindi a Will, e poi se ne andò in silenzio.

Will alzò il bicchiere. «Alla nostra!»

Lulu assaggiò un sorso, incerta sul giudizio.

«Cosa ne dici?» domandò Will. «Adesso che hai vissuto nella zona dei vini, hai cambiato opinione su molti di quelli che conoscevi?»

«Questo è un vino gradevole. Mi piace, ma mi sono appassionata al Pinot Nero, e le etichette di Chandler Hill sono particolarmente buone. Il processo di coltivazione della vite e produzione del vino è affascinante. Devi venire a trovarci, un giorno.»

Mentre la cena progrediva, Lulu si sentiva più rilassata. La conversazione con Will era vivace. Era una persona istruita e interessata a molti temi. Scoprì anche che aveva uno spiccato senso dell'umorismo.

Aveva appena terminato la piccata di vitello, quando le squillò il telefono. Controllò il chiamante. *Era il numero di casa sua.* Rispose. «Pronto?»

«Louise?» domandò una voce che non riconobbe.

«Sì. Posso chiedere chi mi chiama, e per quale motivo?»

«Sono la signora Sampson. Sua madre mostra i sintomi dell'influenza e ha chiesto di lei. Penso sia meglio che torni a casa. È molto agitata.»

«Oh, mi spiace. Capisco. Sarò lì appena possibile.» Lulu terminò la chiamata, attraversata da emozioni contrastanti. Era compiaciuta dal fatto che la madre avesse deciso di contattare lei, ma per una volta avrebbe desiderato passare la serata fuori, lontano da casa e senza interruzioni.

«Cos'è successo?» chiese Will con uno sguardo

preoccupato.

«Era l'infermiera di notte. Mia madre si è ammalata e ha chiesto di me.»

«Mi dispiace.» Will le strinse una mano. «Dev'essere difficile, per te.»

Lulu colse l'empatia nella sua voce, e si tamponò qualche lacrima inattesa. «Devo tornare a casa. Spero che tu capisca.»

Anche se non sembrava contento, annuì. « Possiamo andare via subito, se devi.»

«Sì, penso che sia meglio. Non voglio dare spettacolo qui, e di sicuro non voglio che qualcuno pensi che mi hai fatto piangere.»

Will spalancò gli occhi. «Eh no! Non vogliamo certo che succeda.» Fece un gesto al cameriere, spiegò che Lulu non si sentiva bene, e pagò il conto.

Il cameriere spostò la sedia a Lulu mentre si alzava da tavola.

Poi uscirono rapidamente dal ristorante e aspettarono che il parcheggiatore portasse la BMW di Will davanti all'ingresso principale.

Mentre tornavano, rimasero in silenzio. Lulu fu contenta che Will non cercasse di riempire quel vuoto con delle chiacchiere.

Accostò davanti a casa sua e spense il motore. «Ti accompagno al portone.»

Lulu aspettò che girasse intorno all'auto per aprirle la portiera.

Scese e si fece abbracciare. Con la testa appoggiata al suo petto solido, sospirò. «Mi spiace che la serata sia terminata in questo modo.»

«Anch'io» rispose lui, «ma avremo altre occasioni.» Le sollevò il mento e la guardò negli occhi. Abbassò le labbra sulle sue, provocandole molte deliziose sensazioni.

Lulu gli mise le braccia intorno al collo, assaporando la sensazione di essere stretta da lui, mentre le labbra di Will le trasmettevano un messaggio molto eloquente. Sentiva di aver bisogno di quel supporto e rispose volentieri al suo bacio.

Quando si separarono, Will sorrideva. «Avrei voluto farlo tante volte, in passato. Adesso, possiamo. E so che tuo padre ne sarebbe contento.»

Lulu non poté trattenere l'improvviso disagio che provava. «In questo, mio padre non c'entra affatto.»

«No, no. Non intendevo dire così. Però, in qualche modo, mi piace pensare che possa essere entusiasta del fatto che siamo usciti insieme e dei progetti che ho in serbo per noi.»

Le loro labbra si incontrarono nuovamente e si rilassò mentre lui la baciava. Tra loro c'era qualcosa di molto piacevole. Poi, Will disse: «Meglio che vada. Magari, la prossima volta possiamo andare a casa mia: ci sarà più privacy.»

«Vediamo come vanno le cose.» Non intendeva accelerare i tempi: Will dava per scontato che volesse passare allo stadio successivo, ma per lei non era così.

Lui rise. «Parli proprio come una politicante.»

La accompagnò in cima ai gradini di fronte all'ingresso principale, e aspettò che aprisse e si voltasse verso di lui. «Buonanotte. Grazie per la bella serata.»

Dopo aver chiuso la porta, Lulu si appoggiò al legno solido e si domandò cosa fosse appena successo. Will era stato del tutto onesto con lei, riguardo alla sua visione per il futuro, ma non era sicura che fosse ciò che desiderava. Era qualcosa su cui riflettere. Al momento la priorità era sua madre. Anche con l'infermiera di notte, erano lei o Melba che voleva accanto a sé.

CAPITOLO SETTE

Con l'avvicinarsi del Ringraziamento, Lulu si concentrò su come trascorrere il tempo con la madre. Un pomeriggio, dopo un po' di insistenza da parte sua, Rosalie acconsentì ad aiutarla nella preparazione di una torta di zucca per la giornata di festa. Avevano già deciso di rimanere a casa e ordinare la cena in uno dei migliori ristoranti dei dintorni.

Melba era con loro, mentre si dedicavano alla pasta brisée.

«Ricordate di lavorare l'impasto con delicatezza» raccomandò Melba. «E, se tende a incollarsi al mattarello, fermatevi subito, e cospargete la superficie con un velo di farina. Poi continuate a distenderlo.»

«Un tempo adoravo preparare le torte» disse la madre. «Ma ormai sono passati anni.»

Lulu le sorrise, in modo incoraggiante. «È il momento giusto per ricominciare.»

«Sì» aggiunse Melba. «Il momento di occuparsi di molte cose.» Indietreggiò per osservarle meglio. «È bello vedervi così. Ricordo che vi piaceva fare delle attività insieme.»

«Davvero? Non mi ricordo molte situazioni di quel genere» ribatté Lulu.

«Non ricordi?» esclamò Rosalie e la sorpresa della madre colse Lulu alla sprovvista.

«Forse ero troppo piccola. Dopo la nascita di Teddy, non abbiamo mai fatto granché, noi due.» All'affermazione così diretta della figlia, Rosalie si coprì il volto con le mani.

«Tranquilla mamma, ti capisco» aggiunse Lulu, e si augurò di non averla spinta in una spirale negativa di emozioni.

Quando la madre sollevò il viso, delle tracce argentee le rigavano le guance. «La perdita di Teddy mi ha quasi ucciso. Dopo la sua morte, non avevo più niente da offrire a te e a tuo padre. Niente. Assolutamente niente.»

Lulu si scambiò uno sguardo preoccupato con Melba.

«Ascolti, Rosalie, lo sa che non è così» disse la governante con fermezza. «Pensi a tutto il volontariato che ha fatto e alla fondazione istituita in onore di Teddy.»

«È vero, mamma. Hai fatto moltissimo per la comunità, negli anni.»

Rosalie fece una risata amara. «Solo nei giorni in cui riuscivo ad alzarmi dal letto. Sembra tutto facile, per chi non ha idea di quanto l'oscurità possa trascinarti in basso.» Si allungò per accarezzare la guancia di Lulu. «Avrei voluto essere una madre migliore, per te.»

Lulu sapeva che protestare sarebbe stato poco sincero. Invece, le disse: «Ti voglio bene, mamma.»

La madre la circondò con le braccia. «Sei la cosa migliore che abbia mai fatto. E adesso, vado di sopra a sdraiarmi.»

Commossa dalla conversazione e dall'abbraccio, Lulu disse: «Ti accompagno.»

La madre le rivolse un sorriso triste. «Grazie, ma conosco la strada. Fin troppo bene.»

Dopo che Rosalie se ne fu andata, Melba commentò: «Ti ha sempre voluto molto bene. Purtroppo, non sapeva come combattere il buio nascosto dentro di lei.»

Lulu si lasciò cadere su una sedia della cucina: non sapeva più dire chi fossero né lei, né i suoi genitori. Tutto quello che credeva di sapere le sembrava ormai privo di senso.

Melba le appoggiò una mano sulla spalla, e le fece piacere. Era sempre stata l'unica su cui poter contare. Sollevò il volto e la guardò. «Sono confusa. È tutto così complicato.»

«Sì, la vita stessa è complicata. A volte, può essere d'aiuto il ricordo dei periodi belli, delle cose piacevoli che sono successe. Tua madre mi ha detto che sei uscita con Will: com'è andata?»

Lulu fece un lungo sospiro. «Quella è un'altra cosa che mi manda in confusione. Dopo che avremo festeggiato il Ringraziamento qui a casa, ho in programma di tornare a Chandler Hill per recuperare l'automobile e prendermi un po' di tempo per raccogliere le idee. Tu resterai qui con mia madre, vero?»

«Come sempre» rispose Melba. «Ho promesso ai tuoi genitori che ci sarei sempre stata, per loro e per te.»

«Grazie» sussurrò Lulu, e si domandò come una famiglia potesse essere così sopraffatta dal dolore.

Il Ringraziamento fu luminoso e soleggiato: qualcosa che Lulu avrebbe sempre ricordato, perché la madre era in una delle sue rare giornate positive. Melba era via a festeggiare con i suoi parenti, così Lulu e Rosalie fecero colazione insieme in cucina e passarono il pomeriggio fuori in giardino, a leggere e rilassarsi.

Lulu approfittò di quell'intervallo di calma per raccontare alla madre che Will voleva approfondire la relazione con lei.

«Ah, Will. Il pianeta preferito a girare intorno all'astro che era tuo padre.» Rosalie sorrise e continuò: «Con me Will è sempre stato gentile, e l'ho apprezzato. Ha molto da offrirti, ma la politica è una brutta bestia. È quello, ciò che vuoi? Sia che tu lavori alla sua campagna, sia che tu finisca per sposarlo, non sarà una cosa facile.»

«Ma pensa a tutto quello che potremmo fare insieme, mamma. Papà può anche aver procurato del dolore a entrambe, però ha fatto molto per gli altri. E adesso ho la possibilità di aiutare Will a costruire qualcosa di buono per il paese.»

La madre la osservò. «Se è la scelta giusta, lo scoprirai da sola. Assicurati solo di farlo per il tuo bene, non per il suo.»

Incoraggiata dalla conversazione, Lulu disse: «Spero di non averti ferito, con la mia amicizia per Cami Chandler.»

La madre fece una risata triste e sommessa. «È qualcosa che sapevo da molto tempo. Poco dopo essermi sposata, ho trovato sulla scrivania di tuo padre una lettera scritta dalla madre di Cami. L'ho rimessa a posto senza fargli domande. Ma poi sono rimasta incinta di te, e lui si è presentato alle elezioni. Per quanto io ne abbia sofferto, in passato, sono felice che tu l'abbia conosciuta. È un cerchio della vita che si chiude.»

Colpita dalla notizia, Lulu guardò la madre a bocca aperta. «E quindi, sapevi della lettera, e di Cami e sua madre, fin da allora? Dopo la morte del papà, l'ho trovata anch'io, ma te l'ho tenuta nascosta per non farti del male.»

«Sì. Non pensavo che vi sareste mai incontrate e non ne vedevo affatto la necessità. Ma la vita, talvolta, si sviluppa in modi del tutto inattesi.»

Lulu si allungò a prenderle la mano e la baciò sulla guancia. «Mamma, comincio solo ora a conoscerti davvero. Sono molto felice di aver avuto questa occasione di parlarti. Per me significa moltissimo.»

«Anche per me» rispose la madre, e le sorrise timidamente. «Cerchiamo di capire se la nostra cena è in arrivo. Per una volta, mi è venuta fame.»

A Lulu sembrò di essere entrata in un sogno di normalità, ed entrò in casa per informarsi sull'ordine fatto al ristorante.

La mattina successiva Lulu si alzò e stiracchiò con rinnovato ottimismo. Se tutto continuava a essere tranquillo, sperava di poter salire presto su un volo per Portland. A Chandler Hill dovevano essere tutti terribilmente indaffarati, per cui avrebbe preso una limousine dall'aeroporto e avrebbe fatto a tutti una sorpresa.

Quando arrivò Melba, le raccontò della giornata trascorsa con la madre e domandò: «Credi che possa partire oggi per l'Oregon? Mi sembra che vada tutto bene, e la mamma mi ha detto di non preoccuparmi. Ma tu sapevi che era a conoscenza da sempre di tutta la storia su Cami?»

Melba la guardò fissa. «Sì, anch'io lo sapevo. Tuo padre aveva amato moltissimo sua madre.»

«C'è altro di cui dovrei essere informata?» chiese Lulu, sconcertata. Tutti sembravano sapere molto più di lei, sui suoi genitori.

«No, tesoro. Penso che ogni segreto sia stato svelato. E adesso è venuto il momento che tu ti lasci tutto alle spalle e faccia il tuo percorso nella vita.»

«È uno dei motivi per cui ho bisogno di tornare a Chandler Hill.»

Melba rise. «Beh, allora, io credo che tu debba andare avanti e fare la tua scelta. Noi staremo bene, qui.»

Le costò parecchia fatica, ma Lulu alla fine prenotò il volo, fece i bagagli, salutò tutti e prese un taxi per l'aeroporto.

Mentre aspettava di partire, chiamò Will. «Ancora una volta, buon Ringraziamento!» Avevano parlato il giorno prima, ma brevemente, e gli aveva mandato un veloce messaggio quella mattina.

Rise. «Mi sei mancata, alla cena di famiglia. Magari l'anno prossimo. Come sono andati il pomeriggio e la serata con tua madre?»

«È stato incredibile. Io e lei abbiamo parlato di tante cose. È molto più saggia di quanto credessi.» Lulu non la smetteva di parlare. Poi aggiunse: «Lo so che questa fase positiva potrebbe non durare a lungo, ma per ora ne sono incantata.»

«Felice che abbiate avuto l'occasione di passare del tempo insieme, in modo così piacevole. Rosalie è una donna adorabile.»

Lulu ridacchiò, divertita. «Ti ha definito il pianeta che gira intorno al sole, cioè a mio padre.»

«Paragone molto azzeccato» rispose Will, affabile. «Sono onorato di far parte del sistema solare Kingsley. A parte gli scherzi, ho capito che è da molto tempo che mi stai a cuore.»

«Quando ero piccola, la più grande cotta l'ho avuta per te» disse Lulu, «ma non avrei mai pensato di essere ricambiata. Stare lontana per un po' mi aiuterà a ragionarci sopra.»

«Fai buon viaggio. Non vedo l'ora di incontrarti di nuovo.»

«Anch'io. Ci sentiamo.» Lulu terminò la telefonata con una sensazione positiva e soddisfatta. Un brillante futuro la aspettava.

CAPITOLO OTTO

Mentre attraversava il terminal dell'aeroporto internazionale di Portland, Lulu sentiva crescere il suo buon umore. A breve sarebbe stata a Chandler Hill con la sorella appena ritrovata e un gruppo di familiari e amici che erano già diventati molto importanti per lei. Voleva bene alla madre ma, con lei, le sembrava a volte di partecipare a uno spettacolo privo di un copione.

Il tempo grigio e piovoso all'esterno non frenava il suo entusiasmo. L'aria umida e fresca, così profumata di pulito rispetto a quella di casa, era gradevole sulla pelle. E, soprattutto, era libera dal fardello della sua vita in California.

Per fortuna, l'autista che aveva prenotato rimase in silenzio durante il percorso verso McMinnville e fino a Chandler Hill. Quando accostò davanti alla locanda le disse: «Ho sentito parlare di questo posto. Sembra carino.»

«Oh sì, lo è» confermò Lulu, e si sentì orgogliosa di far parte dell'incredibile famiglia che aveva trasformato il piccolo B&B di campagna in quella lussuosa proprietà.

Pagò il conducente e scese dal veicolo, quindi rimase per un attimo in piedi a godersi la sensazione di essere nuovamente in quel luogo.

Lulu era appena entrata nella locanda, quando si sentì chiamare. Si voltò e vide Cami che le correva incontro. «Lulu! Sono così felice che tu sia tornata!» gridò la sorella e l'abbracciò. «Come vanno le cose a casa? Coraggio, andiamo nel mio ufficio. Così ci aggiorniamo sulle rispettive novità.»

Sottobraccio si diressero nella stanza di Cami, rinnovata di recente. La combinazione di verde tenue e brillante era piacevole a guardarsi.

«Mi piace come l'hai sistemata» commentò Lulu. «Mi fa pensare alla primavera.»

«Anche a me. È il motivo per cui ho scelto queste tinte. I giorni grigi e piovosi mi deprimono.» Cami cambiò discorso e domandò: «Come sta tua madre? Sei stata bene in questo periodo? Non ci siamo parlate molto al telefono, ma volevo lasciarti tranquilla finché non si fossero sistemate le cose.»

«Capisco. È proprio il motivo per cui sono qui: avere un po' di tempo per chiarirmi le idee. C'è un uomo che vorrei farti conoscere. Ha lavorato alla campagna elettorale di mio padre, e noi... beh, vogliamo capire fino a dove può portarci il nostro rapporto.»

«Si tratta per caso di Wilson Chambers?» domandò Cami, con un sorriso malizioso.

«Sì. Come facevi a saperlo?»

«C'è stato un breve servizio, nel notiziario della costa dell'ovest di ieri sera. Sei stata vista con lui la scorsa settimana, e si vocifera che un fedelissimo di Edward Kingsley sia intenzionato a portare avanti il suo programma.»

Lulu era senza parole. Rimase interdetta per un momento, senza sapere cosa dire.

Cami la abbracciò. «È un gran figo, mi sembra, e se è ciò che vuoi, direi di non fartelo scappare.»

«È proprio questo il problema» ribatté Lulu. «Non so se lo voglio. È per questo che sono qui.»

Cami la guardò intensamente. «Va bene. Prenditi tutto il tempo che ti serve. Ma, nel frattempo, posso darti del lavoro da fare?»

«Non vedevo l'ora che me lo chiedessi» rispose Lulu, felice di essere nuovamente coinvolta nelle attività della famiglia.

Bussarono alla porta, ed entrambe si voltarono.

Becca entrò, fece un gridolino e corse a stringere Lulu in un forte abbraccio. «Mi hanno detto che eri tornata. Come stai, Weezie Lopez?»

Lulu rise. Nessuno a Chandler Hill le avrebbe permesso di dimenticare il nome che le avevano affibbiato. «Sto bene. Resto con voi per un po'. Sembra che mia madre stia meglio e mi serve del tempo per ragionare su alcune cose.»

«Deve decidere se quel bel tipo in televisione, con cui è stata vista in giro, è davvero ciò che vuole» spiegò Cami, dandole una gomitata scherzosa.

Becca si fece aria sul viso. «A me, scatena i bollenti spiriti. Qual è il problema?»

Lulu sospirò e le guardò. «Will vuole che gestisca la sua campagna elettorale, per aiutarlo a portare avanti alcune idee di mio padre, e vuole anche capire se la nostra relazione può svilupparsi. In passato ci è capitato di lavorare insieme, mi ha invitato qualche volta a uscire, e sa che insieme formiamo una buona squadra.»

«E quindi, è vero che hai intenzione di aiutarlo?» domandò Cami.

«Non lo so. Non sono sicura di voler vivere di nuovo in mezzo alla politica.» Quel pensiero le ronzava in testa con irritante incertezza.

Becca e Cami si scambiarono sguardi preoccupati.

«Il matrimonio non è un rapporto d'affari» osservò Cami. «Come stai, quando sei con lui?»

Lulu si aprì in un ampio sorriso. «Bene. Molto bene. Io e lui siamo proprio a nostro agio, quando siamo insieme.»

Becca e Cami si scambiarono sguardi ancor più preoccupati.

«Cosa c'è? Avanti, ditelo» le esortò Lulu, innervosita dalla loro reazione.

«La scintilla fra voi deve essere più che solida, per durare nel tempo.» Becca rivolse a Lulu un'occhiata maliziosa. «Perché non lo inviti a venire qui? Io e Cami ci assicureremo che sia la persona giusta per te.»

«Lo escludo» rispose Lulu, ridendo insieme a loro.

«Ti va di lavorare al Granaio?» le propose Cami, cambiando discorso. «Sei un'eccellente venditrice, e abbiamo molta merce da smaltire per le festività.»

«Sarò felice di aiutarvi» rispose. «Per prima cosa, lasciate che sistemi le mie cose a casa, e poi mi metterò d'accordo con Gwen.»

«Sono così contenta che tu sia tornata, sorellina» disse Cami, e la abbracciò di nuovo.

Lulu lasciò l'ufficio canticchiando sottovoce e si diresse a casa per cambiarsi e sistemarsi.

Stava per andare al Granaio, quando arrivò Rafe.

«Ciao, ho visto la tua auto e ho pensato di fermarmi a salutare.» La abbracciò. «È bello averti qui insieme a Cami. Siete le mie due ragazze preferite.»

«E tu sei il mio prediletto signore attempato» lo prese in giro lei.

Ridacchiando piano, Rafe fece un passo indietro per guardarla con attenzione. «Come va a casa, con tua madre?»

«Meglio di come pensassi. Stiamo mettendo a punto il dosaggio dei farmaci. Vedo già un notevole miglioramento.»

«Ah, sono contento di sentirtelo dire. Quanto ti fermerai, questa volta?»

«Non sono sicura» gli rispose, onestamente. «Spero fino alla fine delle feste, e poi si vedrà. Mi hanno chiesto di lavorare alla campagna elettorale del pupillo di mio padre.»

«Sfida interessante» osservò Rafe.

«Tu cosa ne pensi?» gli domandò Lulu, certa che le avrebbe risposto in modo diretto e sincero.

«Se sei spinta dalle giuste motivazioni, potrebbe farti

molto bene, ma è una decisione importante che devi prendere solo per te, non per gli altri.»

Lo abbracciò brevemente. «Adoro averti come nonno.»

Rafe le sorrise, con gli occhi lucidi. «Anch'io, di avere te, *cariño*. Sei il mio altro dono dal cielo.»

Uscirono di casa insieme.

Per i giorni a seguire, Lulu si divertì a lavorare con i clienti del Granaio. Si sentiva gratificata, quando gli articoli che suggeriva venivano poi acquistati.

Un pomeriggio, Gwen arrivò da lei. «Sei una venditrice nata. Sono felice che tu sia qui ad aiutarci per il periodo festivo. E sai quanto Cami sia contenta di averti con sé. Per essere due sorelle che non si sono mai viste per anni, vi prendete molta cura l'una dell'altra ed è commovente.»

«Entrambe abbiamo sempre desiderato una sorella» rispose Lulu, sorridendole. «Per tutto quel tempo, chi avrebbe mai detto di averne già una? La vita, a volte, è proprio bizzarra.»

«Davvero. E lo è per tutti» commentò Gwen. «Guardiamo insieme un po' di numeri dell'inventario, così potrai darmi una mano per i nuovi ordini.»

In breve, Lulu si tuffò nelle cifre e nei dati.

Più tardi, mentre si preparava per tornare a casa di Cami per la cena e una pigra serata di televisione, la sorella la chiamò al cellulare. «Un gruppetto di noi sta per ordinare la pizza e poi ci troveremo tutti da me. Tu quale vuoi? Prendiamo anche dell'insalata.»

«Pizza all'orientale con pollo» rispose Lulu senza esitare. I ristoranti di Los Angeles le mancavano un po', e un sapore di ispirazione asiatica la stuzzicava.

«Bene, faccio subito le ordinazioni. Drew ha detto che le

passerà a prendere sulla via del ritorno.»

Quando Lulu chiuse la chiamata, si rese conto che le erano rimasti pochi amici intimi in California, gente che potesse organizzare una cosa semplice e improvvisata come una festicciola a base di pizza. Alcuni dei suoi cosiddetti amici l'avevano abbandonata quando erano saltati fuori i problemi di suo padre; altri non vivevano più a Los Angeles dopo essersi sposati.

Mise da parte quei pensieri e si affrettò a raggiungere Cami per aiutarla a preparare.

Lulu era in piedi in cucina con Sophie per terra vicino a lei. «Quanti?» domandò a Cami mentre cominciava a tirare fuori i piatti dalla credenza.

«Dunque, vediamo... Io e Drew, Becca e Dan, Miguel con una certa Caro. È nuova.»

Una fitta di disappunto fece sussultare Lulu. Capiva solo in quel momento quanto avesse sperato di rivedere Miguel. Era arrivata solo da pochi giorni e non l'aveva ancora chiamato, ma adesso che sapeva che era già interessato a un'altra, ne era ferita. La situazione era proprio come aveva temuto. Si era ripetuta di smettere di pensare a lui, che si era trattato solo di una singola serata e che tale sarebbe rimasta: un'avventura di sesso.

«Oh, mi era quasi passato di mente: ho invitato Ross Coughlin» aggiunse Cami. «Durante le vacanze scolastiche e nei weekend lavora per Drew.»

«Bene. Ho dovuto cancellare un appuntamento con lui per prendere un caffè insieme. Gli avevo promesso di raccontargli alcune delle nuove idee per il doposcuola che ho applicato quando lavoravo a Los Angeles.»

«Ottimo» commentò Cami mentre Becca, Dan e Drew

entravano in casa.

Sophie abbaiò e corse ad accoglierli.

Pochi minuti più tardi arrivò Miguel, con una bionda alta e flessuosa al suo fianco, che sorrideva affabile. Fu presentata come Caro Schinder e, mentre scambiava saluti e commenti con tutti, dava l'impressione di essere simpatica e brillante. Lulu seppe che era una nuova maestra della scuola cittadina, e sostituiva una collega in maternità.

Arrivò anche Ross che, dopo avere scambiato brevi convenevoli con tutti, le si rivolse con premura. «Sono felice di vederti, finalmente. Forse potremmo prenderci un caffè insieme questa settimana. Mi spiace che tu abbia dovuto cancellare l'altro incontro. Come sta tua madre?»

Lulu gli rivolse un sorriso sincero. «Sta molto meglio, ti ringrazio. La depressione è una brutta bestia.»

«Penso che tutto dipenda dai farmaci» rispose Ross. «Uno dei miei studenti sta affrontando lo stesso problema con sua madre, e ne abbiamo parlato.»

«Sì, è proprio così. I farmaci» confermò Lulu, felice di potersi aprire con qualcuno che era consapevole delle difficoltà che attraversava.

Quando furono distribuite le birre, insieme alla pizza, il gruppo diventò più rumoroso. Si spostarono tutti dalla cucina al soggiorno, dove ognuno prese posto dove preferiva. Furono portate delle altre sedie e ben presto il rumore si affievolì, mentre le persone si buttavano sul cibo.

Seduta dall'altra parte della stanza, Lulu notò che Miguel le lanciava un'occhiata di tanto in tanto, ma fece del suo meglio per ignorarlo. Era il tipo di persona che aveva bisogno di un uomo solido e affidabile, qualcuno che si dedicasse a lei e solo a lei. Miguel Lopez non le sembrava pronto a sistemarsi. Appena finita la pizza si spostò in cucina, per allontanarsi da lui.

Era di fronte al lavello per appoggiarvi il piatto, quando sentì un movimento alle sue spalle.

«Come stai?» le chiese Miguel a bassa voce. «Non sapevo che fossi tornata. Avevi detto che mi avresti chiamato.»

Una vampata di calore la percorse, ma subito ricordò a se stessa che usciva già con un'altra. Si irrigidì e si voltò lentamente, obbligandosi a sorridere. «Io sto bene, grazie. E tu? Sei riuscito a cominciare i lavori nella tua casa?» Sapeva di suonare fredda e impacciata, ma doveva andarci piano. Aveva creduto che ci fosse qualcosa di speciale tra loro, ma lui era già passato ad altro.

Miguel si strinse nelle spalle. «Per ora abbiamo cominciato con i lavori all'interno. Aspettiamo che il tempo sia più caldo e asciutto per occuparci dell'ampliamento che ti ho mostrato.» Il suo sguardo si addolcì. «Pensavo che potessimo tornarci insieme, ma non sapevo che ti vedessi con Ross.»

«Non è così. Non esattamente. Ma tu stai con Caro.»

«Abbiamo appena cominciato a uscire insieme. L'aiuto a prendere confidenza con la zona.»

Lulu non sapeva come rispondere. Il silenzio tra loro le martellava nelle orecchie, e allora disse: «Penso che sia meglio che vada a dare una mano a Cami.» Si voltò per andarsene.

Lui la trattenne. «Perché non mi hai chiamato, come hai detto che avresti fatto?» La guardava fissa, e le faceva desiderare che le cose tra loro fossero più semplici.

«Mi spiace, stavo per farlo, ma poi ho pensato che se tu avessi voluto parlarmi, ti saresti fatto vivo.»

«Ma ti ho lasciato un messaggio per dirti di telefonarmi, se avessi avuto bisogno di me» rispose Miguel, con un tono amareggiato. «E poi, quando hai detto che mi avresti chiamato, ti ho preso in parola.» Si girò e se ne andò, lasciandola lì a domandarsi perché le venisse all'improvviso voglia di piangere.

###

Più tardi, dopo che la maggior parte del cibo era stata spazzolata via, si misero comodi in salotto a bere birra e a chiacchierare. Vicino a lei, Ross le domandò del lavoro che aveva svolto a Los Angeles. Lulu gli spiegò che c'era molto bisogno di iniziative per il doposcuola, utili in particolare a garantire che i piccoli avessero da mangiare a sufficienza a casa.

«Alcuni ristoranti della zona ci forniscono spuntini e merende, e ciò che non è consumato a scuola viene dato ai bambini da portare a casa. Viene fatto con molto tatto. Naturalmente non rientra in uno dei programmi della scuola. Rimane un'iniziativa indipendente che si svolge all'interno del perimetro scolastico, e così godiamo di più flessibilità.»

«Penso che anche qui serva qualcosa del genere.»

«Qualche anno fa ho lavorato a uno di questi progetti. È molto importante. Tra l'altro, una persona che conosco e che si candiderà per il Congresso, vorrebbe ampliare i servizi di questo tipo non solo ai bambini, ma alle loro intere famiglie. E mi ha chiesto di aiutarlo.»

«Sì, vuole che lei lo sposi e segua la sua campagna elettorale» sfuggì a Becca.

Mentre tutti la guardavano, a Lulu sembrò di avere le orecchie come tizzoni ardenti. «Aspetta un attimo! Non so se intendo fare una cosa del genere. Voglio solo che progetti come questo funzionino e abbiano successo.»

«Lasciamole il tempo di ragionarci sopra» ricordò Cami a Becca, lanciandole un'occhiataccia.

«E così, è probabile che tu non rimanga qui? Weezie Lopez è stata solo uno scherzo di breve durata?» disse Miguel con tale asprezza nella voce che tutti si voltarono a guardarlo.

«Non essere subito pronto a giudicare» lo apostrofò Cami. «Mia sorella ha molte cose di cui occuparsi, più di quante immagini. Io spero che scelga di rimanere, perché le voglio bene, ma è una sua decisione e la deve prendere da sola.»

«Grazie, Cami.» Lulu era commossa dalla rapidità con cui aveva preso le sue difese.

Il silenzio che seguì fu rotto da Dan che annunciò di doversi alzare presto l'indomani e che era meglio che se ne andasse a casa a dormire. Sollevò le sopracciglia in direzione di Becca, e Lulu si mise a ridere, come gli altri. Avevano provvisoriamente fissato il matrimonio per febbraio.

Ross approfittò della loro partenza per annunciare che era ora di andarsene anche per lui. Si rivolse a Caro: «Ci vediamo domattina a scuola. Ricorda che, per qualsiasi cosa, puoi contare su di me.»

«Grazie» rispose lei. «Sto ancora cercando di orientarmi, e il tuo aiuto mi può essere utile.»

«Io la sto portando un po' a spasso per la città perché si senta a suo agio» aggiunse Miguel. Guardò Lulu. «Uno dei miei nipoti è nella sua classe.»

Dopo che tutti se ne furono andati, Lulu diede una veloce buonanotte e si ritirò nella sua camera. Poteva far finta di non vedere le occhiate di Miguel, ma non poteva ignorare il modo in cui il suo corpo aveva reagito quando l'aveva incrociato in cucina. Era venuta a Chandler Hill per fare chiarezza sul suo futuro, ma le sembrava più complicato che mai.

Si mise in pigiama e andò a letto, chiedendosi che cosa avrebbe fatto dei sentimenti che provava per lui.

Fu distolta dai suoi pensieri da un sommesso bussare alla porta.

Cami fece capolino. «Ti dispiace se entro?»

«Figurati, ero qui distesa, più confusa che mai.»

Cami entrò e si sedette sul letto vicino a Lulu, come le aveva suggerito con un gesto.

«Mi spiace che Becca abbia tirato fuori la faccenda di Will

e della decisione che devi affrontare. Ho notato che eri molto imbarazzata.»

«Già. Non sono ancora pronta a parlarne.»

«E che cos'era quella piazzata che ti ha fatto Miguel? In fondo, siete solo usciti insieme una sera, no?»

«Esatto.» Non intendeva confessarle che era stata la notte più straordinaria della sua vita. «Non ti sei arrabbiata perché sto valutando se tornare a Los Angeles, vero?»

«No» rispose Cami. «In tutta onestà, mi piacerebbe che tu restassi per sempre, ma so quanto hai a cuore il benessere delle persone e delle famiglie in difficoltà. È una cosa importante.»

«Will intende provarci comunque, indipendentemente dalla decisione che prenderò, ma io so di potergli essere di grande aiuto. Come ti ho detto, abbiamo già lavorato insieme in passato. Ha lo stesso modo di rapportarsi con le persone che aveva mio padre. In politica potrebbe avere molto successo.»

«Non vedevi l'ora di aiutare nella campagna presidenziale di tuo padre. È così che ti senti nei riguardi di Will, che si candida a una carica politica, magari persino alla presidenza, un giorno?»

Lulu fece una smorfia. «Non ne sono sicura. Mi madre mi ha ricordato che la vita del politico è difficile da gestire. Guarda ciò che ha fatto a lei!»

«Quello, e la depressione» precisò Cami, a bassa voce.

«Sì, certo» ammise Lulu. «E comunque, nascondersi dietro a una facciata è estenuante e demoralizzante. Lo so fin troppo bene.»

Cami si alzò e la osservò. «Non invidio le decisioni che devi prendere. E mi farebbe piacere conoscere Will. Gli hai chiesto di venire a trovarti?»

Lulu scosse il capo. «Non ancora. Mi serve un po' di tempo,

prima. Magari, dopo le feste. Per ora è molto impegnato con le attività di fine anno dello studio legale, e penso sia meglio che aspetti a dirglielo.»

Cami si chinò per baciarla sulla guancia. «Buonanotte, Lulu. Sono felice che tu sia qui.»

«Buonanotte» rispose lei, a bassa voce.

Quando Cami se ne fu andata, Lulu rimase sdraiata a guardare il soffitto, ripensando al motivo per cui era stata così veloce nel dire alla sorella che le serviva più tempo prima di invitare Will a Chandler Hill. Anche se era combattuta all'idea, era quasi certa che avesse a che fare con Miguel. Quell'uomo le suscitava dei sentimenti che la spaventavano a morte, soprattutto sapendo che non era la sola a sentirsi così nei suoi confronti.

CAPITOLO NOVE

All'hotel, Lulu si ritrovò catapultata in un diverso concetto di spirito natalizio. Lo sfarzo tipico di Los Angeles le sembrò esagerato al confronto delle decorazioni più semplici e naturali che vedeva intorno a sé. In linea con le tradizioni di famiglia, Cami aveva scelto abeti vivi per gli alberi di Natale e al Granaio si vendevano ghirlande di rami di pino intrecciati e appena tagliati. Avevano gran successo anche le candele artigianali decorate, disponibili in diverse profumazioni. Abby e Lisa le producevano ancora per il negozio, anche se avevano lasciato il loro impiego a Chandler Hill da un po' di tempo. Un altro prodotto che vendeva bene erano i cioccolatini belgi, tra i preferiti di Lulu.

Anche se era molto indaffarata, Lulu sentiva Melba e la madre ogni paio di giorni. Con una piccola modifica al dosaggio dei farmaci Rosalie era riuscita a superare un periodo di crisi e, per la prima volta da molto tempo, aspettava con impazienza il Natale.

Quando Lulu lo venne a sapere, andò subito da Cami. «Ti va bene se prenoto una stanza per mia madre alla locanda?»

«No, non mi va bene per niente» rispose la sorella, per prenderla in giro. «Vorrei invece metterle a disposizione la seconda camera per gli ospiti a casa mia: sarà più comoda e avrà maggior privacy.»

Lulu la abbracciò. «Grazie, sarebbe perfetto! Così potrei tenerla d'occhio e, in caso di problemi, sarei con lei.»

Cami la guardò, preoccupata. «Sei sicura che non si sentirà a disagio in mia presenza, vista la mia storia familiare?»

«Sì, tranquilla. A quanto pare, è venuta a sapere di te e di tua madre poco dopo essersi sposata, ma non ne ha parlato con nessuno. È abbastanza sorprendente, ma il matrimonio dei miei non era come quello degli altri. Era come un'alleanza politica.»

«Farò tutto il possibile per metterla a suo agio» aggiunse Cami. «So che per lei è un passo significativo, scegliere di venire fino a qui, e so quanto sia importante per te.»

Il cuore di Lulu scoppiava di affetto per lei. «Sei la miglior sorella che si possa avere.»

Si abbracciarono di nuovo.

Più tardi, quando Melba e la madre seppero della proposta, ne furono entusiaste. Per di più, Lulu era particolarmente felice di sapere che la governante avrebbe potuto trascorre delle belle giornate con la sua famiglia nel periodo delle festività natalizie, senza doversi preoccupare di star dietro a Rosalie.

Col passare dei giorni, l'ansia di Lulu cresceva. Sua madre continuava a stare bene, ma Lulu temeva che, quando fosse arrivato il momento di venire a Chandler Hill, potesse ricadere in una fase negativa.

Quando arrivò la vigilia di Natale, chiamò Melba. «Come sta?» domandò. Il volo per Portland era previsto nel pomeriggio.

«Tua madre va bene. Le nuove medicine sembrano funzionare e credo che cambiare aria possa davvero essere una bella spinta per lei. È da tanto tempo che non la vedo così eccitata.»

«Non voglio che sia *troppo* eccitata» ribatté Lulu, che ricordava tutte le volte che i picchi emotivi si erano trasformati in baratri.

«Questa volta è diverso, tesoro» la tranquillizzò Melba. «Però, nel caso vedessi dei cambiamenti, sai che cosa fare.»

«Sì.» Erano d'accordo di rimanere in contatto con il medico di Rosalie, nel periodo in cui fosse stata via. Era stato contento di sapere che avrebbe trascorso le feste con Lulu.

Quel pomeriggio, sul tardi, Lulu camminava nervosamente avanti e indietro, nel terminal dell'aeroporto internazionale di Portland. Era d'accordo di incontrarsi con la madre nella zona ritiro bagagli. Quando finalmente la vide, nel gruppo dei passeggeri appena sbarcati, tirò un sospiro di sollievo.

Rosalie era vestita in modo sobrio, con pantaloni grigi e una giacca di maglia color azzurro chiaro. Grandi occhiali da sole le coprivano gli occhi e la tenevano al riparo da sguardi indiscreti.

Lulu corse da lei e la circondò con le braccia. Durante la sua permanenza a Chandler Hill, sperava di colmare la distanza che c'era ancora tra loro, soprattutto dopo aver capito quanto aveva sofferto nel matrimonio con un uomo che non l'amava.

La madre restituì l'abbraccio e poi fece un passo indietro per guardarla. «Caspita! Che bella accoglienza! E mi sembri davvero in salute e così felice! Essere lontana da Los Angeles ti ha fatto bene.»

«Mi piace moltissimo stare qui, mamma, e spero che per te sarà lo stesso. Aspetta di conoscere Cami. È meravigliosa.»

Un temporaneo irrigidirsi dei lineamenti di Rosalie avvertì Lulu che ci sarebbe voluta un bel po' di diplomazia da parte di tutti per farle superare l'impaccio dell'incontro con la figlia del grande amore di suo marito.

«Quanti bagagli hai portato?» domandò Lulu, prendendo un beauty-case dalle mani della madre.

«Una sola valigia, ma è bella grande e pesante» confessò la madre, con uno sguardo imbarazzato.

«Non c'è problema» le rispose con allegria. Al momento sentiva di poter spostare le montagne.

Il tragitto fino alla locanda fu colmato da chiacchiere di circostanza. Lulu descrisse quel poco che aveva imparato sulla coltivazione della vite e di come fosse affascinata dall'argomento.

«Tutta quella fatica per un calice di vino» commentò la madre, sorridendole.

«Sono curiosa della tua reazione quando vedrai l'hotel. È splendido ed è un altro esempio di duro lavoro. Non so come Cami riesca a farcela, ma è molto organizzata e brava a far funzionare tutto quanto.»

La madre non disse nulla.

Imboccarono il lungo vialetto che conduceva alla locanda. Quando arrivarono in cima alla collina e Rosalie la vide, esclamò, deliziata: «Ma è bellissima!»

Lulu le sorrise. «Sono così contenta che tu abbia acconsentito a trascorrere qui il Natale. Penso sarà una buona cosa per tutti. Cami temeva che tu potessi avercela con lei, ma le ho assicurato che non sarebbe stato così. Vero, mamma?»

Rosalie sospirò. «Non è stata colpa sua, se mio marito si è innamorato di sua madre.»

«Che cosa è successo? Perché hai sposato papà?»

La madre indicò l'hotel, davanti a loro. «Siamo arrivate, tesoro.»

«D'accordo allora, sarà per un'altra volta. Sto solo cercando di capire, perché vorrei evitare di fare lo stesso errore.»

La madre la guardò. «Troverò del tempo per rispondere

alle tue domande. Te lo prometto.»

Lulu superò la locanda per raggiungere la casa di Cami e parcheggiò nel vialetto. «Qui è dove soggiornerai. È bello e tranquillo. E, se vorrai più movimento, è tutto nelle vicinanze.»

«Perfetto» rispose lei. «Penso che mi piacerà molto.»

Lulu si fermò un momento ad ammirare la casa. Una grossa ghirlanda era appesa alla porta rosso scuro. File di lucine scintillavano dalle siepi che decoravano la base della facciata, il cui rivestimento in legno dipinto di grigio si armonizzava con l'ambiente circostante ed il paesaggio. Alle finestre baluginavano delle candele alimentate a pila, offrendo un caldo benvenuto.

«Che casa adorabile» disse la madre di Lulu, sorprendendola.

In confronto alla loro abitazione in California, quella di Cami sembrava piccola e modesta. Lulu l'aveva amata fin dal primo momento in cui l'aveva vista, ma era sempre stata convinta che quella di Los Angeles fosse stata scelta da Rosalie in persona.

La madre notò il suo smarrimento. «Te lo spiego un'altra volta» disse.

«D'accordo.» Lulu scosse la testa. All'apparenza, era un'altra dimostrazione di quanto poco conoscesse sua madre.

Cami aprì la porta principale. Sophie corse veloce verso l'auto, con le corte zampette che mulinavano vorticose.

«Questa è Sophie. È lei è Cami» annunciò Lulu.

Rosalie restò seduta al posto del passeggero guardando con stupore la padrona di casa. «Santo cielo» sussurrò. «La somiglianza tra voi due è stupefacente.»

«Coraggio. Andiamo a incontrarla.»

Lulu slacciò la cintura di sicurezza e saltò fuori dal veicolo. Poi corse a lato della madre e la prese sottobraccio. Insieme si diressero verso Cami, che le aspettava sul portico davanti. A un gesto di Lulu, la sorella si avvicinò.

«Salve, signora Kingsley, sono davvero felice che abbia potuto venire a Chandler Hill. Spero che si troverà bene, qui da noi.»

«Grazie. E, per favore, chiamami Rosalie.»

Lulu le osservò mentre si stringevano la mano.

Sophie abbaiò e alzò lo sguardo dagli occhietti scuri verso Rosalie, scodinzolando con tale energia da scuotere tutta la parte posteriore del corpo.

«Dunque questa è Sophie... Ciao!» La donna si chinò ad accarezzare la testa della bassottina e le diede una grattata dietro alle orecchie.

A quella scena, Lulu sorrise. «Credo che ti sia fatta un'amica, mamma.»

Rosalie le rispose: «Un buon inizio, non ti pare?»

La tensione che le irrigidiva il collo si ridusse. Lulu lanciò a Cami uno sguardo fiducioso. «Andrà tutto bene. Me lo sento.»

«Rafe, Drew e io non vedevamo l'ora di incontrarla» disse Cami e sorrise alla signora Kingsley.

«Rafe è il nonno di Cami, e Drew il suo fidanzato» precisò Lulu.

«Oh, sì» assentì Rosalie. «Ricordo che mi avevi accennato qualcosa del genere.»

«Ecco Rafe che arriva» annunciò Cami e tutte e tre si voltarono a guardarlo procedere verso di loro.

Lulu ammirò il sorriso sul suo bel volto e, sentendosi travolgere dall'affetto, corse a salutarlo. Si abbracciarono e poi Lulu lo condusse per mano dalla madre.

«Ti presento Rafe» le disse orgogliosa. «È stato fantastico, con me.»

Rafe fece un piccolo inchino alla donna. «È un piacere

incontrarla. Spero di avere l'occasione di farle fare un giro, durante la sua permanenza.»

«Grazie. Mi piacerebbe» rispose Rosalie con un tono allegro che piacque a Lulu.

Lei e Cami si scambiarono sguardi silenziosi. *Forse*, pensò, *questa visita sarà anche meglio di come speravo.*

Quando entrarono, Sophie rimase alle calcagna di Rosalie.

Seduta in sala da pranzo, Lulu provò una rinnovata ammirazione per la sorella e suo nonno. Tutti si preoccupavano che Rosalie si sentisse coinvolta nella conversazione, e anche Drew era così dolce nel provarci.

Rafe parlò della sua famiglia, di come vivessero nella valle da generazioni e di come lui avesse sempre desiderato di possedere delle terre per coltivarci la vite.

«Ha raccolto grandi successi, nella sua attività, e anche Cami.»

«Io non potevo fallire» osservò lei. «Come diceva Nana, sono sia una Chandler che una Lopez.»

«Capisco» intervenne Rosalie. «Dopo aver sentito parlare di tua nonna e aver conosciuto Rafe, sono certa che sia la combinazione perfetta.» Sorrise a Rafe.

«Che sorpresa è stata, per me, questa ragazza. Non può immaginare la mia gioia.» Le guance di Rafe arrossirono per l'emozione. «Credo di essere diventato sentimentale, con l'età.»

«Penso che sia una cosa tenera» commentò Rosalie.

La conversazione si spostò sul tempo. Un'ondata di caldo stava interessando l'area.

«Forse le può interessare un giro dei vigneti» propose Rafe a Rosalie. «Domani, dopo la nostra tradizionale colazione di Natale, fare una bella passeggiata potrebbe essere una buona idea.»

« Cami prepara una salsa olandese fenomenale, per accompagnare le uova alla Benedict» spiegò Drew. Sorrise a Cami. «È un'ottima cuoca.»

«Penso che sia per questo che vuoi sposarmi» lo prese in giro lei.

«Puoi giurarci» rispose Drew, con un sorriso decisamente sexy.

Lulu ridacchiò con gli altri a quelle battute scherzose. Desiderava un uomo che la guardasse come Drew faceva in quel momento con Cami. I suoi pensieri si spostarono su Miguel, ma li scacciò. Era ovvio che non aveva nessun serio interesse per lei.

«Hai sentito di Miguel?» domandò Drew a Rafe. «Andrà in Cile per tre mesi o anche di più. Visto che è l'unico single tra noi quattro delle cantine Lone Creek, ha accettato di trasferirsi là per un periodo e lavorare con un viticultore che conosciamo. Vogliamo capire se è possibile produrre un vino nuovo e unico a Lone Creek, qualcosa che ci distingua da tutti gli altri che sono qui.»

Rafe alzò un sopracciglio. «Non ne sapevo nulla, ma credo che sarà una trasferta interessante. Potrà vedere in prima persona alcune fasi del processo.»

«Potresti anche andare a trovarlo, quando sarà sistemato» aggiunse Drew. «Adesso che hai cominciato a viaggiare.»

«Mia nonna aveva il terrore di volare, ed è per questo che Rafe ha fatto il suo primo viaggio in Europa solo l'estate scorsa» spiegò Cami.

«Davvero?» disse Rosalie. «Ho viaggiato tantissimo, quand'ero giovane, ma col tempo ho cominciato a detestare l'idea dei gruppi organizzati.»

«Comprensibile» commentò Rafe.

Mentre chiacchieravano, Lulu tornò a pensare a Miguel.

Tre mesi era un periodo lungo per starsene lontano, il che le dimostrava che non aveva nessun interesse a trascorrere più tempo con lei.

CAPITOLO DIECI

Il giorno di Natale fu in linea con le previsioni: eccezionalmente caldo, per la stagione, con un soleggiato cielo azzurro. Un dono – così l'aveva definito il tizio alla TV – e Lulu concordava con lui.

Si alzò e corse sotto la doccia, ansiosa di vedere cosa le riservasse la giornata. Aveva scelto con attenzione i regali per tutta la famiglia, e non vedeva l'ora di darglieli.

Vestita e pronta a mettersi in movimento, entrò in cucina, dove trovò Cami ancora in pigiama. Stava preparando la tavola per la colazione e le si rivolse con un sorriso. «Spero che non ti dispiaccia se ho invitato anche Becca, Dan e Miguel. A Nana piaceva avere un po' di gente intorno per l'occasione, e anche a me.»

«Mi sembra un'ottima idea. Troppi dei miei Natali del passato sono stati solitari. Posso darti una mano in qualcosa?»

«No grazie, a meno che tu non voglia preparare una tazza di caffè o di tè per tua madre, e portargliela.»

«Buona idea» le rispose, felice di avere qualcosa da fare. Così avrebbe avuto anche la possibilità di valutare come stesse Rosalie.

Mise una tazza di tè e un piattino con del pane tostato su un piccolo vassoio, e bussò alla porta della camera della madre. Quando non sentì risposta, la spinse per aprirla e guardò a bocca aperta la stanza buia e fredda, e il letto vuoto.

Con il cuore che le martellava nel petto, appoggiò il vassoio sul cassettone e andò a cercarla. Mentre si precipitava verso il bagno, notò un movimento all'esterno e vide la madre seduta sul terrazzo della camera.

Uscì. «Buongiorno mamma, come stai?»

La madre alzò il viso verso di lei sorridendo. «Sto bene. Mi godo questo paesaggio tranquillo e pieno di pace. È delizioso.»

Lulu sedette vicino a lei e la osservò. «È tutto a posto?»

Lei sorrise e annuì. «Se comincerò a sbandare in una direzione o nell'altra, te lo dirò. L'ho promesso a te e a Melba. Ma, grazie.»

«Ti ho portato il tè e del pane tostato. Vado a prendere qualcosa anche per me e torno.»

Gli occhi della madre si illuminarono di gioia. «Mi farebbe piacere, tesoro.»

Contenta, Lulu corse in cucina.

«Tutto bene?» le domandò Cami, notando che si preparava del tè.

«Sta alla grande. Prenditi una tazza di caffè e vieni a salutarla.»

La sorella la seguì fin sul terrazzo e si accomodò su una terza poltroncina. «Buon giorno, Rosalie. Splendida mattina, non è vero?»

«Perfetta» rispose lei. «Mi sembra di essere in un luogo così lontano dal mio solito ambiente.» Sorrise a Cami. «Devo proprio ringraziarti.»

«Sono davvero felice che sia venuta a stare qui con noi.» La voce di Cami esitava. «Temevo che potesse darmi la responsabilità di qualcosa che aveva fatto mia madre.»

«Oh, mia cara, la colpa non è tua. Ma, come ho detto anche a Lulu, sono molti anni che so della storia tra Edward e la donna che amava. Il nostro è stato un matrimonio combinato. Al contrario di Rafe, il nonno di Lulu era un uomo determinato e dominante, con grandi ambizioni per il proprio figlio. Lui e mio padre erano soci in affari, ma non andavano sempre d'accordo. Quando il mio fidanzato ruppe con me all'improvviso, il padre che adoravo mi convinse che avrei potuto fare grandi cose per il mondo, aiutando Edward a perseguire i suoi obiettivi. Il problema è che, a dire la verità, nessuno di noi due era un granché innamorato.»

«Ma perché non l'hai lasciato, mamma?» domandò Lulu, trattenendo le lacrime.

La madre spalancò gli occhi. «Come potevo? Ho avuto te, e poi Teddy. E, dopo la morte di tuo fratello, ero troppo devastata...» Smise di parlare e, nel silenzio che seguì, le parole non dette rimasero a fluttuare tra loro, come farfalle alla ricerca di un posto su cui posarsi.

«Un'altra volta, se lo vorrà, mi piacerebbe sapere qualcosa di più su mio padre» disse Cami a bassa voce. «Ora come ora, non so proprio cosa pensare di lui.»

«Un'altra volta, sì» convenne Rosalie. Si alzò e fece un profondo respiro. «Penso che andrò a prepararmi per la giornata. Se più tardi farò quel giro con Rafe, penso che sia meglio indossare qualcosa di comodo.»

«Sì» confermò Lulu. «Non vedo l'ora che tu abbia l'occasione di conoscerlo meglio.»

Cami raccolse i piatti di Rosalie dal tavolino e rientrò in casa con lei, lasciando la sorella ai suoi pensieri.

Dopo aver ascoltato il racconto della madre, Lulu era determinata a tenere in sospeso ogni progetto che riguardasse Will. Passato qualche mese, se fosse stata ancora interessata, avrebbe cominciato a lavorare alla sua campagna.

Gli altri erano attesi per le undici: Lulu portò i suoi regali in salotto e li appoggiò vicino all'abete nell'angolo della stanza. Lei, Cami e Drew l'avevano decorato con gli addobbi di famiglia. La collezione di Babbi Natale di Nana era allineata sulla mensola del camino, e altri ornamenti erano disposti con cura in tutta la stanza. Lulu ne ammirava la semplicità.

Vide che la madre era seduta a leggere sul divano, così prese uno dei doni e glielo portò. «Prima che arrivino gli altri, vorrei che tu lo aprissi.»

Rosalie la guardò, stupita. «Per me?»

«Sì. Spero che ti piaccia.» All'idea che la madre lo rifiutasse, le si torse lo stomaco.

In quel momento, Cami entrò nel salotto con Drew. «Scartate i regali?»

«Questo è uno speciale, da aprire prima che arrivino gli ospiti» spiegò Lulu.

Tutti e tre guardarono Rosalie spacchettare con cura il suo dono. Dopo aver visto l'etichetta sulla scatola, si rivolse alla figlia. «Per me? Davvero?»

Non sapendo se alla madre fosse piaciuto, Lulu spiegò d'un fiato: «Ricordo che un tempo avevi l'abitudine di fotografare me e Teddy. Ho pensato che ti potesse piacere l'idea di fare degli scatti al paesaggio qui intorno, e magari riprendere la tua passione per la fotografia. È una fotocamera digitale molto semplice da usare.»

«Che dire, Lulu. Non credevo che te ne ricordassi. Che bel pensiero hai avuto! Questo è il luogo perfetto per ricominciare.» La abbracciò. «Penso che dovrai spiegarmi qualche cosa sul funzionamento, ma mi piacerebbe provare. Da qualche parte, a casa, ho scatole e scatole di fotografie delle persone che io e tuo padre abbiamo incontrato.»

Per Lulu fu come se un pesante fardello le venisse tolto dalle spalle. Se la madre avesse trovato degli interessi al di fuori della casa, forse si sarebbe sentita meglio, con una visione più positiva della vita. Si rivolse a Cami.

«Posso darti il tuo regalo, adesso? Non vedo l'ora.»

Cami sorrise. «Certo. Adoro le sorprese.»

Lulu le diede il pacchetto e cominciò a dimenarsi mentre Cami strappava l'involucro. La sorella aprì la scatola, vide il pendente oro e argento appeso alla catenina e si voltò verso Lulu sorridendo.

«Tu hai l'altra metà?»

Lulu tirò fuori da sotto il maglione il ciondolo a forma di mezzo cuore. «Si combinano in modo perfetto.»

A Cami si riempirono gli occhi di lacrime. «È un dono meraviglioso e davvero azzeccato. Ti ringrazio moltissimo!» Si agganciò la catenina al collo e la abbracciò. «Sorelle per sempre.»

«Sorelle per sempre» rispose Lulu, che ancora faticava a credere che il suo desiderio di tanto tempo prima si fosse finalmente avverato.

Arrivò Rafe, e vennero scambiati altri regali.

Quando Rafe vide quello di Cami e Drew per lui, scoppiò a ridere. «Volete liberarvi nuovamente di me?»

«Sappiamo quanto tu abbia apprezzato la crociera fluviale, l'estate scorsa. Abbiamo pensato che ti facesse piacere farne un'altra» spiegò Cami.

«Certo che mi fa piacere» rispose Rafe, con semplicità. «Certo che sì.» Si rivolse a Rosalie. «Ha mai fatto una crociera su un fiume?»

Lei scosse la testa.

«Potremmo pensare di farne una insieme, come amici che viaggiano separatamente. I single sono benvenuti, ma andare con un'amica sarebbe ancora meglio.»

Lo sguardo sorpreso di Rosalie si trasformò in gradimento. «Vorrei pensarci un attimo, ma dev'essere una bella vacanza. Possiamo parlarne. Alcuni amici l'hanno fatta e gli è piaciuta molto.»

«Anche a me sembra una buona idea, mamma.» Lulu notò lo sguardo compiaciuto che Rosalie si scambiò con Rafe, e le si riempì il cuore. Conosceva Rafe a sufficienza per sapere che non stava cercando di fare la corte a sua madre, ma voleva solo aiutarla a tornare a una vita normale, e mettere un po' di distanza dalle disgrazie che l'avevano segnata. Chiunque gli era vicino sapeva che il suo cuore era stato dato a Lettie per sempre.

Lulu fu sorpresa quando Rafe le diede un pacchetto. «Per me?»

La sua espressione era colma di emozione. «Da me e Nana.»

Prima di aprire la confezione, Lulu aveva già gli occhi lucidi. Con la vista annebbiata, aprì la scatolina e vi trovò degli orecchini di ottimo gusto, ciascuno con incastonato uno splendido diamante.

Il sorriso di Rafe era commovente. «Li ho trovati in uno dei miei cassetti e ho pensato che fossero perfetti per te. Io e Cami siamo dell'idea che a Nana farebbe molto piacere sapere che li hai tu.»

«Grazie» mormorò Lulu, cercando di non piangere. Le avevano fatto regali più importanti e più costosi, ma nessuno significava così tanto per lei.

«Che belli!» commentò la madre a bassa voce e rivolse a Lulu un sorriso tenero. Poi si voltò verso Cami e quindi guardò Rafe. «Avete fatto in modo che mia figlia si sentisse accolta e parte importante della vostra famiglia. Non potrò mai ringraziarvi abbastanza.»

«Ho un dono anche per lei, Rosalie» disse Cami, porgendole un allegro pacchetto con stelline scintillanti.

Rosalie aprì la scatola, che conteneva una giacca di pile grigia con il logo di Chandler Hill, e sorrise. «La indosserò subito. Grazie.» Abbassò la lampo e se la infilò.

«Ti va perfetta» osservò Lulu, notando che la madre era quasi commossa.

Tra le risate e i sentimenti affettuosi, pensò che fosse il miglior Natale mai trascorso. E quando vide che Cami si inteneriva nel vedere la cornice con la foto che aveva scattato a lei e Drew, capì di aver fatto la scelta giusta.

Avevano appena rimesso un po' a posto, quando arrivarono Becca, Dan e Miguel.

«Buon Natale!» strillò Becca, entrando. Dan le camminava a fianco e portava una enorme palma.

«Abbiamo pensato che facesse al caso tuo, Cami. Hai detto che ti serviva una pianta per riempire lo spazio vicino alla porta scorrevole, sul lato meridionale della casa» spiegò l'amica, intimando a Dan di appoggiarla in fondo al salotto.

Miguel li seguiva, e aveva con sé una piccola scatola avvolta in della carta dai colori brillanti e una calza rossa piena di premietti per cani. «E non ci siamo dimenticati di Sophie. Vieni qui, Soph!»

Il cane trotterellò fino a lui, afferrò un estremo della calza e scappò via, portandosela nell'angolo più lontano della stanza.

Miguel scoppiò in una risata. «Penso di avere azzeccato i suoi gusti.» Porse l'altro pacchetto a Cami. «Mi dicono che qui c'è qualcuno che ama in modo particolare la cioccolata belga.»

Lulu nascose la propria sorpresa. Sapeva che si riferiva a lei e fu colpita da quel pensiero gentile. Lanciò un'occhiata nella sua direzione, ma Miguel si era già voltato verso Drew.

Cami e Lulu presentarono Rosalie a tutti, e poi la casa si riempì di chiacchiere, mentre Cami e Rafe distribuivano un punch alla frutta a Rosalie e cocktail mimosa a tutti gli altri.

Lulu si mise su una sedia di fronte alla madre, che si era sistemata sul divano, a fianco di Rafe. Da quella posizione, ritrovò in Rosalie la donna attraente che era. L'aria buona, il nuovo ambiente e l'aggiustamento alla terapia stavano facendo effetto. E, a essere onesti, forse anche il non doversi più preoccupare di che cosa il marito stesse o no facendo con un'altra donna, era un fattore positivo.

Becca aveva un mondo di aneddoti sulla cucciola che aveva regalato a Dan per Natale. Daisy, una piccola labrador nera, a sole dieci settimane era già una signorina di otto chili.

«Diventerà il cane perfetto per la fattoria» disse Dan. «Il vecchio Mike, il golden retriever che abbiamo ereditato da Rod Mitchell – il precedente proprietario della cantina Lone Creek – comincia ad avere i suoi anni.»

Cami prese in braccio Sophie. «Questa tesorina può non essere grande e grossa come i vostri cani, ma è una piccola e abile cacciatrice. Vero, Sophie?»

A quel segnale, il cane scodinzolò e abbaiò, facendo divertire tutti nella stanza.

«È davvero brava, con gli ospiti della locanda» confermò Becca. Si mise a ridere. «Ho quasi fatto venire un colpo a mia madre quando le ho detto che io e Dan avevamo un figlio segreto. Ma si è tranquillizzata quando ha capito che mi riferivo al cucciolo che gli avevo preso.»

«Quando avremo finito i lavori alla casa di Taunton Estates, mi prenderò un cane anch'io» disse Miguel. «Ma non prima.»

«Come stanno andando?» domandò Rafe.

«All'interno abbiamo fatto tutto quello che potevamo. In primavera, attaccheremo con l'ampliamento.» Si voltò verso Lulu con un sorriso. «Sei tu che mi hai convinto a procedere con il progetto.»

Gli occhi di tutti furono subito su di lei, e sentì che le guance le diventavano bollenti. «Mi ha solo mostrato ciò che voleva fare» spiegò, a disagio.

«Penso che sia un'idea molto romantica» intervenne Becca, seduta vicino a Miguel. Gli diede un colpetto sul gomito. «E infatti, lui è un romanticone.»

«Tutte le ragazze della valle la pensano così» continuò a prenderlo in giro Cami. «Quanti cuori spezzerai, con la tua partenza, la prossima settimana?»

Miguel sollevò le mani in segno di resa. «Smettetela!» Il sorriso che aveva sul volto era scomparso. «Lo sapete che non scherzo, quando si parla di cose serie. Certo, esco con molte ragazze e mi diverto, ma è perché non ho ancora trovato quella giusta. Quando succederà, sarete i primi a saperlo.»

A quelle parole perentorie, Lulu si irrigidì. Fece di tutto per mantenere un'espressione neutra, ma le sembrava di essere stata trafitta da una freccia.

Cami si alzò. «Chi è pronto per un altro mimosa?»

Lulu sollevò la mano. «Io» rispose, ignorando lo sguardo severo della madre.

Dopo un brunch delizioso, Lulu aiutò Cami a riordinare e poi annunciò che sarebbe andata a riposare. Forse si trattava di tutte le emozioni della giornata, ma era esausta. Rafe e la madre erano già usciti a fare il giro dei vigneti.

Sdraiata sul letto Lulu decise che, terminate le festività, avrebbe invitato Will a Chandler Hill, così da poter discutere seriamente del futuro. Forse ciò l'avrebbe aiutata a farsi un'idea di come potesse essere un'eventuale vita insieme a lui. Era ovvio che una relazione con Miguel non poteva accadere: aveva detto molto chiaramente di non aver ancora incontrato la ragazza giusta. Il dolore le strinse il cuore.

CAPITOLO UNDICI

La mattina successiva, mentre prendevano il caffè, Rosalie chiese a Cami il permesso di rimanere fino al due di gennaio, invece di ritornare a Los Angeles il ventisette di dicembre, come previsto. «Rafe mi ha suggerito di trascorrere a Chandler Hill la notte di San Silvestro e il primo dell'anno. Sa quanto possano essere difficili da passare da soli, i giorni di festa» spiegò a lei e alla figlia. «È un uomo molto dolce e ancora così innamorato della sua Lettie.»

«Ma certo che può restare! Sono molto contenta che le faccia piacere.» A Cami si inumidirono gli occhi. «Il rapporto tra Rafe e mia nonna è quello che desidero avere con Drew. Amorevole e duraturo.»

«È difficile trovare un brav'uomo» osservò Rosalie. «Ma il tuo Drew sembra molto carino. E voi due date l'impressione di essere molto felici insieme.»

«Pensavo di invitare qui Will, dopo le feste» intervenne Lulu. «Non sono ancora sicura di volerlo aiutare nella campagna o no.»

Nel silenzio che seguì, Rosalie disse a Cami: «Rafe mi ha parlato anche del tuo desiderio di sapere di più su tuo padre. Mi ha spiegato che ti sei fatta molte domande su di lui per un lungo tempo e hai cominciato a cercare delle informazioni subito dopo aver incontrato mia figlia.»

«Io stessa ho l'impressione di non averlo mai conosciuto per davvero» spiegò Lulu. «Pensi che parlare di lui sia doloroso per te, mamma? Altrimenti, mi farebbe piacere ascoltare.»

«È una buona cosa che entrambe abbiate maggiori dettagli su di lui. Gli esseri umani sono complessi. Lui non era cattivo come la stampa ha cercato di far credere. E tu, Lulu, sai meglio di altri quanto volesse davvero fare del bene al paese e al mondo intero.»

«È vero» convenne Lulu. Si rivolse a Cami. «Ti va bene se ne parliamo adesso? So che in genere a quest'ora vai alla locanda.»

Cami guardò l'orologio del microonde. «Lascia che chiami Becca per dirle che farò tardi, e possiamo farlo subito. A lei va bene, Rosalie?»

La madre di Lulu fece un lungo sospiro. «Direi che adesso è un momento giusto come un altro, e credo che Rafe abbia ragione. Entrambe avete il diritto di sapere di più su vostro padre, al di fuori di ciò che dicono i commentatori politici o la stampa.»

«Faccio dell'altro caffè» propose Lulu.

«E io porto altri biscotti» aggiunse Cami. «Anche se sono tutta in subbuglio per l'emozione, penso che dobbiamo essere più comode possibile. Perché non andiamo in salotto? Accendo il camino, così la stanza sarà più calda e accogliente.»

Mentre Lulu preparava il caffè, sentiva lo stomaco fuori posto come lo era da settimane. Capì quanto la preoccupasse lo stato mentale della madre e le lanciò un'occhiata. Tranne le sopracciglia aggrottate, sembrava a suo agio rispetto alla conversazione che l'aspettava.

Lulu sedette sul divano vicino a lei, mentre Cami si raggomitolò nell'ampia poltrona a fianco, rivolta verso di loro.

«Rosalie, le sono davvero grata di aver acconsentito» disse Cami. «Lei non sa quante volte mi sono chiesta chi fosse mio padre, che aspetto avesse, perché mia madre si rifiutasse di parlarne, e tutte le altre domande che avevo su di lui fin da bambina. Nana e Rafe avevano rispettato il desiderio di mia madre di non insistere per avere informazioni, ma io ho sempre avuto bisogno di risposte.»

«Posso immaginare la tua curiosità, il desiderio di conoscere qualcosa di più. Tutti noi vogliamo sapere le cose che riguardano la nostra famiglia.» Rosalie fece una pausa e poi continuò, a bassa voce. «Come ho accennato, sono cresciuta come figlia unica di genitori che mi adoravano. Io e mio padre eravamo molto uniti, e lo siamo stati ancor di più dopo che mia madre morì di cancro, quando avevo dodici anni. In sua assenza, crescendo ho assunto il ruolo di padrona di casa. Mio padre era un uomo d'affari di successo e membro importante e rispettato della società.»

Lulu guardò Cami e fece una smorfia. «Anche mia madre mi faceva partecipare a tutte le attività sociali, tipo il ballo delle debuttanti e il resto.»

«Sì, beh, pensavo che fosse meglio così. E comunque, mio padre e quello di Edward decisero che avremmo formato la coppia perfetta. William Kingsley aveva grandi ambizioni politiche per il suo unico figlio e gli doveva trovare una moglie che avesse le conoscenze giuste e sapesse sovrintendere agli obblighi sociali necessari per aiutarlo ad avere successo in politica. Avevo appena rotto con un uomo di cui ero davvero innamorata, quando Bill Kingsley e mio padre mi vennero a parlare. Devastata dall'aver perso colui che credevo fosse il mio solo e unico amore, accettai di incontrare Edward.»

Rosalie prese un sorso di caffè e si appoggiò nuovamente allo schienale del divano, persa nei ricordi. «Edward era un uomo straordinario: bello, intelligente, pieno di energia e con l'abilità di sembrare sempre interessato agli altri. Fin dall'inizio ne fui affascinata.» Fece una risatina. «Chi non lo sarebbe stata?»

«Sapeva del suo viaggio in Africa?» domandò Cami, sporgendosi in avanti.

«Di quel viaggio in Asia e Africa ci parlò per mesi e poi, subito dopo esserci sposati, non ne fece più parola. Immediatamente dopo nacque Lulu e provammo subito ad avere altri figli. Ma Teddy non arrivò che dopo un po' di tempo.»

Lo sguardo che la madre le rivolse era così colmo di tristezza che Lulu trattenne il fiato.

«Amavamo entrambi quel bambino. E, Lulu, amavamo anche te. Tu eri la nostra prima figlia. Mentre Teddy arrivò in un momento in cui cercavamo di tenere le cose insieme. Ci furono alcuni anni buoni e poi...» La voce le si affievolì.

«Poi lui morì» disse Lulu, senza giri di parole.

Rosalie cercava di trattenere le lacrime. «E quella fu la fine» disse, semplicemente. «Sapevo che Edward aveva delle relazioni. Credeteci o no, ma era qualcosa che potevo accettare. Ma non sopportavo di sapere che aveva sempre amato un'altra donna più di me. Quella lettera che gli aveva scritto e che io avevo trovato, Edward la rileggeva di continuo.» Si girò verso Cami. «Sebbene ci provasse, era una cosa che non riuscì mai a tenere nascosta.»

«Mi spiace» disse Cami sottovoce.

«Oh, tesoro, non c'è niente di cui ti devi dispiacere. Sapevo fin dall'inizio che sposarci era stato un errore. E dopo tutto quello che avevamo passato insieme, mi stancai di cercare di essere l'immagine della moglie perfetta. Volevo un uomo che mi amasse per quello che ero. Ma, ovviamente, il divorzio non era un'opzione. In politica, ti tieni il tuo matrimonio mal riuscito pur di raggiungere gli obiettivi a lungo termine. Ma una cosa che voi due dovete sapere è che vi amava entrambe moltissimo. Vostro padre era brillante e impegnato, proprio come voi.»

«Ha mai parlato di me o di mia madre?» domandò Cami, e poi si pentì di averlo fatto. «Mi spiace, sono stata indelicata a chiedere...»

Rosalie la interruppe. «Ne abbiamo discusso una volta, subito dopo il suo ritorno dall'Africa, prima di sposarci. Poi mi fece promettere di non parlarne mai più. E così fu. Non avevo idea che ci fosse una figlia, fino a quando non trovai la lettera di Autumn. Uno dei motivi per cui ho voluto venire a Chandler Hill è stato quello di poterti incontrare.» Le lacrime le scorrevano lungo le guance. «Se tua madre ti assomigliava in qualche modo, Cami, ora capisco perché Edward l'ha amata.»

Cami gemette piano e si coprì il viso con le mani.

Lulu andò da lei e sedette sul bordo della poltrona. La abbracciò e sussurrò: «Penso che nostro padre sarebbe felice di vederci insieme.» Poi si raddrizzò. «E, mamma, il papà sarebbe orgoglioso del modo in cui hai gestito tutto questo con grande dignità.»

«Grazie, tesoro. Ho sempre desiderato di avere altri figli. Forse, col tempo, Cami mi accetterà come parte della famiglia.»

Cami sollevò il volto rigato di lacrime. «Per me è già così.»

Tutte e tre stavano ancora asciugandosi gli occhi quando Rafe bussò ed entrò in casa. Le guardò a bocca aperta e sbiancò. «Cosa c'è che non va?»

Cami corse dal nonno. «Abbiamo aggiunto due componenti alla famiglia. A te va bene?»

Lui guardò Rosalie e Lulu e annuì. «Lettie ne sarebbe felice.»

«Qualcuno vuole un caffè?»

Rafe scosse la testa. «Sono venuto a chiedere a Rosalie se ha voglia di vedere Taunton Estates. Pensavo fosse meglio andare stamattina. Nel pomeriggio sono previsti vento e pioggia.»

Rosalie si alzò. «Dammi solo il tempo per prepararmi. Sarò

felice di visitare la tua cantina.»

«Forse è meglio approfittare della proposta di Cami per un caffè» osservò Lulu con un sorriso divertito. «Può volerci un po' perché la mamma sia pronta.»

«Va bene, lo faccio io» convenne Rafe, e seguì la nipote in cucina.

Lulu li lasciò per raggiungere la madre nella sua camera. Era davanti alla porta scorrevole che conduceva sul terrazzo.

«Stai bene?» le domandò, arrivando alle sue spalle.

La madre si voltò. «Sono solo un po' triste per tutto quello che è successo in passato. Ma lo supererò. Rafe capisce che situazione difficile abbiamo attraversato. Anche se non eravamo la coppia ideale, amavo tuo padre per la persona che era: un uomo imperfetto, con la mania del controllo, con cui ho passato metà della mia vita nel ruolo di moglie. Faccio ancora fatica ad accettarne la morte. Rafe capisce anche questo. Lui non ha superato la scomparsa di Lettie. In tutta onestà, è probabile che non ce la farà mai.»

«Posso fare qualcosa per te?» domandò Lulu. «Hai preso le medicine?»

«Sì, le ho prese» rispose la madre, con un inconfondibile tono tagliente.

Lei nascose il fastidio e si obbligò a sorriderle. «Solo un controllo.»

La madre le prese il viso tra le mani. «Grazie.»

Mentre uscivano insieme dalla camera per andare da Rafe, Lulu si sentiva più madre che figlia. Poi, scorgendo il sorriso che le attraversava il volto, scacciò la preoccupazione. Chandler Hill era un posto magico.

Per il resto della sua permanenza, Lulu vide poco la madre. L'hotel era pieno di ospiti che arrivavano per il cenone di San

Silvestro, perché era ormai il posto più alla moda in cui passare la serata. Al Granaio erano tutti indaffarati con i saldi post-vacanze, l'aggiornamento delle scorte con i nuovi articoli e l'inserimento nell'inventario dei prodotti a catalogo.

Quando arrivò l'ultimo dell'anno, Lulu decise che era troppo stanca per andare alla locanda. Aveva delle emicranie intermittenti, oltre allo stomaco in disordine, e voleva solo trascorrere la serata in pigiama a leggere un libro o piangere per un film. Will l'aveva chiamata e proposto di venire in Oregon a trovarla durante le feste, ma gli aveva risposto con cortese fermezza di aspettare che la madre se ne fosse andata, quando avrebbe potuto concentrarsi su di lui.

«Sei sicura di voler rimanere a casa? Dopo il cenone per gli ospiti, ci riuniamo con tutto lo staff e gli amici per festeggiare tra noi» disse Cami. Indossava un abito di seta aderente a maniche lunghe, color verde bosco, che valorizzava meravigliosamente i suoi capelli biondo fragola e il fisico snello.

«Sono sicura» rispose Lulu, soffocando uno sbadiglio. «Il pensiero dell'alcool e del cibo pesante mi fa venire la nausea. Io e mia madre condivideremo un pasto semplice qui a casa. E poi, domattina ho il primo turno al Granaio e voglio aver dormito a sufficienza. Il giorno seguente non lavoro, perché accompagno mia madre all'aeroporto. Rafe si era offerto, ma gli ho detto che per me era importante fare questa cosa per lei.»

«È carino che siano diventati amici» disse Cami. «Penso che godano della reciproca compagnia.»

«Sì» rispose cauta Lulu. Sua madre stava andando così bene, che ne era preoccupata.

Arrivata in aeroporto e in attesa del volo di rientro, la

madre di Lulu cominciò ad agitarsi. «Non voglio tornare alla mia vecchia vita. Ma non posso lasciare la California. Non ora. Devo occuparmi di Melba.»

«Mamma, è Melba a prendersi cura di te. Non il contrario.»

Rosalie ignorò con un gesto della mano il commento di Lulu. «Questo lo so. Ma anch'io la tengo d'occhio. È la sorella che ho sempre voluto. E che cosa farei, se lasciassi Los Angeles? Tutte le mie amiche sono là.»

«Quel paio che ti sono rimaste, dopo i casini di papà?» rispose Lulu, incapace di nascondere il disgusto. Le si rivoltava lo stomaco. «Dopo che ti sarai sistemata a casa, io e te faremo un discorso. Spero che per allora avrò preso una qualche decisione riguardo a Will e alla sua campagna.»

Rosalie sospirò. «Va bene. Mi sembra ragionevole.»

Quando infine la madre dovette mettersi in fila per i controlli di sicurezza, Lulu la abbracciò e baciò e disse: «Ti voglio bene. Fai buon viaggio.»

Con gli occhi umidi, lei rispose: « Ti voglio bene anch'io.»

Prima che la scena diventasse troppo sdolcinata, Lulu si voltò e si diresse verso l'uscita.

CAPITOLO DODICI

Quando Lulu ritornò a Chandler Hill, andò direttamente alla locanda. La maggior parte degli ospiti era già ripartita, e il personale era impegnato a riordinare le camere.

Lulu bussò all'ufficio di Cami e quando udì il suo «Entra pure» aprì la porta.

Cami la guardò, raggiante. «Ciao! Io e Becca stavamo parlando del suo matrimonio. Ha sempre pensato di farlo in inverno, ma adesso sta valutando di tenerlo in sospeso, finché il tempo non migliora.»

Lulu lanciò un'occhiata a Becca. «Mi sembra sensato. Oggi c'è un clima deprimente: freddo e nuvoloso. Credo di essermi fatta viziare dalle giornate tiepide che ci sono state, ma ho sentito al notiziario che è questo il tempo classico per la stagione.»

«È un peccato dover aspettare, ma io e Dan, comunque, viviamo già insieme. Solo, non vorrei rimanere incinta prima di sposarmi.»

L'emicrania, che aveva dato qualche avvisaglia in precedenza, le esplose nella testa con una scarica di lampi luminosi. Si aggrappò alla sedia e chiuse gli occhi.

«Stai bene?» domandò Cami.

Le sembrò che la voce arrivasse da una cavità profonda. Provò a rispondere e si sentì cadere.

Quando Lulu riaprì gli occhi, uno sconosciuto con felpa blu e pantaloni scuri la guardava, preoccupato. Inginocchiato di fianco a lei, con una mano le sentiva il polso e con l'altra la fronte.

«Buongiorno. Sono il dottor Miller, un ospite dell'hotel. Come si sente? Può spiegarmi che cosa le è successo?»

Si guardò intorno. Era ancora nell'ufficio di Cami, sdraiata sul pavimento. Lei e Becca la osservavano con gli occhi spalancati. «Il dottore era nelle vicinanze quando sono andata a cercare aiuto» le spiegò la sorella.

«Tutto a posto. Devo aver avuto una vertigine, causata forse dalle emicranie di cui soffro ultimamente. Quello, oppure sto covando un'influenza. Non mi sento molto bene, di recente.»

Il dottor Miller si alzò e la aiutò a mettersi seduta. «Adesso va meglio?»

Lulu annuì. «Mi sento solo un po' strana. Tutto qui.»

«La temperatura e le pulsazioni sono a posto. Forse è un po' disidratata. Succede, in questo periodo dell'anno, con tutte le feste, i piatti elaborati e l'alcool.»

«Dev'essere così» disse Lulu, pur sapendo che non poteva trattarsi di quello. Negli ultimi giorni non aveva bevuto, né mangiato cibi pesanti. No, doveva essere peggio di quello che il dottore ipotizzava. L'unica cosa che desiderava era di uscire dall'ufficio e andarsene a casa, dritta a letto.

Dopo averla aiutata ad alzarsi e a sedersi su una sedia, Miller si rivolse a Cami. «Penso che sua sorella starà presto bene. Deve solo starsene tranquilla per il resto della giornata.»

«D'accordo. Grazie per essere venuto ad aiutarci.» Gli strinse la mano. «È stato molto gentile.»

Appena il dottore si voltò per andarsene, Lulu domandò a Cami: «Per quanto tempo ho perso i sensi?»

«Solo pochi secondi. Miller era nel corridoio, quando sono uscita a cercare aiuto.»

«Non preoccupatevi, non è niente» disse Lulu, ma la sua voce tremante si trasformò in un gemito e poi scoppiò in lacrime.

Cami la abbracciò. «Santo cielo! Cosa ti succede?»

Lulu inspirò ed espirò profondamente più volte, per cercare di calmarsi. Stava ancor peggio di come si era sentita nelle settimane precedenti. A fatica, riuscì a sussurrare: «Credo di essere incinta.» Si fece largo tra Cami e Becca, corse nel bagno privato dell'ufficio e vomitò.

«Oh, tesoro» esclamò Cami, raggiungendola, e le diede un asciugamano umido. «Mi spiace così tanto.»

«Devo dirlo a Will» mormorò Lulu, consapevole di non poter più partecipare alla campagna. I pettegolezzi avrebbero azzerato le sue speranze di vittoria, specialmente se riguardavano la figlia di un uomo caduto in disgrazia per le proprie azioni.

Lulu afferrò la mano che Cami le allungava e si mise in piedi. Avendo lei e Becca al suo fianco, si sentì invasa da una rinnovata energia.

«Vi prego di non dirlo a nessuno. Non ho ancora idea di ciò che farò. In questo momento, è come se il mondo mi fosse crollato addosso.»

«Va bene, tranquilla» rispose Cami. «Noi siamo con te.»

«Certo che sì» aggiunse Becca, dandole un breve abbraccio.

«Mi promettete di non farne parola neanche ai vostri fidanzati?»

Le amiche sollevarono la mano destra.

«Ottimo, vi ringrazio. Adesso, vorrei andare a casa a riposarmi» annunciò Lulu, con tutta la dignità che riuscì a trovare. Avrebbe voluto rannicchiarsi in posizione fetale e rimanere così fino a svanire in un ricordo.

«Ti accompagno io in macchina» disse Cami, con una tale

fermezza che Lulu non osò contraddirla.

Uscirono insieme dalla locanda.

Cami la guardò con un'espressione così preoccupata che le fece venire le lacrime agli occhi. «Sei sicura di stare bene?»

Lulu si strinse nelle spalle. «Potrei restare a vivere da te, finché non avrò preso una decisione?»

«Oh, tesoro, certo che sì. Per come è organizzata la casa, puoi entrare e uscire quando vuoi, senza disturbare me e Drew, e avere la privacy che hai sempre desiderato.»

«Grazie» rispose lei, cercando di trattenere altre lacrime. Essendo ancora aperta la proposta di lavorare con Will, doveva pensare a un modo gentile per tirarsi indietro. Si strinse le mani, in preda a una nuova ondata di nausea. Era in un bel casino.

Cami accostò nel vialetto di casa. «Ricordati che sono a pochi minuti di distanza, se hai bisogno di me.»

Lulu annuì e cercò di sorridere. «Grazie, sorellina.»

Mentre entrava nella casa vuota, si sentì più sola che mai. Non serviva fare il test di gravidanza. Ora che ci pensava, tutti i sintomi erano più che evidenti. La costante sensazione di nausea, la stanchezza, anche l'ingrossamento del seno, che aveva attribuito all'aumento di peso dovuto all'ottimo cibo. E c'era un solo uomo a poter essere il responsabile. Ma come? Aveva usato una protezione... Si era forse rotto un profilattico?

Girò i tacchi e si diresse giù per la collina, verso il boschetto speciale riservato alla famiglia. Quando erano nei guai si rifugiavano lì, per trarre ispirazione e tranquillità dall'atmosfera di pace che quel luogo riservava. È lei era più che nei guai. Aveva fatto il più grande errore della sua vita.

Si mise a passeggiare avanti e indietro, tra i pini profumati di resina che sussurravano nella brezza e le latifoglie dai rami spogli, vuoti come il suo futuro.

Quando sentì dei passi dietro di sé, capì subito chi poteva essere. Si voltò e cercò di mandar via le lacrime.

«Cosa succede, *cariño*?» domandò Rafe.

L'espressione tenera sul suo volto fece crollare gli argini del suo proposito. Piangendo, corse tra le braccia che le porgeva.

«Oh, Rafe, ho fatto un gran pasticcio della mia vita. Non so più come comportarmi» singhiozzò.

Rafe le diede delle piccole pacche sulla schiena. «Cominciamo col capire di che problema si tratta. Avanti, siediti qui con me.»

Si sistemò sulla panchina di fianco a lui e lo guardò, con gli occhi velati dalle lacrime. «Sono quasi certa di essere incinta. Ci sono tutti i segnali. Mi sono rovinata la vita.»

«Beh, ho sempre pensato che un bambino aggiungesse qualcosa alla vita» osservò, con calma. «Se sei incinta, non deve essere necessariamente una catastrofe.»

«Ma devo anche dire a Will che non potrò lavorare alla sua campagna, e di sicuro non posso sposarlo.»

«Non è suo, il bambino?»

Lulu scosse il capo. «No, e non voglio che il padre lo venga a sapere. Alleverò il bambino da sola.»

«Chiunque sia il padre, ha il diritto di sapere» disse Rafe.

Il tono severo della sua voce ricordò a Lulu di quello che gli era successo, riguardo a sua figlia Autumn. Sussultò. «Oh, Rafe, perdonami... Mi ero dimenticata che...»

«Ogni uomo ha il diritto di sapere una cosa del genere, e di prendersi la responsabilità delle proprie azioni.» Lo sguardo deciso che le rivolse la fece dimenare sulla panchina, a disagio.

«Di chi si tratta? Qualcuno che conosciamo?»

Lulu fece un lungo, doloroso sospiro. «È Miguel. Siamo usciti insieme una sera. Ci siamo fatti trasportare dal chiaro di luna, mentre parlavamo dei progetti per casa sua. E, più tardi, è stato così... tenero, e dolce... che...»

«È un uomo d'onore. Di sicuro, vorrà fare la cosa giusta» disse Rafe, stringendole il braccio per incoraggiarla.

Avvilita, Lulu tirò su col naso. «A Natale, hai sentito che ha detto di non aver ancora incontrato la persona giusta? Non voglio un uomo che si senta in obbligo di sposarmi. Se insisti, gli dirò del bambino, ma non cambierò idea.»

«Una passo alla volta, mia cara» suggerì Rafe.

Un singhiozzo le strozzò la gola. «Cami è fortunata ad averti come nonno.»

Lui le rivolse un sorriso dolce. «Dimentichi che io e Cami abbiamo già incluso te e tua madre nella famiglia.»

Lulu esitò e poi domandò: «Ma tu e mia madre...»

«Solo amici. Ha la stessa età che avrebbe Autumn se fosse in vita. Mi piace pensare che Rosalie mi aiuti a scoprire come sarebbe stato avere mia figlia con me. Può parlarmi praticamente di qualsiasi cosa, perché sa che non andrò mai oltre. E posso offrirle un po' della saggezza che ho raccolto lungo la mia strada. Suo padre le manca ancora, sai...»

«Io me lo ricordo a malapena. È morto prima che Teddy nascesse.»

«La morte fa parte della vita» osservò Rafe. «È per questo che è importante accogliere una nuova vita.»

Lulu trasalì. «Non pensare che io... Oh, Rafe! Non interromperei mai questa gravidanza.»

«Bene» disse Rafe, tranquillo. «Hai smarcato il primo punto. Ora possiamo passare alle decisioni successive. Decisioni che puoi prendere solo tu.» Si alzò. «Cosa ne dici di una tazza di tè? Le ossa mi si stanno congelando.»

«Hai del decaffeinato? Devo essere prudente.»

Rafe le diede una pacca sulla schiena. «Brava ragazza.»

Dopo aver passato dell'altro tempo con Rafe ed essere stata

rassicurata sul fatto che non avrebbe detto niente a nessuno, Lulu si sentiva meglio e più forte. Andò alla farmacia in città e comprò il test di gravidanza, che immaginava sarebbe stato positivo. Comunque fosse, voleva esserne assolutamente certa.

Tornata a casa, sedette sul bordo della vasca e guardò lo stick, con la calma di chi conosce già il responso. Immaginò di essere più o meno di sette settimane. Il che voleva dire che il bambino sarebbe nato in agosto.

Gettò via il test e il materiale di accompagnamento e andò a prendere il computer. Non per niente sapeva gestire una campagna elettorale.

Seduta al tavolo della cucina, fece una lista delle cose da fare. Avrebbe chiamato Will quando fosse stata sicura che tutto il resto era sistemato.

Prese un appuntamento con la ginecologa, lasciò un messaggio a un agente immobiliare e prese nota di parlare a Drew della sua vecchia casa in affitto. Vi aveva lasciato delle cose e forse poteva interessargli di subaffittarla a lei.

A ogni appunto che prendeva, si sentiva più fiduciosa rispetto al futuro. Avrebbe affittato o comprato un appartamento in un condominio, lavorato a Chandler Hill e cresciuto il figlio da sola. Sì, avrebbe detto a Miguel del bambino, ma non prima che fosse tornato dal Cile. A quel punto, sarebbe già stata sistemata.

«Fai le cose semplici» ricordò a se stessa. In un'altra settimana, le cose sarebbero state a posto. Nel frattempo, doveva nuovamente far promettere a Cami e a Becca di mantenere il segreto. Non voleva che nessuno sapesse della sua situazione. Col tempo, poi, sarebbe diventato tutto fin troppo evidente.

CAPITOLO TREDICI

Quando Lulu gli parlò della casa che aveva in affitto, Drew le spiegò che era di proprietà di Abby e Lisa. Le diede il loro numero in Arizona e si offrì di darle una mano, se necessario.

«Grazie» rispose, e gli diede un veloce abbraccio. «Ho deciso di rimanere in quest'area e pensavo di affittare o comprare qualcosa di comodo, a poca distanza dai vigneti. Grazie dell'aiuto. Cami sa come scegliersi un fidanzato.»

«Nessun problema. Se passi nel pomeriggio, ti faccio fare un giro. È abbastanza in disordine, ma puoi almeno farti un'idea. È una bella casa. La comprerei io stesso, ma mi sono già abbastanza esposto con le spese per la cantina di Lone Creek.»

«Capisco.» Il pensiero la portò a Miguel. Per fortuna aveva fatto promettere a Cami e Becca di mantenere il segreto. Nessuno avrebbe mai sospettato che fosse lui il padre, ed era così che voleva mantenere le cose, il più a lungo possibile.

Quel pomeriggio, andò a visitare con crescente entusiasmo la casa affittata da Drew. Posizionata molto comodamente tra le cantine e la città, era il posto perfetto per lei. Sistemata su due livelli, comprendeva tre camere da letto, di cui una a piano terra, un piccolo studio, una bella cucina e una zona soggiorno-pranzo con camino. Un portico sul davanti era esposto al sole la mattina, mentre il terrazzo sul retro era perfetto per ammirare il tramonto.

Dopo aver fatto il giro, chiamo Abby e le spiegò chi era.

«Drew si è trasferito da Cami, e mi domandavo se vi interessasse affittare a me la casa. Se poi deciderete di venderla, la comprerò volentieri.»

Parlarono ancora un po' della famiglia e del suo lavoro al Granaio. «Cami ci ha parlato così bene di te che saremmo felici di darti la casa» disse Abby. «Riguardo a venderla, non credo che in questo momento siamo pronte a farlo.»

«Grazie mille» rispose Lulu con entusiasmo e gratitudine. La sua situazione poteva non essere quella che più desiderava, ma la vibrazioni magiche della valle giocavano in suo favore.

«Ti spediremo una e-mail con il contratto. Una volta versato l'anticipo e firmate le carte, sarai a posto» disse Abby.

Lulu terminò la telefonata e sedette sul letto, stanca ma sollevata. Ora doveva solo sentire Will e più tardi, sistemate le cose con lui, avrebbe chiamato sua madre.

Una settimana più tardi, Lulu era all'aeroporto in attesa dell'arrivo di Will. Quando gli aveva detto che aveva bisogno di parlargli, lui aveva insistito – contrariamente ai suoi desideri – per raggiungerla a Chandler Hill. In piedi insieme agli altri che aspettavano i passeggeri appena sbarcati, il corpo di Lulu fremeva di energia nervosa. Sapeva molto bene che lei e Will sarebbero stati una squadra perfetta, in termini politici, ma dopo aver trascorso del tempo a Chandler Hill con Rafe, Cami e gli altri, aveva capito che non era una ragione sufficiente per sposarsi. E, per quanto riguardava la campagna, vi sarebbe rimasta alla larga. Will aveva già il suo daffare nel vincere la sfida elettorale, visti i passati legami con suo padre.

Mentre l'attesa si prolungava, fissava il vuoto, ripetendosi che sarebbe andato tutto bene. Anche se la conversazione fosse stata spiacevole, era felice del futuro che la aspettava nella valle.

Alzò lo sguardo e vide Will venirle incontro a grandi passi, sorridendo. Il suo cuore si fermò un attimo, poi riprese velocemente il ritmo. Si muoveva con la solita sicurezza e assomigliava in tutto e per tutto all'uomo avvenente e di successo che voleva essere. La gente si voltava in automatico a guardarlo, e senza dubbio si chiedeva chi fosse.

Si spostò da un lato e lo salutò con un breve abbraccio, sperando che riuscisse a comprendere ciò che doveva dirgli.

«Ciao, splendore» le disse, stringendola al suo corpo solido e prestante. Mentre si chinava per baciarla, Lulu girò rapida la testa e gli porse la guancia.

Will fece un passo indietro e la osservò. «Devo preoccuparmi?»

Lei annuì, riluttante. «Andiamo a Chandler Hill, e poi parleremo. Ho prenotato una stanza per te. Staremo più tranquilli.»

Senza proferire parola, si diressero alla sua auto. E anche una volta dentro, il silenzio tra loro pulsava di domande e risposte inespresse. Lulu cercò di riempire il vuoto con chiacchiere relative alla vinificazione, alla coltivazione della vite e al suo lavoro di marketing per le cantine.

«Aspetta di vedere che cosa hanno creato la nonna di Cami e lei stessa. La locanda Chandler Hill è favolosa e potrai assaggiare i loro ottimi vini.»

«Ho cercato il posto su internet, naturalmente. È una splendida proprietà: capisco perché mi hai detto di voler vivere qui. Ma hai ragione, dobbiamo proprio parlare. Non posso permetterti di commettere un simile errore.»

A quel tono autoritario Lulu si irritò, ma rimase in silenzio. Non intendeva fare una conversazione del genere durante il viaggio tra l'aeroporto e il luogo dove si sarebbe sentita più al sicuro.

Quando finalmente cominciarono a salire la collina che portava alla locanda, l'attenzione di Will fu catturata dal paesaggio. Accostarono davanti all'entrata dell'hotel.

Will disse a bassa voce: «Caspita, ancor meglio delle fotografie.»

«Qui ti sentirai molto coccolato» spiegò Lulu. «Entriamo. Sono certa che Cami e Becca ti avranno sistemato in una delle mie stanze preferite, nel corpo originario della locanda.»

Will scese, prese il bagaglio a mano dal sedile posteriore e la seguì verso l'ingresso principale. Come le capitava tutte le volte che entrava, Lulu provò un senso di orgoglio all'idea di far parte della famiglia di Cami Chandler. Meritavano rispetto e ammirazione per il gran lavoro fatto. Il risultato era sorprendente.

Appena si avvicinarono al banco del ricevimento, Lulu si sentì chiamare e, girandosi, vide Cami che veniva verso di loro, con Becca alle calcagna.

«Sei tornata» disse Cami, dedicandole un abbraccio un po' più prolungato del normale. Poi guardò Will, che pure la osservava con palese sconcerto.

«Santo cielo! Voi due potreste essere gemelle!» Porse la mano a Cami. «Io sono Wilson Chambers.»

«Lieta di conoscerti. Ti presento Becca Withers, il mio braccio destro. Mi raccomando, qualsiasi cosa ti serva durante il soggiorno, faccelo sapere.» Cami gli sorrise. «Sei uno di famiglia, e questo è importante.»

«Anch'io sono a tua disposizione» aggiunse Becca, e gli strinse la mano. Poi si voltò ad accogliere altri ospiti in arrivo.

Lulu completò la registrazione e accompagnò Will a una delle camere al piano superiore, come aveva richiesto. Quella prescelta aveva un piccolo terrazzo che dava sul retro dell'edificio e un camino. Le piaceva l'idea di poter riscaldare il gelo della conversazione davanti a un fuoco scoppiettante.

Aveva provato ad analizzare la sua situazione con lui da varie angolazioni ma, in qualsiasi direzione si muovesse, non riusciva a farla funzionare. Le piaceva Will, ma non lo amava. Il rispetto non era una ragione sufficiente per dedicargli la sua vita e il suo lavoro. E, proprio per l'affetto che provava, non voleva essergli d'intralcio, considerata la sua storia di famiglia e i recenti sviluppi.

Uscì sul terrazzino e si avvolse le braccia intorno al corpo. Presto il sole sarebbe tramontato, ma al crepuscolo la distesa dei filari di viti era sorprendente.

Will arrivò alle sue spalle. «È una vista davvero splendida. Piena di promesse.»

A Lulu vennero gli occhi lucidi. Quei pensieri la commuovevano.

«Entriamo» le disse lui, con gentilezza. «Ci sentiremo entrambi meglio, dopo aver capito quale sia il problema.»

Fece un respiro profondo. Sapeva che l'avrebbe deluso per molte ragioni.

«Prendiamo un bicchiere di vino» suggerì Will. Si sporse a prendere la bottiglia e il cestino di snack che erano appoggiati su un tavolo, vicino al divanetto rivolto verso il camino.

«Serviti pure» disse Lulu. «Io prendo solo un po' d'acqua.»

Attese , nervosa, che stappasse il vino. Non aveva fatto commenti alla sua richiesta di bere acqua, per cui era del tutto ignaro di ciò che stava per dirgli.

Will versò il vino in un bicchiere e lo sollevò. «Splendido colore.»

«Oh sì» rispose Lulu. «E anche un meraviglioso bouquet e un retrogusto piacevole. È uno dei miei preferiti, leggero e fruttato.»

Si voltò verso di lei, sorpreso. «Caspita, stai imparando un bel po' di cose! Sono colpito.»

Attese che ne bevesse un paio di sorsi e rabboccasse il

bicchiere, e poi gli indicò di sedere vicino a lei sul divano.

«Sarebbe stato più facile dirtelo al telefono, ma adesso sono contenta che tu abbia insistito per parlarne qui a Chandler Hill.»

«Di che cosa si tratta? Tutto quello che ho capito è che vuoi vivere in Oregon. Ho studiato un modo per cui potresti fare entrambe le cose: vivere in California e lavorare part-time alle cantine.»

Sospirò. «Non ho mai avuto modo di terminare la conversazione. Ci sono molte ragioni per cui non posso prendere in considerazione l'idea di sviluppare il nostro rapporto o lavorare con te alla campagna. Ti dirò solo che sono incinta.»

«Cosa? Come? Intendo dire... chi?»

«Questa informazione rimarrà riservata, perché intendo crescere il bambino da sola.»

Will balzò in piedi e cominciò a passeggiare per la stanza. «È una follia. Non sapevo che uscissi con qualcuno. E un bambino ha bisogno di un padre. Se vuoi allevarlo da sola, perché non mi permetti di aiutarti?»

«Ma la campagna elettorale...»

«La gente impazzirà di gioia... io che ti aiuto con il figlio del mistero.» Aveva gli occhi spiritati. «Oh, Lulu, non volevo che suonasse in quel modo. Non intendevo...»

Le si velarono gli occhi di lacrime. «E invece sì, è ovvio. Tu hai in testa solo la tua campagna. E, benché sia doloroso, lo capisco. Inoltre, credo che l'argomento susciterebbe ogni tipo di cattiveria relativa a mio padre. Te lo immagini? Tale padre, tale figlia.» Fece una risata amara. «Non intendo passare attraverso una cosa del genere un'altra volta.»

Will le si inginocchiò davanti. «Tu hai bisogno di me. Che cosa farai qui, nel mezzo del nulla? Devi essere al mio fianco.»

«No, io devo reggermi sulle gambe da sola, prendermi cura

in prima persona della situazione, e costruirmi la vita che desidero davvero.» Lulu era sorpresa dalle sue stesse, ferme e calme, parole.

Lui si alzò e la guardò, dall'alto. «Sì? E come?»

Anche Lulu balzò in piedi e lo fissò. «Aiuterò Cami e gli altri assumendo il ruolo di responsabile marketing per le tre cantine. È una sfida importante, un'attività di cui intendo occuparmi con successo. Ho già preso in affitto una casa e a breve sarò sistemata. Apprezzo la tua offerta, Will, ma mi dispiace, non posso fare quello che vuoi tu.»

Lui si lasciò cadere sul divano, coprendosi il volto con le mani. Quando la guardò di nuovo, la tristezza sul suo viso le strinse il cuore. «Ti amo da tanto tempo, Lulu. Avrei dovuto dirtelo prima ma, con tutto quello che è successo a tuo padre, sapevo che non era il momento. Adesso, è troppo tardi.»

Lulu si sedette vicino a lui e gli mise un braccio sulle spalle. «Mi spiace tanto, Will. Ma devo essere onesta con te: per molte ragioni, tra noi non avrebbe potuto funzionare.»

«Non mi hai mai amato?» I suoi bei lineamenti erano deformati dall'infelicità.

Lulu colse tutto il dolore nella sua voce e deglutì a fatica. «Sei stato un amico leale per la mia famiglia, e per questo motivo ti amerò sempre, ma non nel modo che desideri.»

Il suo sospiro parlò da solo. «Credo che dovrei andarmene. Non c'è motivo per restare.» Si alzò in piedi.

Lulu lo seguì. «Non andare. Voglio che restiamo amici per sempre, e ho bisogno che tu capisca quanto significhino per me Chandler Hill e la mia nuova famiglia.»

Will si fermò.

Cercando di alleggerire la situazione, lei aggiunse: «E poi, se un giorno vorrai candidarti alla presidenza, ti servirà conoscere più gente possibile.»

Con uno sforzo evidente, Will cercò di sorridere. «Gli altri sanno del bambino e di noi?»

«Per ora non ho detto niente sulla gravidanza, per cui ti prego di non parlarne. Sanno quanto ti ammiro e, anche se sono a conoscenza della mia decisione di rimanere a vivere nella valle, sono ansiosi di conoscerti e passare un po' di tempo con te. È un meraviglioso gruppo di persone.»

Sospirò. «Già che sono qui, tanto vale che mi prenda un paio di giorni di vacanza e provi a divertirmi.»

Lulu si alzò sulla punta dei piedi e lo baciò sulla guancia. «Lo sai che ci tengo a te, vero?»

«Forse ci ho messo così tanto perché dentro di me ho sempre temuto che non potesse funzionare» disse lui confuso, scuotendo la testa. «Un giorno qualcuno avrà la fortuna di diventare il tuo compagno. Purtroppo non sarò io.»

Lo abbracciò e gli appoggiò la testa sul petto per un momento, consapevole di lasciare andare un uomo con cui avrebbe potuto costruire una buona vita.

CAPITOLO QUATTORDICI

Come ogni politico navigato, Will sembrò accantonare facilmente le sue speranze infrante per entrare nello spirito del weekend. Solo Lulu, che lo conosceva bene, era consapevole della profonda delusione che gli aveva causato. Cercò di rimediare presentandolo alla famiglia e facendogli visitare la locanda e l'area circostante, nell'intenzione che potesse meglio comprendere le sue motivazioni.

La domenica mattina, Lulu era con Cami nel suo ufficio.

«Penso che sarebbe carino riunire la famiglia e gli amici e far loro conoscere Will, questa ultima sera che è con noi» propose Cami.

«Bella idea. Sono sicura che gli farà piacere.»

«Voglio organizzare la festa all'hotel, così da avere un po' di tempo da passare con lui. Visto che conosceva così bene nostro padre, forse potrò avere da Will qualche informazione in più.»

«Certamente» disse Lulu. «Mi sentirò più a mio agio sapendo che non sarete bloccati nella cucina di casa mentre tutti gli altri se la spassano. Posso fare qualcosa per aiutare nell'organizzazione?»

Cami scosse la testa. «No, grazie. Chiederò a Darren e a sua moglie Liz di fare le loro solite meraviglie in cucina e prepararci quello che vogliono. È un periodo di bassa stagione e non vedono l'ora di tenersi occupati.»

Lulu la strinse con affetto. «Grazie di essere così comprensiva. Penso che Will stia cominciando a capire come sono fortunata ad averti trovato.»

Cami esitò, poi chiese: «Sei sicura di fare la cosa giusta?»

«Sì, ci ho pensato attentamente, ed è la miglior soluzione per me. Se la tua adorata Nana è riuscita a tirar su una figlia da sola, allora posso farlo anch'io.»

Cami la osservò. «Will sembra carino. Sono sorpresa che ti lasci andare così facilmente.»

Lulu sollevò le sopracciglia. «E questo non ti suggerisce niente? Lui voleva una partner. Sospetto che fosse più per le attività elettorali che altro. E non si è mai davvero inginocchiato a chiedermi di sposarlo. Quando verrà il momento di fare una cosa del genere, voglio che sia più che perfetto.»

«Quando Drew me l'ha chiesto, mi ha preso alla sprovvista e poi è stato davvero dolcissimo. Capisco che tu voglia la stessa cosa.» A quel ricordo, Cami sorrise.

Lulu rimase in silenzio. Solo Rafe sapeva chi fosse il padre del bambino, ed era così che voleva che rimanessero le cose.

Quella sera, Lulu indossò pantaloni neri e una camicetta di seta a maniche lunghe in una intensa tonalità di verde, che stava molto bene con gli orecchini di smeraldi e diamanti che la madre le aveva regalato per Natale. La linearità dell'abbigliamento mostrava una minima rotondità della pancia. Osservò con preoccupazione la silhouette nello specchio a figura intera, e si rese conto che avrebbe dovuto acquistare dei nuovi vestiti che nascondessero meglio la sua condizione.

Cami bussò alla porta della camera e fece capolino. «Pronta?»

«Arrivo» rispose Lulu, felice dell'entusiasmo della sorella. L'ospitalità era una sua dote naturale.

Alla locanda, i pochi ospiti gironzolavano per la biblioteca assaporando l'aperitivo e la conversazione. Lulu e Cami si fermarono a salutarli e continuarono in direzione della piccola sala da pranzo. Come promesso, mandò un messaggio a Will per avvertirlo che erano arrivate.

Poco dopo lui entrò, tirato a lucido come sempre. L'aria pulita della campagna gli aveva colorito le guance e dissolto la tristezza che gli velava i lineamenti. Anche se Lulu era contenta di vederlo, si domandò quanto profondo fosse stato il suo sbandierato amore.

«Ragazze, siete bellissime. Dove sono gli altri?»

«Ho voluto arrivare prima per salutare alcuni degli ospiti della locanda e controllare che fosse tutto pronto per la serata» spiegò Cami. «Ho dato carta bianca agli chef, Darren e Liz, per la creazione del menu della cena.»

Un movimento alla porta catturò la loro attenzione. Imani, la segretaria di Cami, entrò nella sala con Gwen e Laurel, seguita da Rafe, Drew, Becca e Dan.

«Vedo che i vostri amici sono arrivati» osservò Will. Andò a salutarli. Lulu notò il rossore delle guance delle donne, mentre parlava con loro, e capì che con lui sarebbe sempre stato così. Come suo padre, aveva il dono di affascinare chiunque.

«A cosa pensi?» le domandò Cami a bassa voce. «Ho notato che non gli stacchi gli occhi di dosso. Sei pentita della scelta che hai fatto?»

Lulu scosse la testa. «Per niente. In realtà sono sollevata.»

«Sono certa che tutto si sistemerà.» Cami si girò verso Drew che le si avvicinava e la baciò sulla guancia.

«Come sta la mia ragazza preferita?» le chiese, stringendola a sé.

Cami rise e lo abbracciò, prima di separarsi per rispondere a un cenno di Darren che la chiamava.

Drew si rivolse a Lulu. «Ti trovo bene. Mi ha detto tua sorella che stai attraversando un periodo difficile. Possiamo esserti d'aiuto in qualche modo?»

Lei scosse la testa. «Grazie, ma ce la farò. Tra l'altro, ho firmato il contratto per l'affitto della casa, e posso trasferirmi quando voglio.»

«Porterò subito via il resto delle mie cose» la rassicurò Drew. «Come ho avuto modo di dirti, è proprio una bella casa. Penso che ci starai bene.»

«Lo credo anch'io» rispose Lulu, con convinzione.

Cami annunciò che era venuto il momento di accomodarsi. Un segnaposto con il nome era stato messo vicino a ogni coperto. Lulu fu felice di notare che era seduta tra Rafe e Becca.

Liz supervisionava il personale di sala mentre venivano portate le scodelle di zuppa, e poste davanti a ciascuno di loro. «Cominceremo con una vellutata di zucca violina e crostini al parmigiano con profumo di salvia» annunciò. «Penso che apprezzerete questo piatto autunnale, in una giornata fredda e piovosa come oggi.»

Liz uscì e calò il silenzio, mentre tutti assaporavano la minestra. Seguirono dei mormorii soddisfatti.

«Come va con il vostro cucciolo?» domandò Rafe a Becca.

Lei rise e scosse il capo. «Si infila dappertutto. Ma, come dice Dan, diventerà un bravo cane.»

La conversazione nel gruppo rimase sui toni leggeri. Seduta di fronte a Will, Lulu notò come sembrassero divertirsi lui e Imani mentre chiacchieravano.

Di fianco a Will, dall'altra parte, Gwen non sembrava stare molto bene. Quando si alzò, Lulu la seguì in bagno. «Stai bene?» le chiese, allarmata dal suo pallore.

«Dev'essere l'influenza» rispose lei. «Non riesco a scrollarmela di dosso.»

«Dimmi se posso fare qualcosa» disse Lulu. «Preferisci andare a casa?»

Gwen scosse il capo. «Mi rinfresco il viso con un po' di acqua fresca e sono sicura che mi sentirò meglio.»

Lulu ritornò in sala da pranzo proprio mentre Liz annunciava che il piatto principale era la pollastrella all'aglio e rosmarino con mélange di verdure invernali e riso.

Cami lanciò uno sguardo allarmato a Lulu mentre si sedeva. «Gwen sta bene?»

«Credo di sì» rispose lei, anche se covava una punta di preoccupazione.

Gwen ritornò. Dopo che si fu sistemata, Rafe sollevò il bicchiere. «Brindo a tutti noi! Ci siamo ritrovati per ragioni diverse, ma condividiamo l'affetto l'uno per l'altro, che c'è e rimarrà per sempre.»

«Sì!» confermò Cami, unendosi al brindisi. «Abbiamo appena cominciato a conoscerti, Will, ma sono certa che ti vedremo ancora in futuro.»

Lulu lanciò a Cami uno sguardo di orrore per ciò che le sue parole sembravano suggerire. Non le aveva detto che il bambino non era di Will.

La sorella se ne accorse e aggiunse subito: «Intendo dire che ci auguriamo di vederti presto impegnato nella tua corsa elettorale.»

Mentre tutti sollevavano il calice e sorseggiavano il vino, nessun altro al tavolo sembrò aver colto il disagio di Lulu, o il fatto che non avesse bevuto neanche un sorso.

Rafe appoggiò una mano sulla sua e lei fece un profondo respiro. Era sciocco, lo sapeva, cercare di nascondere la realtà di ciò che era successo, perché quel gruppo di amanti del vino, prima o poi se ne sarebbero accorti.

Quella serata speciale era stato un gesto adorabile, pensò Lulu mentre beveva la tisana del dopocena. Non solo nei riguardi di Will, ma anche verso Imani, Gwen, Becca e Laurel. Cami aveva costruito una squadra competente e leale. Guardò Gwen e fu sollevata nel notare che sembrava ritornata in sé.

«Grazie a tutti per essere venuti» disse la sorella, alzandosi in piedi mentre tutti cominciavano a prepararsi per andare via. «Speriamo, Will, che sia stato per te un piacevole commiato, unito alle nostre opinioni su ciò che vorremmo vedere realizzato dai nostri governanti.»

Lui le sorrise con calore. «Adesso ho un'idea molto più chiara di quello che significa vivere qui. E capisco bene perché Lulu abbia scelto di rimanere.»

Lei ascoltò il suo disinvolto discorsetto e pensò che assomigliava molto a suo padre che, se fosse stato in vita, sarebbe stato orgoglioso del suo pupillo.

Will si avvicinò. «Ho prenotato un autista per portarmi in aeroporto domattina. Hai due minuti per noi, per un saluto veloce?»

«Certo. Mi farebbe piacere.» Will era un amico, e sperava lo sarebbe sempre stato.

Salirono nella sua stanza e, come in precedenza, sedettero davanti al camino, uno di fronte all'altra.

«Sono contenta che tu sia piaciuto alla mia famiglia, Will» disse Lulu. «E lo sono anche di più che loro siano piaciuti a te.»

«Sono fantastici! Ma, Lulu, potresti fare qualcosa di molto più significativo nella tua vita. È bello fare la "viticultrice", come ti chiama scherzosamente Rafe, ma noi due insieme potremmo davvero realizzare qualcosa di importante per la collettività.»

«A quale prezzo per la famiglia?» rispose. «A te piacciono i riflettori. A me, no. E molti politici dimenticano che questa nazione è stata costruita sui valori fondamentali della virtù, del duro lavoro e della convinzione di poter aiutare gli altri, ciascuno nel proprio piccolo. La mia nuova famiglia incarna tutto questo.»

Will sospirò e scosse il capo. «Vedo che non mi è possibile farti cambiare idea. Penso che tuo padre ne sarebbe deluso.»

Un torrente di sentimenti attraversò Lulu e sgorgò all'esterno. «Mio padre era un bastardo falso e traditore, che non ha fatto altro che distruggere me e mia madre. Non ti è chiaro? Cerco di essere imparziale su ciò che ha fatto di buono, ma alla fin fine, non è nemmeno paragonabile a un uomo come Rafe.»

«Caspita! E questo da dove viene?» esclamò Will, a mani protese in avanti per difendersi dalla rabbia che sprigionava.

«Viene dal mio cuore» rispose Lulu a bassa voce e sbatté le palpebre per scacciare le lacrime. Si alzò. «Mi spiace, ma devo andare. Ti auguro tutto il bene possibile. So che darai il massimo.»

Anche lui si alzò, si curvò in avanti e la baciò sulla guancia. «Buona fortuna con il bambino. Vorrei che fosse mio.»

Incapace di trovare le parole, lo abbracciò brevemente e lasciò la camera.

CAPITOLO QUINDICI

La mattina successiva, Lulu si svegliò con una rinnovata volontà di agire. Nei giorni seguenti si sarebbe trasferita dalla casa di Cami in quella che aveva preso in affitto in fondo alla strada. Non aveva voluto farlo quando Will era in giro perché, per lei, si trattava di un nuovo inizio.

Poiché era un periodo di bassa stagione, si prese la giornata libera per cominciare a sistemare casa. Al contrario del ritratto che dipingevano di lei, sapeva bene come fare le pulizie. Melba glielo aveva insegnato.

Pensando alla governante, compose il suo numero di telefono.

Il suo gioioso «Pronto» la fece sorridere.

«Come stai?» le domandò Lulu. «E come sta mia madre?»

«Io sto bene, grazie, e anche Rosalie. Dopo tutti questi anni alla ricerca del giusto dosaggio di farmaci, finalmente abbiamo trovato quello che la mantiene stabile.»

«A Natale è stata fantastica, qui da noi. Continuavo a temere che le cose precipitassero, ma non è successo» ammise Lulu.

«E tu come stai?» chiese Melba.

Lulu avrebbe voluto essere più sincera, ma non era pronta a parlare del bambino né a lei, né alla madre. «Mi sto spostando in una casa in affitto. A dirla tutta, volevo chiederti che prodotto usare per pulire il bagno.»

«Fai i mestieri da sola?»

«Per quanto posso» rispose lei. «Fa parte del mio piano di ricominciare da zero.»

«Brava ragazza» la incoraggiò Melba. «Ti manderò una lista dei prodotti che preferisco. C'è qui tua madre che vuole salutarti.»

«Lulu, sono così felice che tu abbia chiamato. Penso spesso a te e agli altri. Voglio tornare a trovarti appena possibile. Mi sono sentita così bene, così felice, con voi.»

«Ho affittato una casa con tre camere da letto. Quando verrai, posso ospitarti.»

«Splendido. Immagino che tu abbia sistemato le cose tra te e Will. Mi ha detto che intendeva convincerti a unirti a lui, ma a quanto pare non è successo.»

«No» rispose Lulu. «Non voglio quel genere di vita che hai trascorso con papà.»

«Sono contenta» ammise Rosalie. «Volevo che facessi le tue scelte, ma ero preoccupata.»

Una nuova tenerezza riempì il cuore di Lulu. Lei e la madre stavano costruendo un rapporto più solido. Mentre sentiva brontolare lo stomaco, si domandò se la notizia del bambino avrebbe danneggiato i loro progressi.

«Bene, mia cara. Passa una buona giornata. Ci sentiamo.»

Lulu terminò la telefonata e andò in cucina. Drew era già andato al lavoro, ma Cami era al tavolo e sorseggiava una tazza di caffè. La sorella sollevò lo sguardo su di lei e sorrise.

«Pulisci casa, oggi?»

«Sì» rispose lei. « Se diventa troppo faticoso, farò come hai suggerito e assumerò qualcuno dell'hotel per aiutarmi, ma sto vivendo questo processo come una sorta di purificazione.»

«Mi piace l'idea» convenne Cami. «Devo ammetterlo, però, che mi mancherà non averti attorno. Specialmente la mattina, con le nostre chiacchierate come questa.»

«Sì, mancheranno anche a me. Ma è giusto che tu e Drew abbiate un posto tutto vostro.» Parlarono del tempo e della necessità di fare l'inventario al Granaio.

«Sono preoccupata per Gwen» disse Lulu. «Ieri sera l'ho trovata in pessimo stato.»

«Sì, me ne sono accorta anch'io» confermò Cami. «Le suggerirò di farsi vedere da un dottore. Credo che dovrai sostituirla tu, con una delle altre signore che lavorano lì.»

«Io e Gwen abbiamo già mandato avanti gli ordini per i nuovi articoli, quindi quello è sistemato. Posso aiutarti a scegliere i temi e le modifiche alla disposizione del negozio, per mettere in risalto la nuova merce.»

«Sarebbe perfetto.» Cami si alzò. «È meglio che vada al lavoro. Buona fortuna per la tua giornata.»

Lulu si preparò un decaffeinato, mescolò allo yogurt un po' di lamponi e un mix di cereali e frutta secca e si sedette a far colazione e a sviluppare un programma di lavoro. Gli ambienti erano quasi del tutto arredati, ma voleva aggiungere qualche altro elemento. Inoltre, doveva comprare lenzuola, asciugamani e altre piccole cose. Drew non si era preoccupato molto della casa e aveva mangiato quasi sempre da Cami, da quando l'aveva presa in affitto.

Dopo colazione, si mise i jeans e una felpa e legò i capelli in una coda di cavallo. Dopo aver letto la e-mail di Melba con i consigli sui prodotti per la pulizia, si sarebbe per prima cosa fermata in un negozio a fare acquisti. Avrebbe preso delle bottiglie d'acqua e un po' di spuntini salutari.

Più tardi, accostò davanti alla sua nuova casa, spense il motore e guardò il posto in cui avrebbe vissuto per almeno un anno.

Il rivestimento in legno marrone chiaro dell'ampio edificio su due livelli ricordava a Lulu il colore della casa di sua madre in California. Ma le somiglianze si fermavano a quello. Alti alberi di ontano rosso e aceri a foglia larga affiancati da arbusti sempreverdi e piante fiorite circondavano la casa, appoggiata tra due colline ondulate. Le grandi finestre a volta che aveva di fronte assomigliavano a occhi curiosi che studiavano la nuova inquilina. Una larga porta d'ingresso, il cui tono color vinaccia dava un perfetto tocco di luminosità, era accogliente e gradevole. Sebbene il design dell'esterno fosse semplice, Lulu sapeva, dalla sua visita precedente, quanto fosse incantevole all'interno. Porte scorrevoli in vetro conducevano dal grande soggiorno a un patio riparato da una pergola ricoperta di viti, che offriva una certa protezione dalla pioggia e dal sole. La vista dall'interno si affacciava su un ampio giardino che comprendeva un orto di verdure ed erbe aromatiche, cespugli di fiori perenni e un melo. Lisa, che amava il giardinaggio, aveva creato qualcosa di molto speciale. Lulu non vedeva l'ora di ammiralo nella fioritura.

Mentre svuotava in cucina i sacchetti di alimentari e prodotti detergenti, ammirò quanto Abby aveva fatto con gli interni. Per tutta l'area del soggiorno, le pareti pitturate con un pallido color oro erano lo sfondo perfetto per alcuni dipinti che Abby e Lisa avevano lasciato.

Il grande camino in pietra di fiume aveva un'ampia zona per sedersi ed era affiancato da scaffali che contenevano ancora parecchi libri e opere d'arte di metallo e legno. Lulu immaginò che, quando avessero affittato o venduto la casa a qualcuno al di fuori della famiglia di Chandler Hill, tutto ciò che apparteneva a Abby e Lisa sarebbe stato tolto. Ma, per il momento, era grata che avessero lasciato qualche tocco domestico e personale.

Lulu cominciò allegra a pulire la cucina, esaltata dalla prospettiva di avere un suo spazio privato. Drew non aveva cucinato molto, ma aveva lasciato una bella baraonda.

Dopo che la stanza fu più o meno nelle condizioni che desiderava, Lulu fece un'altra lista della spesa, che includeva provviste di cibo e attrezzi da cucina. Dopo aver controllato online, decise di interrompere le opere di pulizia e di andare a

Keiser, dove c'erano due catene di negozi specializzati in utensili e biancheria per la casa e generi alimentari. Dopo una mattina trascorsa a mettere in ordine, era pronta per un diversivo.

Qualche ora più tardi, Lulu arrivò al vialetto di casa completamente esausta. Un acquisto aveva condotto a un altro e l'auto era carica di ogni genere di cose necessarie alla sua nuova casa. Per fortuna il suo conto corrente poteva coprire gran parte delle spese. Ma era contenta di avere un lavoro a Chandler Hill.

Mentre arrivava all'ingresso, notò del movimento dentro la casa e si fermò. Non essendo certa che fosse sicuro entrare, prese il telefono, nel caso avesse dovuto chiamare la polizia.

La porta si aprì e sua madre, Melba e Cami ne uscirono, rivolgendole ampi sorrisi.

«Sorpresa!» gridò Cami.

Lulu lasciò cadere le borse che aveva con sé e corse verso di loro. «Mamma! Melba! Cosa ci fate qui?» Le abbracciò e si rivolse a Cami. «È tua l'idea? Mi accorgo adesso che hai parcheggiato la macchina sul retro.»

«No, non è stata lei» rispose Melba. «Dopo averti parlato stamattina, abbiamo intuito che ci nascondessi qualcosa. Io e Rosalie abbiamo deciso di prendere un aereo e venire a vedere di persona cosa ti stesse succedendo.»

La madre mise un braccio intorno alle spalle di Lulu. «È tutto a posto?»

Lulu annuì, ma non poté impedire alle lacrime di sgorgarle dagli occhi.

Cami disse, con calma: «Andrà tutto bene, ma sono contenta che voi due siate qui.»

«Sì, oh sì, davvero» confermò Lulu, tirando su col naso e

asciugandosi gli occhi.

«Ho già sistemato entrambe a casa mia» le spiegò Cami, «e stasera potete mangiare alla locanda, oppure ordinare lì la cena.»

«Cami, tesoro, sei così gentile» commentò Rosalie.

«Sì, davvero» confermò Melba, rivolgendole un sorriso riconoscente.

Melba era una donna davvero avvenente. Dalla pelle color mogano, morbida come la seta, aveva un fisico alto e snello, e lineamenti delicati. Lulu sapeva che in passato le avevano offerto una parte in un film, che non aveva esitato a rifiutare. Era una persona che non amava i sotterfugi e tuttavia li aveva vissuti al fianco della sua più cara amica. Lulu era colma di gratitudine e affetto per lei.

«Come ha reagito Jerome alla tua improvvisa partenza, Melba?» le domandò Lulu.

Melba rise. «Penso che sia stato un sollievo, come per me, avere la prospettiva di passare un po' di tempo separati. Da quando è andato in pensione qualche mese fa, abbiamo bisogno di spazio per noi stessi. Amo quell'uomo, ma tutto il giorno, tutti i giorni, è decisamente troppo.»

Lulu ridacchiò. Era ben noto quanto fossero devoti l'uno all'altra.

«Mamma, mentre sei qui, mi farebbe piacere un po' d'aiuto per sistemare la casa.»

Gli occhi di Rosalie scintillarono e poi si inumidirono. «Oh, mi piacerebbe tanto. E voglio far conoscere Rafe a Melba. Mi è stato così d'aiuto nel periodo natalizio. È davvero un caro amico.»

Lulu si scambiò uno sguardo con la governante. La madre continuava a fare progressi.

«Va bene, io devo tornare alla locanda. Vi vedrò tutte questa sera.» Cami fece un cenno di saluto e se ne andò.

Melba prese la mano di Lulu. «Sediamoci un momento a fare quattro chiacchiere. Come ho detto, io e Rosalie abbiamo capito che c'è qualcosa che non va. Di cosa si tratta?»

Il tono dolce e rassicurante di Melba sciolse Lulu, che cominciò a singhiozzare sommessamente.

La madre le indicò il divano e si sedettero tutte e tre, con Lulu in mezzo. Rosalie le teneva una mano, Melba quell'altra.

Lulu fece alcuni profondi, tremanti, respiri e poi disse, d'un tratto: «Sono incinta.»

«Cosa? Di Will?» domandò la madre.

«Oh, tesoro, non è poi così male. È un brav'uomo» osservò Melba.

Lulu tirò su col naso, prese un fazzolettino dalla tasca e si asciugò gli occhi. «Non è Will.»

«E allora, chi è?» chiese Rosalie.

«Non ha importanza. Intendo crescere il bambino da sola» spiegò Lulu, facendo di tutto per nascondere la sua desolazione.

«Quando dovrebbe nascere?» Gli occhi scuri di Melba erano colmi di preoccupazione.

«Agosto.»

«Quindi, è successo qui» osservò la governante.

«Sì.» Lulu sbatté le palpebre. «Si è trattato di una storia di una notte. La serata con lui era stata speciale.»

«E il padre lo sa?» domandò la madre, sollevando le sopracciglia per la curiosità.

«No, è in Cile.»

Rosalie sbarrò gli occhi. «Oh santo cielo! Ma allora si tratta del nipote di Rafe, quello che ha rilevato la cantina Lone Creek insieme a Drew? È un tipo affascinante.»

Lulu si raggelò per la sorpresa. Si era dimenticata che la madre aveva incontrato Miguel nel periodo natalizio. «Sì, quando è in una stanza, catalizza l'attenzione di tutti. Le donne sono attratte dal suo magnetismo. Un po' come...»

«... tuo padre» terminò la frase Rosalie.

«Oh, mamma, scusa, non intendevo...»

«Va tutto bene, tesoro. Sappiamo entrambe che tipo era. Meglio che non ti faccia coinvolgere da un uomo così.»

«No, non è come papà» protestò Lulu, prendendone le difese. «Non proprio.» Si ricordava dei messaggi di Miguel, di quando aveva portato la cioccolata belga alla cena di Natale da Cami, e quando era rimasto in attesa di una chiamata da parte sua.

«E allora com'è, Lulu?» domandò Melba a bassa voce.

Lulu sospirò. «Da un lato, è molto gentile. Al ristorante, mi ha protetto da un uomo che era arrabbiato con papà. E anche se c'è una donna che sostiene che intende sposarlo, lui mi ha spiegato che non succederà mai. Si è offerto di accompagnarmi a casa perché avevo bevuto un paio di birre ed ero un po' malferma sulle gambe. Lavora sodo. Cami e Becca lo prendono in giro perché esce con tante ragazze diverse ma, come ha detto a Natale, non ha ancora incontrato quella giusta.» Gli occhi di Lulu si riempirono di lacrime per la fitta di dolore che provava al solo pensarci.

Melba le prese la mano. «Oh, tesoro. Tu ci tieni, a lui.»

Lulu sussultò e poi balzò in piedi. «Perché dici così?»

Melba e Rosalie si guardarono e poi la madre disse: «Dolcino, dovresti vedere la tua faccia quando parli di lui.»

Lulu crollò in una poltrona lì vicina. Non credeva che fosse così evidente. Voleva che tutti pensassero che non ci fosse niente tra lei e Miguel. Doveva ragionare e comportarsi in quel modo, se voleva crescere da sola il bambino.

«Anche se me lo chiedesse, non lo sposerei. Non voglio che qualcuno lo faccia perché si sente obbligato. Rafe dice che per Miguel sarebbe la cosa giusta da fare, ma non è ciò che desidero.»

«Rafe lo sa?» domandò la madre.

«Sì, è l'unica altra persona a sapere che è lui il padre. Cami e Becca credono che sia il figlio di Will. Voglio che le cose restino così finché non avrò l'occasione di parlare a Miguel. Ho promesso a Rafe di dirglielo, ma voi due non ne fate parola con nessuno. Inteso?»

«Mmm, Rosalie, non mi stupisco che tu voglia farmi conoscere Rafe» osservò Melba. «Dev'essere una persona davvero speciale, se Lulu si fida di lui in questo modo.»

«Sì, lo è» confermò la madre. «Rafe mi ricorda tanto mio padre. È un uomo molto buono, che piange ancora la scomparsa della sua amata Lettie, nonna di Cami e colei che ha reso possibile lo straordinario successo di Chandler Hill.»

«Dev'essere questo il motivo per cui Cami è così: gentile e grande lavoratrice.» Melba sorrise a entrambe. «Avete una adorabile nuova famiglia. Che bella opportunità per lasciare alle spalle il dolore e le delusioni del passato.»

«Sì, lo credo anch'io.» Rosalie guardò la figlia. «Torniamo a casa di Cami. Domani ti aiuterò a sistemarti qui. E quindi, le proprietarie non hanno intenzione di vendere, anche se vivono in Arizona?»

«Così hanno detto.»

«Siete pronte?» La madre si alzò.

Melba e Lulu si guardarono, sorprese. Rosalie si comportava come se fosse al comando. Forse, pensò Lulu, quello era sempre stato il suo modo di fare, finché non era stata ferita e sopraffatta dal marito e dai mezzi di informazione.

CAPITOLO SEDICI

Lulu non poté nascondere un sorriso nel vedere Melba che prendeva in giro Rafe per qualcosa che aveva detto. Come immaginava, i due si erano piaciuti fin da subito. Entrambi ebbero la delicatezza di includere Rosalie nelle loro chiacchiere scanzonate sulla vita di Rafe alle cantine.

La madre era diventata silenziosa, il che significava che era un po' stanca. Lulu l'aveva capito e, lasciata la poltrona, disse: «Io penso di andare a dormire. E tu, mamma?»

Con un sorriso sollevato, Rosalie le rispose subito: «Buona idea, se a te non dispiace, Cami...»

Cami si alzò. «A dire la verità, andrei a letto anch'io. Domattina si comincia presto, alla locanda. Un gruppo del posto ha una riunione all'ora di colazione.» Si rivolse a Drew. «Tu vieni?»

«Puoi scommetterci!» Tra le risatine garbate degli altri, balzò in piedi.

«Vado anch'io» si aggiunse Rafe. «Buona notte a tutti.» Lulu aspettò che Melba e la madre prendessero accordi con lui per una passeggiata nei vigneti e una cena sul presto, il giorno seguente.

«Cucino ancora abbastanza bene» disse Rafe.

«È vero» confermò la madre, facendolo sorridere.

Dopo che se ne fu andato, Lulu accompagnò Melba e Rosalie alle loro camere. Diede a ciascuna un abbraccio e un bacio. «Grazie di essere venute. Non immaginavo quanto significasse per me il vostro sostegno.»

«Noi donne dobbiamo aiutarci l'una con l'altra» disse

Melba, con un'espressione dolce e tenera. «Quasi non ci credo, che avrai un bambino. Non era molto tempo fa che ancora ti cullavo tra le braccia.»

«Che cosa avremmo fatto senza di te...» disse la madre di Lulu a Melba. «E ancora adesso conto sul tuo aiuto. Mi sembra quasi ingiusto.»

«La vita non è giusta. Se io non avessi avuto un ottimo impiego presso la sua famiglia, non avrei mai potuto condurre il genere di vita che ho adesso. Ero una ragazzina confusa e lei, contro l'opinione di tutti, mi ha dato una possibilità, Rosalie.»

Le due donne si sorrisero.

Sorelle dell'anima. È questo che sono, pensò Lulu.

Il giorno successivo, Lulu osservò sorpresa la madre che, con i jeans e una bella felpa, passava l'aspirapolvere sui tappeti. Non l'aveva mai vista lavorare così. E, guardando Melba che strofinava la vasca, le si appannarono gli occhi di lacrime. La governante gestiva la casa di Los Angeles, ma non faceva mai i lavori pesanti, che erano svolti da una impresa di pulizie che veniva una volta alla settimana.

In cima a una scala, mentre spolverava i lampadari e i pensili della cucina, Lulu ripensò alla notte trascorsa con Miguel. Non aveva avuto il coraggio di confessare a Melba e alla madre che alcuni di quei momenti erano confusi nella sua mente. Eppure non c'era stato niente di squallido o indecente. Avevano fatto l'amore con una dolcezza che non aveva mai provato. Miguel, se ne ricordava molto bene, era stato un amante generoso e attento, che si era preoccupato di soddisfarla completamente. Al solo pensiero, le si infiammarono le guance.

La madre entrò in cucina e la osservò, preoccupata. «Cosa

ci fai in cima a una scala? E guarda come sei rossa in faccia.»

Lulu diede un'ultima spolverata e scese. «Mamma, non sono improvvisamente diventata di vetro. Devo solo avere un bambino.»

«Sì, d'accordo. Ma, insomma, devi stare più attenta.»

Arrivò anche Melba, con un secchio pieno di detersivi. «I bagni scintillano, devo ammetterlo.»

«Aspirapolvere passato. Ho spostato alcune cose, ma credo ti piacerà» disse Rosalie. Fece un ampio sorriso. «Ho in mente una lista di cose per la casa che mi piacerebbe comprarti. Ne possiamo parlare?»

Lulu notò l'eccitazione sul volto della madre e si fermò. Guardò Melba.

«Facciamo una pausa, Rosalie» suggerì la governante. «Abbiamo fatto un bel po' di cose.»

Lei gemette. «Va bene. So cosa intendete. Cosa ne dite di una tazza di tè e un biscotto? È una cosa che mi calma sempre.»

Tutte e tre sedettero in cucina a chiacchierare tranquille. Dopo un po', Lulu prese un blocco per appunti e una penna. «Ok mamma, a cosa stavi pensando?»

Con entusiasmo, Rosalie condivise le sue idee.

«Caspita, sei brava in queste cose!» le disse Lulu, notando che aveva una spiccata capacità di notare ciò che mancava in ogni stanza, e come si potesse renderla meglio disposta e organizzata.

La madre rise. «Non sai quante volte ho esaminato i locali di casa nostra e ho desiderato di poter fare dei cambiamenti.»

A Lulu andò il tè per traverso. «Ma come? Ho sempre pensato che ogni cosa fosse esattamente come la volevi tu.»

«No, era esattamente come tuo padre aveva insistito che fosse. Per i miei gusti era troppo arredata, ma molti di quei pezzi costosi provenivano dalla sua casa di famiglia, e lui voleva che tutto girasse intorno a quelli.»

Lulu scosse la testa, sconcertata. «Sono diventata grande insieme a una sconosciuta. Mi piaci molto di più adesso.»

«Mi ci è voluto un po' per sentirmi a mio agio con me stessa, dopo aver vissuto con tuo padre» rispose la madre.

«Non ha mai avuto la *possibilità* di essere se stessa» la corresse Melba. «Ho provato a incoraggiarla, ma finché c'è stato Edward a mantenere il comando, potevo solo cercare di renderle le cose più semplici.»

«Santo cielo. Che razza di mostro si è dimostrato...» intervenne Lulu, costernata.

La madre le appoggiò una mano sul braccio. «Non essere troppo severa. Anch'io ho avuto le mie responsabilità, affondando nella depressione e nelle dipendenze, e permettendogli di mantenere il completo controllo della mia vita. Adesso ho imboccato la strada giusta. Posso inciampare e cadere, ma so di poter contare su di te, su Melba e sui miei gruppi di aiuto. La nuova combinazione di farmaci funziona bene.»

«Caspita! Parli come l'eroina di un film!» esclamò Lulu, sinceramente colpita da ciò che stava facendo la madre per cambiare la sua vita.

Rosalie le rivolse uno sguardo un po' triste. «Sappiamo entrambe che avrò ancora delle giornate negative. Ma sono sempre più rare.»

«Le ha fatto bene venire in Oregon» aggiunse Melba. «Dovrebbe fare visita a Lulu il più spesso possibile.»

Un sorriso illuminò il volto della madre. «Giusto. E poi, voglio essere presente per dare una mano con mio nipote.»

Si girò verso Lulu, in attesa di una sua reazione.

Lulu esitò. Era così abituata a sentirsi responsabile per lei... Averla intorno non avrebbe cambiato le cose, ma le avrebbe semplificate per entrambe. «Penso sia un'idea che può funzionare molto bene.»

«Un passo alla volta» rispose Rosalie. «Voglio vendere la casa in California, innanzitutto. Ho visto un appartamento che mi piace.»

«Vendere la casa? Ma come?» Fu come se qualcuno le stesse scippando l'infanzia. La maggior parte dei suoi ricordi di bambina avevano avuto luogo proprio lì.

«È venuto il momento, Lulu. Non voglio più viverci. Quel posto non l'ho mai sentito mio.» La sua voce era gentile. «Questa amica mi ha suggerito un condominio a Hollywood, che non è affatto male. È un'area che sta vivendo un momento di ripresa, e anch'io sono pronta per un cambiamento.»

«Certo. Ho detto una sciocchezza. È la cosa giusta da fare, mamma» si corresse Lulu, dispiaciuta.

«Domani andiamo a fare spese!» disse Melba. «Non vedo l'ora di scoprire che cos'ha in mente Rosalie.»

«Giusto, domani.» Un velo di rossore animò le guance della madre. «Tra breve, dobbiamo vederci con Rafe per quella passeggiata nei vigneti e la cena.»

La mattina seguente, tutt'e tre convennero che era meglio andare ad Albany, dove c'erano parecchi centri commerciali. Erano dell'idea di acquistare degli oggetti pratici e allegri, che potessero essere riutilizzati in altri ambienti. Lulu aveva un contratto d'affitto di un anno e non era certa, al termine, di voler restare nella casa di Abby e Lisa.

Mentre erano in macchina, Lulu ascoltava con interesse la conversazione tra Melba e sua madre.

«Rafe pensa che sarebbe meglio per te comprare una casa qui, Rosalie. Credo che dovresti pensarci. Come dice lui, sei parte della famiglia Chandler Hill ormai.»

«Ci penserò. Voglio solo che Lulu sia felice.» Si rivolse alla figlia. «Cosa ne diresti, se comprassi una casa qui? Rispondi sinceramente.»

Lulu non esitò. «Sì mamma, a me andrebbe bene. Penso che potresti essermi d'aiuto con il bambino. Dovrò lavorare e non intendo rimanere a casa.»

«Hai sentito, Rosalie? Dovresti considerare la cosa» la esortò Melba. «Io posso venire a trovarli. Adoro questi posti.»

Lulu sapeva che Cami sarebbe stata felice di sentire tali parole. Amava quella terra, come era stato per sua nonna.

Dopo aver fatto gli acquisti con la madre e Melba, l'idea che Lulu si era fatta sulla fragilità di Rosalie svanì. Era un concentrato di energia mentre scrutava velocemente l'assortimento di un negozio per poi andarsene o accaparrarsi alcuni oggetti di suo interesse. La visita al salone di arredamento ad Albany fu un gran successo. In breve comprarono tutto quanto, dagli sgabelli da bar per la cucina, ai tavolini per il salotto, alle lampade e perfino una poltrona reclinabile per la camera da letto. Quando arrivarono a casa, Lulu era sfinita, sia dal punto di vista fisico che mentale. I mobili sarebbero stati spediti a casa nei giorni seguenti, ma tutto il resto era accatastato nel retro dell'auto.

Melba e la madre guardarono fuori dal finestrino in uno stato di stordimento.

«Io me ne andrò a letto presto» disse Melba.

«Anch'io» convenne la madre. «Non ricordo l'ultima volta in cui sono stata così stanca per aver fatto qualcosa.»

«Vi porto a casa di Cami» propose Lulu. «Non c'è bisogno di fermarsi da me.»

Mentre percorreva il viale che conduceva dalla sorella, notò il pick-up di Drew, il SUV di Cami e un paio di altri veicoli parcheggiati fuori.

«C'è qualche ricorrenza?» domandò Melba.

Lulu sollevò le spalle. «Non saprei. Andiamo a vedere.»

Andò con Melba e la madre alle scale sul davanti e aprì la porta d'ingresso. «Ehi, siamo arrivate...»

Un gruppetto era radunato in cucina. Quando Cami si accorse di loro, corse a salutarle. «Ciao! Stiamo festeggiando. Miguel è tornato per una breve visita, e ha portato con sé una persona della cantina dove è ospitato. Venite a salutare.»

Il cuore di Lulu cominciò a battere all'impazzata. Colse gli sguardi preoccupati di sua madre e di Melba e si domandò come andarsene con eleganza dalla casa.

Ignara del panico della sorella, Cami la prese per mano. «Voglio che la conosciate.» Fece un gesto alle altre due di seguirle.

Mentre entrava in cucina, Lulu sentì che le si rivoltava lo stomaco. Non aveva avuto le nausee mattutine, come molte altre donne incinte, ma in quel momento faticava a stare in piedi.

«Stai bene?» domandò Cami.

Lulu deglutì a fatica. Non voleva far capire a nessuno quanto fosse sconvolta.

Alzò lo sguardo e incontrò quello di Miguel. Lui diede una piccola gomitata – che Lulu giudicò confidenziale – alla bellissima donna sudamericana che aveva vicino. Quella si voltò verso di lui e, seguendo le sue indicazioni, lanciò un'occhiata attraverso la stanza fino a lei.

Lulu era in tutto e per tutto la figlia di un politico. Fece un educato cenno di saluto alla ragazza e tornò a rivolgersi alla madre e a Melba. Stava per dir loro che se ne andava, quando arrivò Rafe.

«Salve, signore. Com'è andata la giornata di acquisti?»

La madre di Lulu gli sorrise, allegra. «Molto bene. Siamo sfinite.»

Lui rise. «Immagino ne sia valsa la pena.»

«Oh, sì. Mia madre è un genio nel sapere cosa serve per risistemare una casa. Verrà benissimo.»

«Congratulazioni, Rosalie» disse Rafe e un nuovo sorriso illuminò il volto della donna.

Poi si rivolse a Melba. «E tu? Ti reggi ancora in piedi?»

Melba rise. «Pronta per sedermi.»

«Ti posso portare un bicchiere di vino o qualcos'altro da bere?»

Dopo aver raccolto le richieste Rafe se ne andò, e le raggiunse Becca. «Non vi sembra che Miguel stia alla grande? E Valentina è favolosa. Speriamo di fare dei progetti congiunti con la cantina di suo padre, in futuro.»

«Capisco» fu il meglio che Lulu riuscì a dire, mentre Miguel e Valentina si avvicinavano. Lui era affascinante come sempre. Lulu deglutì a fatica e cercò di scacciare il ricordo del suo corpo nudo.

«Ciao Lulu!» disse Miguel. «Volevo presentarti Valentina. È la sua famiglia a ospitarmi, in Cile. Ho voluto portarla qui per una breve visita, mentre mi occupo di alcune faccende. Avrà la possibilità di lavorare un po' con Drew e vedere come gestiamo le operazioni.»

«Sì, è una bella opportunità, e qui è tutto così bello» confermò Valentina, e guardò Miguel con un sorriso.

In piedi vicino alla madre, Lulu sentì il corpo di Rosalie irrigidirsi. Senza dire niente, le strinse la mano, sorpresa dal suo istinto protettivo.

«Valentina, questa è mia madre, Rosalie Kingsley. Miguel, tu l'hai conosciuta in precedenza, ma non avete mai incontrato la sua cara amica di famiglia, Melba Milner. Mia madre e Melba sono qui in visita per qualche giorno.»

«Benvenute nella Willamette Valley» rispose Miguel, con un ampio sorriso. «Avete già visto la cantina Lone Creek?»

La madre rispose gaiamente: «Sì, Rafe ce l'ha mostrata.»

«È un periodo entusiasmante per tutti noi» continuò lui. Si girò verso Valentina. «Speriamo di fare grandi cose, insieme a questa casa vinicola cilena.»

La ragazza continuò, con lo stesso caldo sorriso: «Sì, anche mio padre se lo augura.»

«Ti occupi solo delle vigne?» domandò la madre di Lulu a Miguel.

«Per il momento, sì. Però abbiamo in programma di espandere l'attività, e non so che ruolo assumerò. Forse nelle pubbliche relazioni. Non sono ancora sicuro. Mi piace viaggiare.»

Il suo sorriso, la gioia che gli faceva luccicare gli occhi, fece sospirare Lulu dentro di sé. Attenta a non far trapelare nulla, disse. «Scusate, ma devo parlare con Cami.»

Mentre se ne andava, Rafe la raggiunse. «Come stai?»

Il significato dietro a quelle parole era ovvio. Fece un lungo respiro. «Bene, credo.»

Lui le mise una mano sulla spalla. «Andrà tutto a posto. Ci vorrà solo un po' di tempo.»

«Miguel torna in Cile?»

«Sì. Ed è meglio così.»

Sollevata all'idea di non dover continuare a incontrarlo, si spostò per raggiungere Cami e Drew.

«Come va con la casa?» le domandò lui, mentre si avvicinava.

«Benissimo. Mia madre sta aggiungendo un po' di dettagli finali, qualche complemento d'arredo e opere d'arte.» Guardò entrambi sorridendo. «Sta venendo bene, e la tiene impegnata.»

«Mi sembra una buona idea» osservò Drew. «Ce n'era bisogno. Abby e Lisa si sono portate via la maggior parte delle loro cose.»

Cami la guardò. «Rafe ha detto che forse tua madre comprerà una casa qui.»

«Per ora, vende quella in California e si trasferisce in un condominio. Poi, si vedrà.»

«Sarebbe una bella cosa, soprattutto per...» Cami tacque subito, perché Lulu le fece una smorfia di avvertimento.

«Soprattutto per cosa?» chiese Drew.

Cami fece un gesto noncurante con la mano. «Per tutti i guai che ha avuto in passato.»

I battiti di Lulu si calmarono. Non vedeva l'ora che Miguel tornasse in Cile, così da sistemarsi per bene prima di doverlo affrontare con la verità. All'improvviso, comparve al suo fianco. «Ciao Lulu. Alcuni di noi stanno andando al Green Grape. Ti va di venire?» La guardò, speranzoso.

Con il cuore che le martellava nel petto, spinta da emozioni contrastanti, rispose: «Grazie, ma non posso. Io, Melba e mia madre siamo esauste per la giornata di acquisti. Ho preso in affitto la casa in cui stava Drew, e la stiamo mettendo a posto.»

Dapprima fu sorpresa dal suo sguardo deluso e poi le venne un impeto di rabbia. Non gli bastava che Valentina pendesse dalle sue labbra? Aveva bisogno che ogni donna gli sbavasse dietro? Cercò di mantenere un tono neutro. «Mi sembra che tu sia già in buona compagnia.»

Miguel si strinse nelle spalle e guardò nel vuoto per un attimo, prima di risponderle. «Pensavo solo di vedere se avevi voglia di unirti a noi.»

Dopo che se ne fu andato, Cami domandò: «Qual è il problema? Ti ha solo chiesto di uscire con loro. Non ti fa piacere?»

Lo sguardo sconcertato della sorella la fece sentire in colpa. «Scusa. Forse sono solo stanca. Melba e la mamma hanno detto che vogliono andare a letto presto. Io devo tornare a casa mia per scaricare dalla macchina tutta la roba che mia madre ha comprato. Si è data un gran daffare per far sì che diventi tutto molto più carino.»

«Sono impaziente di vedere che effetto farà. Non preoccuparti di Melba e tua madre. Possono cenare qui sul presto e andare a letto quando gli pare. Ci vediamo.» La abbracciò e si voltò a parlare con Drew.

Lulu fece un gesto di saluto a Melba e Rosalie e filò via.

Era quasi arrivata alla macchina, quando Miguel uscì dalla casa e la chiamò. «Aspetta un momento!»

Con riluttanza, Lulu si voltò e – cercando di mantenersi forte – lo osservò raggiungerla di corsa. Non era pronta a parlargli: non aveva ancora finito il primo trimestre, e aveva bisogno di aspettare, per sapere se tutto andava come doveva.

Miguel si fermò davanti a lei e la osservò. «Ehi! Ho fatto qualcosa di male? Perché ti sei arrabbiata con me, prima?»

«Mi spiace, è stata una lunga giornata. Non volevo prendermela con te. Non hai fatto niente di sbagliato.» Sbatté velocemente le palpebre, e si ricordò come tutto sembrasse perfetto tra le sue braccia.

«Ah, d'accordo. Quindi siamo a posto?»

«Certo.» Si obbligò a sorridere. «Siamo a posto.»

«Ci vediamo, allora. Io e Valentina saremo occupati per un paio di giorni, ma forse riusciamo a vederci prima che io torni in Cile.»

«Quanto starai via, questa volta?» gli domandò.

«Spero di essere di ritorno per il primo di aprile, ma forse ci vorrà qualche settimana in più.»

«Allora dobbiamo proprio vederci prima» disse Lulu.

Miguel sorrise. «Ci conto.»

Lulu lo guardò allontanarsi, e provava dei sentimenti così confusi da non sapere se ridere o piangere. Miguel non era uno stupido, anzi, era il sogno di ogni ragazza. Era quello il problema.

CAPITOLO DICIASSETTE

Lulu era nel terminal dell'aeroporto con Melba e la madre, e avrebbe preferito che non dovessero partire. Provava per la madre una stima e una considerazione che non erano mai state possibili, prima d'allora, e su Melba aveva sempre contato per la sua forza e il suo supporto. Avevano passato gli ultimi due giorni nella casa affittata da Lulu, a leggere tranquille, a rilassarsi e a fare qualche pisolino.

«Arrivederci» disse Melba abbracciandola. «È stato splendido vederti. Sono del tutto convinta che le cose si aggiusteranno. Ho capito perché le donne sono così attratte da Miguel. È un uomo bellissimo. E affascinante.»

Lulu restò in silenzio. Sapeva che la madre la pensava allo stesso modo, sull'uomo che era il padre di suo figlio. Ma erano tutte ben consapevoli di cosa significasse vivere con una persona di quel tipo.

«Arrivederci, tesoro.» La madre la abbracciò stretta. «Quando hai bisogno di me, io arrivo. E Melba mi ha già promesso di tornare insieme a me in primavera.»

«Buona fortuna per la vendita della casa. Se ti serve che venga in California ad aiutarti, fammelo sapere.»

«Io e Melba possiamo farcela da sole, cara. Hai già abbastanza cose di cui preoccuparti.»

Diede a entrambe un ultimo abbraccio e uscì dal terminal per dirigersi al parcheggio. Adesso era davvero da sola, con più responsabilità di quante ne avesse mai avute. Quando fosse arrivato il momento di dire la verità a Cami e agli altri, sperava proprio che l'avrebbero sostenuta nei suoi propositi.

###

Tornata alla locanda, Lulu si immerse nelle attività di marketing. I mesi di bassa stagione erano perfetti per aggiornare il catalogo online, e orientarlo ai matrimoni di primavera ed estate. Era divertente lavorare con Gwen all'inventario del Granaio, ma non poteva fare a meno di preoccuparsi per il pallore e la continua spossatezza dell'amica.

Quando non poté più fare finta di niente, Lulu le disse: «Che cosa c'è, Gwen? Sei malata?»

Gwen scoppiò a piangere. «Dopo Natale mi hanno trovato un nodulo al seno. Ho fatto la biopsia e aspetto l'esito. Ti giuro che non dormo da tre settimane. Il primo esame è stato inconcludente. Per uno scambio o qualcosa del genere.»

«Mi spiace tanto. Ma, Gwen, magari è tutto a posto, dopo tutto.»

«La mia sorella maggiore è morta di cancro al seno. È per quello che sono terrorizzata.»

Quando Gwen si mise a piangere ancor di più, Lulu la abbracciò. «L'hai detto a Cami?»

L'amica scosse la testa. «Non l'ho detto a nessuno. Non voglio che si preoccupino. Mi ricordo i racconti di quando la prima compagna di Abby è morta di cancro. Erano tutti devastati, e con quello che c'era da fare per Natale e il nuovo anno, non ho osato dire niente. È uno dei periodi più critici, per gli affari.»

«Ritengo che Cami lo debba sapere. Se non sbaglio, non hai nessuno della famiglia, qui.»

Gwen fece cenno di no con il capo. «Ho solo un fratello a New York. Non siamo molto uniti. Io e sua moglie non andiamo d'accordo e, francamente, non è qualcuno su cui possa contare.»

«Beh, puoi contare sulla tua famiglia di Chandler Hill»

rispose Lulu, con una sicurezza ben fondata. «Quando avrai i risultati?»

«Alla fine della settimana» rispose Gwen, asciugandosi gli occhi con un fazzoletto.

«Vuoi che venga con te dal dottore?»

Gwen si sfregò via delle nuove lacrime. «Lo faresti?»

«Certo» disse Lulu, contenta che si fidasse di lei per una cosa del genere.

Erano sedute in ufficio con gli occhi velati quando Cami apparve, per parlare di lavoro. Sollecitata da Lulu, Gwen tirò fuori tutta la storia.

«Oh, tesoro! Sono contenta che tu me l'abbia detto» rispose Cami. «Noi saremo al tuo fianco. Non ti preoccupare delle cose qui al lavoro. Qualunque sia il responso, le tue amiche ti staranno vicine.»

«Grazie. Avevo bisogno di sentirlo. Mi sono sentita così sola.»

«Vuoi prenderti qualche giorno di riposo?» le domandò Cami.

Gwen scosse la testa con decisione. «No, ho bisogno di tenermi occupata.»

«Va bene, allora. Ho i cataloghi di alcuni grossisti che vorrei esaminaste. Pensavo di offrire alle spose la possibilità di acquistare le bomboniere, i regali, tutto quanto da noi. In questo modo, lo troveranno qui pronto quando arrivano: una cosa in meno di cui preoccuparsi.»

«Buona idea» disse Lulu. Quando e se fosse venuto il momento per lei di sposarsi, avrebbe voluto qualcosa di molto semplice. Ma sapeva che molte donne sognavano un matrimonio costoso e ricercato e, come sua madre, aveva una chiara idea di quello che sarebbe stato appropriato proporre.

Quando Lulu uscì dal Granaio, notò Miguel entrare nel parcheggio con il pick-up. Lui la vide e fece un gesto con la mano. Lulu restituì il saluto e si avviò alla macchina.

Miguel saltò giù dal veicolo e corse verso di lei. «Ehi! Sono contento di averti incontrata in tempo! Parto stasera per il Cile. Speravo potessimo bere qualcosa insieme.»

«Grazie, ma è meglio di no. Sto seguendo una nuova dieta e cerco di stare alla larga dall'alcool.» Le sembrava una mezza verità, non una sfrontata bugia.

Lui la osservò per un momento. «Non mi sembra che tu debba perdere peso, sei bellissima. Sei sempre in gran forma.»

Lulu deglutì a fatica. «Grazie.»

«So che non abbiamo avuto l'occasione di parlarci, in questi pochi giorni dal mio rientro, ma spero di rimediare. Come ti ho detto fin dall'inizio, vorrei conoscerti meglio. Se ti scrivo una e-mail, mi prometti di rispondere?» Le lanciò uno sguardo penetrante.

Prima di accorgersene, Lulu annuì. Glielo doveva.

Miguel sorrise mentre arrivava Valentina. «Adesso è meglio che vada. Ci vediamo in primavera, dopo la vendemmia in Cile.»

Lulu fece un cenno di saluto a Valentina e salì subito in macchina, nel tentativo di sfuggire a ulteriori chiacchiere.

Più tardi, sola in casa, si lasciò cadere sul divano del salotto e si mise a guardare le fiamme nel camino. In genere il fuoco la confortava, ma quella sera i suoi pensieri erano troppo confusi perché riuscisse a rilassarsi. La verità era che, dopo aver visto Miguel, avergli parlato e aver ripensato alla loro notte romantica, non poteva negare i forti sentimenti che provava per lui. Sentiva un coinvolgimento che non aveva mai vissuto con nessun altro. Eppure, ogni volta che pensava di condividere con lui la sua vita, faceva un passo indietro. Dentro di sé era certa di non poter vivere, come sua madre era stata obbligata a fare, nella consapevolezza che c'erano altre donne nella vita del marito. Miguel aveva già dimostrato di non poterle dedicare le sue attenzioni molto a lungo.

Venerdì mattina Lulu si recò con Gwen allo studio del dottore. Aveva le mani gelide per la paura, potendo solo immaginare quello che l'amica stava passando. Era la preoccupazione nascosta in ogni donna, che ogni nodulo significasse un cancro inoperabile al seno.

L'impiegata alla reception le aveva accolte con allegria, come se si trattasse di un giorno qualsiasi. Ma Lulu sapeva che, per Gwen, era il giorno più temuto. Per rassicurarla, aveva provato a dirle che, se si fosse trattato di qualcosa di grave, il dottore avrebbe reagito con maggior celerità, ma lei aveva bisogno di sentirlo dire da lui.

Un'infermiera chiamò il nome di Gwen e Lulu si alzò insieme a lei. «Comunque vada, lo supereremo insieme.»

Un sorriso tremò sulle labbra dell'amica e in un attimo se n'era andata.

Lulu prese il cellulare dalla borsa e controllò i messaggi. Lei e la madre comunicavano in quel modo con regolarità, il che la rassicurava sul fatto che continuasse a stare bene. Inoltre, e sebbene le circostanze non fossero del tutto usuali, Rosalie non vedeva l'ora di avere un nipote.

Gwen arrivò in lacrime nella sala d'aspetto. Lulu balzò in piedi e corse da lei.

«Oh, tesoro!»

«No, non hai capito... Era una cisti di un tipo particolare, non è cancro. Sto bene.» Gli occhi erano inondati dalle lacrime. «Sono stata fortunata. Molto fortunata.»

Si abbracciarono e uscirono velocemente dallo studio medico, consapevoli che le altre donne sedute lì erano in attesa di notizie sul loro destino.

«Andiamo a festeggiare!» suggerì Lulu.

«Vorrei solo tornare a casa» rispose Gwen. «Ho bisogno di starmene un po' per conto mio. Spero che tu comprenda.»

«Ma certo.» Lulu le sorrise, rassicurante. Anche lei era abbastanza scossa.

Di ritorno alla locanda, Lulu aggiornò Cami e Becca, che furono sollevate come lei. Gwen era una cara persona e una risorsa preziosa per l'azienda.

«Io e Dan stasera facciamo una festicciola per inaugurare il fine settimana. Ti va di venire?» Becca la guardò, sorridendo.

«Grazie, ma preferisco di no. Domani mattina mi consegnano l'ultima parte del mobilio ordinato da mia madre, e devo alzarmi presto. E poi, tutti si domanderanno perché non bevo. Ho detto a Miguel che ero a dieta, ma sembrerà strano, man mano che la gravidanza procede.»

«Lo sapranno tutti, prima o poi» replicò Becca. «Perché non dirglielo adesso?»

«Forse sono superstiziosa, ma mia madre mi ha detto che, ai suoi tempi, non si annunciava di essere incinta prima di aver completato il primo trimestre.»

«Fa un po' ridere» intervenne Cami. «Adesso, lo si sa poche ore dopo il concepimento. Quando una delle nostre cameriere ce l'ha detto, le ho chiesto di quanto fosse e mi ha risposto sette giorni.»

Risero tutt'e tre.

«Grazie comunque, Becca. Ma, come ho detto, per questa volta passo.»

«Capisco, ma non ti permetterò di fare l'eremita solo perché aspetti il figlio di Will.»

Lulu stava per spiegare, ma in quel momento Imani si precipitò nell'ufficio, col viso paonazzo. «È meglio che veniate. Una donna è caduta nel ristorante. Non si è fatta molto male, ma sta già parlando di avvocati.»

Cami e Becca corsero fuori, lasciando Lulu da sola con le sue verità non dette.

La mattina successiva, Lulu tirò un sospiro di sollievo quando l'ultimo pezzo di mobilio fu consegnato e sistemato in casa. Ogni elemento aggiungeva ora un tocco di novità e piacevolezza alla stanza in cui era stato messo. Lei e la madre avevano scelto con cura, e selezionato dei componenti d'arredo che potessero essere facilmente spostati e collocati anche altrove.

Dopo che i trasportatori se ne furono andati, si sdraiò sulla nuova chaise-longue nella camera da letto padronale. Fino a quel momento aveva avuto la fortuna di non soffrire di nausee mattutine, solo qualche piccolo malessere di tanto in tanto. Si accarezzò la pancia e pensò al bambino. Come sua madre, si stava abituando all'idea di avere un figlio. Anche se era probabile che non si sarebbero mai sposati, era certa che Miguel sarebbe stato un bravo padre.

In un impeto, chiamò Rafe e lo invitò a cena.

«Vengo con grande piacere» rispose lui, con una sfumatura di felicità nella voce.

«Ho pensato che fosse il modo migliore per cominciare a ricevere a casa mia. Non c'è nessuno che vorrei qui più di te.»

Rafe ridacchiò. «Non c'è nessun invito che possa essere più gradito del tuo.»

Si accordarono sull'orario e Lulu terminò la telefonata con un sorriso. Rafe Lopez incarnava la sua idea del nonno perfetto. Era contenta che il bambino fosse imparentato con lui, anche se si trattava solo di un prozio. Il suo pensiero andò a Miguel. Rafe doveva essere simile a lui da giovane. Forse, se avesse avuto un maschio, sarebbe assomigliato a loro due.

Adesso che aveva fissato la cena, Lulu programmò di

preparare un piatto semplice a base di pollo e funghi, che sapeva gli sarebbe piaciuto. Quello, accompagnato da riso, fagiolini e una insalata di croccante lattuga, avrebbe costituito un ottimo pasto, non troppo elaborato.

Soddisfatta della scelta, uscì per andare a comprare funghi freschi, verdure e, magari, un dessert. Sapeva che Rafe amava i dolci.

Mentre guidava in direzione della città, le sembrava di essere nata lì. Osservava il paesaggio ormai familiare e si sentiva a casa, come non le era mai successo in California.

Dentro al suo negozio preferito, cercò quello che le serviva per la cena e si fermò davanti ai prodotti da forno. La torta di fragole attirò la sua attenzione e ne comprò due, certa che Rafe avrebbe apprezzato.

Tornò a casa di ottimo umore, mentre pensava a quanto avrebbe cucinato. Le faceva piacere ricambiare almeno in parte la gentilezza che Rafe le dimostrava. Anche in quel momento difficile e con una prospettiva faticosa davanti a lei, la sosteneva senza esitazione.

Quando accostò nel vialetto, guardò la casa con attenzione. Era gradevole, con quello stile rustico che le piaceva sempre di più. Parcheggiò e scese dal veicolo. Mentre si sporgeva sul sedile posteriore per prendere le borse con gli acquisti, sentì una fitta di dolore all'addome. Si raddrizzò e si toccò la pancia. *Il bambino!* La preoccupazione la attanagliò. Afferrò la spesa e corse in casa.

Dopo aver lasciato le borse sul tavolo della cucina, corse nel bagno a piano terra sperando di sbagliarsi. Ma quando vide tutto il sangue, si aggrappò al bordo del lavandino, sentendosi svenire. Il panico la paralizzava e corse al telefono per chiamare Cami.

Sentendo il suo "ciao" amichevole cercò di prendere fiato. «Cami, ho bisogno di te» riuscì a dire.

«Lulu? Cosa succede? Dove sei?»

«A casa. Penso di stare perdendo il bambino» rispose. «Non so cosa fare.»

«Aspettami, che arrivo subito. Penso sia meglio portarti da un dottore. Sdraiati e riposa finché non arrivo» le raccomandò Cami, con la voce resa acuta dalla preoccupazione.

Lulu chiuse la telefonata, andò al piano superiore per cambiarsi gli abiti e prendere un assorbente, e poi si sdraiò sul letto, stringendo le gambe per cercare di fermare qualsiasi cosa le stesse accadendo. All'inizio non desiderava il bambino, ma nelle ultime settimane era eccitata e contenta all'idea di averlo. Il figlio di Miguel. Ci sarebbero state delle complicazioni da superare, con lui, ma aveva capito che, come le avevano detto Rafe e gli altri, tutto si sarebbe sistemato. Le lacrime le rigavano le guance.

Sentì il SUV di Cami nel vialetto e scese ad aprirle.

Con il volto terreo, Cami arrivò alla porta correndo. Strinse a sé Lulu. «Sei sicura? Che cos'è successo?»

«Ho avuto un'emorragia. Sono quasi certa di stare per perdere o di aver perso il bambino» spiegò Lulu, che cercava di trattenere i singhiozzi, tanto che le sembrava di non riuscire più a respirare.

«Andiamo allo studio del tua ginecologa, adesso» disse Cami, con gli occhi velati di lacrime.

Stordita, Lulu afferrò la borsetta e seguì Cami verso il SUV.

La dottoressa Lauren Lukas era una delle migliori ginecologhe della valle. Aveva passato i cinquanta e da anni si occupava di donne di ogni livello di reddito e provenienza. Aveva per le pazienti le stesse attenzioni che avrebbe rivolto a una figlia, ed era pronta alla lode come al rimprovero. Era ancora più attenta ai bisogni del bambino. Le future madri sapevano che non avrebbe tollerato alcun comportamento che mettesse in pericolo il nascituro.

In quella occasione, guardò Lulu con rughe di dolore che le solcavano il volto.

«Non c'è più niente da fare?» A Lulu tremavano le labbra.

«Temo che sia così. L'ecografia ha confermato ciò che già sospettavamo. Ma non vuol dire che lei non possa portare a termine una gravidanza in futuro. A volte la natura utilizza questa modalità per risolvere una situazione che non va bene. Lei è una giovane donna in salute. E, ovviamente, non ha avuto difficoltà a rimanere incinta. Secondo me, non avrà altri problemi di questo tipo, in futuro.»

Mentre faticava a trattenere le lacrime, Lulu prese la mano della dottoressa. «Non è stata colpa mia, vero? So che all'inizio non desideravo il bambino, ma poi ho cambiato idea. Avevo anche pensato di chiamare il piccolo come qualcuno della mia nuova famiglia.» Fin dall'inizio, le era piaciuto il nome Rafe.

La dottoressa Lukas le strinse le dita e le diede un fazzolettino. «No, tesoro, non è colpa sua. Non deve preoccuparsi, è una cosa che può succedere. Non era ancora finito il primo trimestre: se c'è qualcosa che non va, è questo il periodo in cui può verificarsi una cosa del genere.»

«Mi sento un fallimento.»

La dottoressa le diede una pacca sulla spalla. «È normale essere addolorati. Lei ha perso qualcosa che considerava prezioso. Ma non ha senso incolparsi e pensare di avere fallito in qualche modo. Ci sono gruppi di supporto, per aiutare a superare la sua perdita. Chieda all'infermiera all'accettazione di darle le informazioni a riguardo. Le suggerisco di concedersi un po' di tempo per elaborare quanto è successo, prima di tornare alla sua vita di sempre.»

Lulu si sedette sul lettino di visita. «Grazie. Penso che

andrò in California per qualche giorno.»

Tornando a casa, nell'auto di Cami, Lulu guardava fuori dal finestrino.

«Lulu, mi spiace così tanto. Posso fare qualcosa per te? Mentre ti rivestivi, la dottoressa mi ha parlato del processo di elaborazione del lutto che ogni madre attraversa, in situazioni come questa.»

Lulu si voltò verso di lei, sorpresa. «Davvero?»

Cami aveva un'espressione triste. «Non mi stupisco che le pazienti la adorino. È il medico più gentile che abbia mai conosciuto.»

«Pensavo di prendermi un paio di giorni e andare in California. Mia madre si sta trasferendo in un appartamento. Potrei darle una mano.»

«Sì, capisco. È una buona idea, anche perché potrai dire a Will del bambino. Deve saperlo.»

«Cami, il figlio non era di Will. Era di Miguel» spiegò Lulu, finalmente sollevata di poterne parlare apertamente.

«Cooosa?» Cami accostò e si voltò verso di lei. «Ma sei uscita con lui solo una volta.»

Lulu fece una smorfia. «Una volta è sufficiente.» Strinse il braccio di Cami. «Non dire niente a lui o a nessun altro, finché non avrò modo di parlargli. Lo sanno solo Rafe, mia madre, e Melba.»

«Santo cielo! Chissà cosa penserà...»

«Rafe mi ha detto che avrebbe fatto il suo dovere e chiesto di sposarmi, quando avesse saputo che ero incinta. Adesso, non dovrà più farlo. E comunque, non avrei accettato una proposta di matrimonio con quei presupposti. Quando mi sposerò, sarà per vero amore, non perché sono costretta.»

«Ma Lulu, credo che Miguel provi dei sentimenti per te. Mi

ha chiesto di te e Will...»

Lulu alzò una mano per fermarla. «Ho già deciso che non potrà mai funzionare. Miguel assomiglia troppo a mio padre, è un uomo che attira le donne a sé. Già successo, già visto. Porta solo guai.»

«Ma...»

«Cami, sono seria. E adesso, andiamo a casa. Devo chiamare Rafe e spostare il mio invito a cena.»

«Veniva a cena da te?»

«Sì, volevo fare qualche prova, prima di invitare tutta la banda. E lui è stato così buono con me.»

«Certo, lo capisco. E se invece venissi tu da me? Posso invitare anche Rafe, così non ci resterà male.»

«Davvero? Sarebbe fantastico.» Lulu adorava il modo in cui Cami sembrava sempre sapere che cosa l'avrebbe resa felice.

«Adesso, però, hai bisogno di andare a casa a riposare» disse la sorella. «E non ti preoccupare, non dirò a nessuno che Miguel era il padre del bambino. Riguarda te, ma penso che sarebbe meglio dirglielo appena possibile.»

«Ma come faccio? Per i prossimi mesi sarà in Cile.»

Cami aggrottò la fronte, preoccupata, e la fissò. «Nana diceva sempre: "Stare seduta sulla verità fa male soprattutto a te stessa". Glielo devi dire, prima che lo scopra in qualche altro modo.»

«Forse hai ragione. Prometti di non dire niente a nessuno?»

«Te lo giuro» rispose Cami, solennemente.

Lasciò Lulu a casa e le disse: «Perché non vieni alle sei? Drew ha una serata di soli uomini, così saremo solo noi tre: tu, Rafe e io. Se vuoi, lo chiamo per dirglielo.»

«Grazie. Sarebbe perfetto. Ci vediamo dopo, allora.»

Lulu uscì dal veicolo, entrò in casa e crollò sul divano. La vita che aveva avuto fino a quel momento non c'era più. I suoi piani andati in fumo e i sentimenti sconvolti le fecero scendere nuove lacrime. Se qualcuno le avesse chiesto come si sentiva, avrebbe risposto che era svuotata, completamente svuotata.

Dopo un altro buon pianto, si alzò dal divano e andò in cucina. Mise tutti i prodotti freschi in un sacchetto da portare a Cami, e ripose tutto il resto in dispensa. Chiamò la linea aerea e fissò la partenza per il giorno seguente. Non vedeva l'ora di lasciare Chandler Hill.

Più tardi, dopo un riposo ristoratore, si diresse verso casa di Cami con la borsa di alimentari che aveva messo da parte per lei.

La sorella la accolse con un lunghissimo abbraccio. «Rafe è già arrivato.»

Quando Lulu entrò in cucina, Rafe si alzò dalla sedia e le andò incontro.

La strinse forte e disse, a bassa voce: «Mi spiace, tesoro. So quanto fa male. Io e mia moglie Maria ci siamo passati svariate volte, prima che morisse.»

Con gli occhi velati dalle lacrime, Lulu guardò il volto segnato di Rafe. «Io lo volevo, questo bambino. Volevo il bambino di Miguel.»

Lui le riavviò una ciocca di capelli dal viso. «Adesso, cosa farai?»

«Domani parto per la California. Ho bisogno di starmene lontana da qui per un po', e la mamma ha comprato un appartamento. Le darò una mano per qualche giorno, finché non mi sentirò pronta per tornare a Chandler Hill.»

Cami le si avvicinò. «Ti ho sentito Lulu, e voglio che tu ti prenda tutto il tempo che ti serve.»

«E Miguel?» domandò Rafe. «Che cosa pensi di dirgli?»

«Non lo so» rispose Lulu. «Credo che adesso non sia più così importante per lui. È tutto finito. Chiuso.»

Rafe le prese il volto tra le mani. «*Cariño*, lo sai che non è così. A Miguel importerebbe. Non è il tipo di persona a cui non interessa.»

A Lulu si velarono gli occhi per le lacrime. «Lo so. Ma non voglio rovinare il suo piano di sposare Valentina.»

Rafe si appoggiò allo schienale e la guardò, sconcertato. «Perché dici così? Non credo che sia questo il caso, per niente.»

«Gli ho parlato prima che partisse. Voleva che uscissi con lui e Valentina. Quando lei è arrivata, ho visto gli sguardi che si sono scambiati.»

«Un'amicizia di lavoro. Nient'altro. Fidati.»

Lulu annuì, ma sapeva che era solo il modo di Rafe per cercare di farla sentire meglio.

CAPITOLO DICIOTTO

Lulu respirò la tiepida aria della California meridionale e promise a se stessa di scuotersi via di dosso il dolore e il senso di colpa che provava dopo aver perso il bambino. Il senso di colpa di non aver desiderato quel bambino all'inizio, e il dolore di non aver avuto la possibilità di dirgli quanto fosse diventato grande il suo amore per lei o per lui.

Melba e la madre la incontrarono nell'area ritiro bagagli, come d'accordo.

Appena la vide, Rosalie le corse incontro e la strinse in un caldo abbraccio. «Oh, tesoro, mi spiace così tanto per quello che è successo. So come ti senti, ci sono passata anch'io. È qualcosa che non si dimentica.» Scuotendo la testa, si asciugò gli occhi.

Melba era ferma lì in piedi, con lo sguardo preoccupato che di solito riservava alla madre di Lulu. Poi la abbracciò e lei sospirò di sollievo. «Andrà tutto bene» disse a entrambe la governante. «Vero, Rosalie? Dobbiamo essere forti per lei.»

«Oh, sì» rispose la madre, rivolgendo a Lulu un sorriso incerto.

«E spero scoprirai che, per qualche ragione, la natura aveva altri piani per te. Inoltre, anche se non è facile, non devi incolpare te stessa. Sei amata, figliola, e quell'amore ti aiuterà ad andare avanti» aggiunse Melba.

Lulu si accoccolò ancor di più nella sua stretta e poi si staccò da lei, sentendosi meglio. Donne che aiutano le donne. Era una cosa che aveva sempre ammirato.

«Sono felice che tu sia qui» disse la madre, e Lulu provò un senso di ritorno a casa che era del tutto nuovo. «Vorrei da te qualche suggerimento su quello che dovrei tenere o dare via quando farò il trasloco. E, per favore, prendi da casa tutto quello che vuoi. Nell'appartamento vorrei avere soprattutto cose nuove.»

Lulu era deliziata dall'eccitazione nella voce della madre e comprese quanto poco significassero per tutt'e due quegli oggetti costosi e ricercati, specialmente in quel momento, in cui volevano ricominciare da zero.

«Passeremo tutto in rassegna, e poi potresti assumere qualcuno che organizzi una vendita privata di quello che non vuoi conservare» suggerì Lulu.

«Una delle coppie interessate all'acquisto della casa ha segnalato che vorrebbe comprare alcuni pezzi dell'arredamento. L'agente immobiliare ritiene che questa possibilità renda la proposta più allettante, se voglio includerla nell'accordo. Le ho detto che le avrei dato una risposta al più presto.» La madre le sorrise. «Adesso che sei qui, potrò farlo.»

Al pensiero di tenersi occupata in quell'attività, Lulu fu felice di essere tornata a casa.

Quando la madre imboccò il vialetto, Lulu osservò l'edificio. Le dimensioni e lo stile mediterraneo erano notevoli. Ma Lulu sapeva che una casa meravigliosa non la rende necessariamente un luogo pieno d'amore. Era pronta a voltar pagina e intraprendere una nuova vita.

Una volta entrate, Lulu, la madre e Melba, cominciarono a parlare.

«Ho già segnato alcuni pezzi da portarmi nel nuovo appartamento. E Melba ne ha scelti altri per sé. Adesso che se qui, etichetta pure tutto quello che vuoi per te.»

«I mobili non mi interessano. Potrei volere un paio di dipinti e qualche suppellettile, nient'altro.»

La madre annuì. «Capisco. Dovremo anche esaminare tutte le carte e i documenti. Mi piacerebbe se lo facessimo insieme.»

«D'accordo» rispose Lulu.

«Ho preparato un buon pranzetto» osservò Melba. «Perché non ti prendi qualche minuto per rinfrescarti, Lulu, e poi ci mettiamo a tavola? So quanto ti piace la mia zuppa di pollo con i tagliolini.»

Lulu ridacchiò. «Non sono malata, ma è stato un pensiero carino.» Le si riempirono gli occhi di lacrime. «Mi spiace. Temo che sarò un po' frignona per qualche tempo. Colpa degli ormoni, e del dolore, e delle varie cose con cui devo fare i conti.»

«Tesoro, piangi pure quanto vuoi.» Anche gli occhi della madre erano lucidi. «Prenditi tutto il tempo di cui hai bisogno. So cosa vuol dire essere privati della possibilità di elaborare un lutto e dover mostrare una facciata coraggiosa, mentre vorresti solo poterti raggomitolare nel tuo dolore.»

Lulu guardò la madre. «Forse dovrei cominciare a parlare con il tuo psicanalista. Sembri davvero diversa.»

«In qualsiasi momento sentirai il bisogno di vederne uno, dimmelo che gli do un colpo di telefono» replicò Rosalie, con orgoglio.

«Vediamo di sistemare le tue cose, tesoro.» Melba le prese la valigia e condusse Lulu alla sua vecchia camera da letto.

Entrando nella stanza, perfetta come quelle che si vedono nelle riviste di arredamento, Lulu fece un profondo respiro. Il letto matrimoniale, coperto da un bel piumone con dei motivi sul grigio e molteplici cuscini, le dava un senso di soffocamento. Sapeva che non si trattava degli arredi, ma dei ricordi che ancora impregnavano l'aria, come l'odore di una rosa morente. La stampa l'aveva accusata di essere una ricca ragazzina viziata, ma non avevano compreso il prezzo da pagare per essere la figlia di una persona come il deputato Edward Kingsley. Per quanto fosse ben ammobiliata, non voleva niente di quello che conteneva.

Melba mise la valigia di Lulu su una panchetta. «Scendi appena sei pronta. Ho preparato un po' delle tue focaccine preferite, per accompagnare la zuppa.»

Lulu svuotò la valigia. Mentre disponeva i suoi vestiti nei cassetti o li appendeva nell'armadio, si rese conto che avrebbe dovuto esaminare il proprio guardaroba e decidere cosa farne. Avrebbe scelto con cura le cose da tenere e avrebbe dato il resto in beneficenza.

Poco più tardi, era seduta al tavolo della cucina con la madre e Melba.

«Will è rimasto in contatto con me» annunciò Rosalie. «È un giovanotto davvero per bene. Spero non ti dispiaccia, ma quando ha telefonato stamane, gli ho detto che tornavi a casa per qualche giorno.»

«Non so se dovrei vederlo o meno» disse Lulu. «Sono ancora molto scossa e confusa, al momento.»

«Fai quello che ti dice il cuore» suggerì Melba.

Dopo che Lulu ebbe sorbito l'ultima cucchiaiata di zuppa e masticato l'ultimo boccone di focaccina, si appoggiò allo schienale della sedia. «Era tutto delizioso. Grazie mille, Melba. Se a voi due non dispiace, andrei a sdraiarmi per un po'.»

«Figurati» rispose la madre. «Un po' di riposo ti farà bene.»

Quando Lulu uscì dalla cucina, sentì Melba che diceva a Rosalie: «Sei stata brava a distrarla dai cattivi pensieri. So quanto sei preoccupata per lei.»

Erano delle così buone amiche, pensò Lulu. Avendo aiutato la madre con l'eredità del padre, sapeva che Melba era stata la beneficiaria di una delle sue polizze assicurative. Ce n'erano molte altre, destinate a lei e a Rosalie, ma nessuna le aveva fatto più piacere di quella con cui il padre riconosceva il contributo di Melba alla vita familiare.

Lulu salì le scale e si fermò nel corridoio al piano superiore per guardare le foto di famiglia che vi erano appese. Una fitta di dolore la trafisse nel vedere uno scatto suo e del fratello, insieme sulla spiaggia. Teddy non avrebbe dovuto annegare. Era un ragazzo in salute, un buon nuotatore. Anche se tutti le avevano detto che era stato un incidente che non avrebbe potuto evitare, continuava a tormentarsi all'idea che avrebbe potuto essere vivo, se lei fosse stata con lui.

Studiò la foto di lei con il padre, insieme sul palco, lui con il pugno destro alzato in segno di trionfo. Oh, ma quello era l'uomo affascinante e adorato da tutti: l'espressione sul volto di Lulu mentre lo guardava diceva tutto.

Si spostò per guardare altri scatti di famiglia. Mentre osservava una foto con loro quattro, e poi loro tre, insieme, pensò a quanto si trattasse di una facciata. I sorrisi sui volti non illuminavano gli occhi. *Erano tutte così, le famiglie dei politici?*

Intristita, entrò in camera sua. Lo sfinimento le indeboliva gli arti. Troppo spossata per rimanere in piedi, si sdraiò sul letto e chiuse gli occhi.

Quando si svegliò e rimase sdraiata a guardare il soffitto, il cielo azzurro stava diventando grigio. Si disse di alzarsi e mettersi in movimento, prima che la disperazione che provava avesse il sopravvento. Dopo un paio di minuti si obbligò ad alzarsi.

Quando scese al pianterreno, trovò Melba e la madre sedute al computer.

La madre la guardò. «Stiamo facendo un elenco di tutti gli

arredi, in modo che ogni acquirente che arriva sappia esattamente che cos'ho.»

«Buona idea. Le sole due cose che voglio sono il dipinto a olio sopra il camino e l'acquerello nello studio.»

«E allora sono tuoi» rispose la madre. «Pensavo di tenermi quello a olio, ma me lo immagino come starebbe bene quel paesaggio in casa tua, e voglio che lo abbia tu. E puoi prendere anche l'acquerello. È una bella scena boschiva che mi ricorda Chandler Hill. L'ho comprato appena dopo che io e tuo padre ci siamo sposati. C'è un altro dipinto che ti può interessare: è quell'opera astratta, nell'ingresso anteriore. Dacci un'occhiata.»

Lulu andò a vederlo. I blu e i viola, insieme alle altre varie tonalità di rosso e arancione le ricordavano i tramonti a Chandler Hill. Decise subito di accettarlo.

Disse alla madre che avrebbe preso tutti e tre e aggiunse: «Cosa posso fare per aiutare?»

Melba le diede un foglio di carta con il titolo "Sala da pranzo". «Le voci in cima all'elenco sono le cose che tua madre vuole tenere. Tutto il resto va aggiunto.»

Lulu era in sala da pranzo a catalogare piatti e tovaglie quando la madre arrivò di corsa. «La casa è stata venduta! Ho trenta giorni per liberarla. Oh, Lulu, sono così contenta che tu sia qui! Adesso posso spostare nell'appartamento tutto quello che voglio, e lasciare il resto. Anche tu devi prendere quello che vuoi, per portartelo in Oregon.»

«E come? La mia auto è là.»

Sua madre sorrise. «Doveva essere una sorpresa, ma ho pensato di comprarti una macchina nuova! Un SUV, che è più comodo della tua piccola decappottabile. Una Lexus, come quella che ha Cami.»

Lulu spalancò gli occhi per la sorpresa. «Davvero? Sarebbe meraviglioso, e anche molto più utile.»

«Devi solo scegliere il colore. Ma non aspettare troppo: credo che ti servirà presto. Sarà un bel daffare farci star dentro tutto quello che vuoi portarti via. Ricordati che puoi prendere ciò che ti pare, se non l'abbiamo già scelto io e Melba.» La madre uscì dalla stanza, quasi ballando.

Guardandola andar via, Lulu scosse la testa. Forse era il caso di fare come lei, lasciarsi alle spalle tutti i brutti ricordi e andare avanti. Quindi, come sua madre, avrebbe scelto qualcosa di utile da portare via.

Dopo avere terminato l'inventario della sala da pranzo, Lulu mise del nastro adesivo a uno degli scatoloni che Melba aveva comprato e lo etichettò col suo nome. Lo portò nella stanza e con cura incartò alcuni piatti da portata, candelieri e altri oggetti che decise di tenere per sé, e mise il tutto nella scatola.

Il soggiorno era il prossimo cui dedicarsi. Notò che la madre si era tenuta qualche pezzo di arredamento, ma nessuno di quelli che non erano mai piaciuti nemmeno a lei. Per sé, Lulu prese una piccola scultura che era sempre stata sulla mensola del camino, di fianco a un vaso di porcellana. Elencò con cura tutti gli altri oggetti sul foglio di carta.

Appena ebbe terminato, Melba arrivò nella stanza. «Vi ho preparato la cena. Io vado a casa da Jerome. Ci vediamo domani.»

«Grazie di tutto» rispose Lulu, e intendeva ben più dell'aiuto fisico che aveva dato.

«Starai bene» disse Melba a bassa voce, e la abbracciò forte.

La cena di quella sera fu piacevole. L'arrosto di manzo era sempre stato uno dei piatti preferiti della madre. In particolare come lo preparava Melba, con carote fresche e cipolline. Un piatto che ti metteva di buonumore.

«Ti mancherà qualcosa, di questa casa?» domandò Lulu alla madre.

«Solo la stanza del sole» rispose. «È l'unica che tuo padre mi abbia permesso di arredare come volevo, con mobili dalle linee semplici e molte piante. Avevo sempre l'impressione di respirare meglio, là dentro. Naturalmente, ora le cose sono cambiate. Sono più libera di fare ciò che desidero senza chiedere l'approvazione di tuo padre. A lui piaceva molto avere il controllo su tutto.»

Lulu appoggiò la forchetta e si allungò verso di lei. «Perché non ti sei opposta a lui, su questa e tutte le altre cose? Oggi molte donne non tollererebbero quel genere di imposizioni.»

«Non saprei» rispose la madre. «Forse perché, come molti di quelli che credevano in lui, pensavo di doverlo aiutare a fare il bene per gli altri, facendo andare le cose a casa come piaceva a lui. In particolare perché non potevo dargli tutto quello che desiderava.»

«Altri figli?»

La madre arrossì. «Quello, e altre cose più intime. Soprattutto dopo che ho scoperto le sue tresche.»

Lulu sospirò e scosse il capo. «Quando penso a papà sono sempre combattuta. Gli volevo bene, ma odiavo ciò che faceva a te e il fatto che pensasse di poter avere tutto e tutti.»

«È stato istruito a ragionare così fin da piccolo» continuò Rosalie. «Suo padre era un uomo ambizioso che viveva attraverso il figlio. Edward era nato per realizzare il sogno del padre. Credeva a tutto ciò che gli era stato detto nel corso degli anni, e avere soldi e un bell'aspetto lo aiutava. Pensavo sarei stata la sua compagna di vita. Ma ho capito presto che ero solo un sostegno. A quel punto avevo già cominciato ad avere seri problemi di depressione che, sono sicura, ho ereditato da mia madre. È diventato evidente che non potevo fare tutto ciò che lui o io desideravamo.»

«Ma adesso stai bene» disse Lulu.

«È vero, ma ci sto lavorando come non avevo mai fatto prima. Terapia, nuovi farmaci, stare lontano dall'alcool e dagli antidolorifici; tutto questo mi aiuta moltissimo.»

«E anche papà che non c'è più» aggiunse Lulu.

«Sì, pure quello, anche se è brutto da dire.»

«Ti voglio bene, mamma. Mi sento più vicina a te di quanto lo sia mai stata.»

La madre allungò una mano attraverso il tavolo e strinse la sua. «Anch'io.»

Continuarono a parlare di vari argomenti. E quando entrambe cominciarono a sbadigliare, lavarono insieme i piatti e misero via il cibo avanzato.

«Domani è un'altra giornata piena di impegni. Voglio farti vedere l'appartamento, e dobbiamo scegliere il colore della tua Lexus.»

«Mi servono altri scatoloni per la mia roba. Dopo aver fatto l'inventario, penso che mi piacerebbe conservare più cose di quello che credevo. Niente di ingombrante, solo degli oggetti che hanno un significato per me, e da tenere per la famiglia che spero di avere un giorno.» La voce di Lulu si spezzò.

«Oh, tesoro, accadrà di sicuro. Incontrerai l'uomo giusto, e tutto andrà a posto.»

Lulu sospirò. «Credo di sì.»

«Coraggio, andiamo a dormire.»

Lulu seguì la madre su per le scale, cercando di non pensare all'uomo che forse aveva già trovato. Non avrebbe mai funzionato, tra loro.

CAPITOLO DICIANNOVE

Dopo aver incontrato il concessionario e scelto l'automobile che desiderava, Lulu andò con la madre al nuovo appartamento, curiosa di vedere come fosse. Situato nel quartiere di Hollywood che stava vivendo un momento di riqualificazione, il complesso era pubblicizzato come qualcosa di unico. Ciononostante, Lulu si rese conto di non essere preparata all'eleganza contemporanea del condominio, all'ampiezza delle vetrate e alla disposizione degli spazi nell'appartamento, che comprendeva tre camere da letto e quattro bagni.

«È straordinario! Mi sento come un uccellino appollaiato sul ramo di un albero, ben al di sopra del suolo» disse entusiasta Lulu. Al sorriso della madre, capì di aver detto la cosa giusta.

«Qui mi sento libera» spiegò Rosalie. «È tuo padre che l'ha reso possibile, e per questo gli sarò sempre grata.»

«Te lo sei guadagnato, mamma» rispose Lulu, guardando dalla finestra tutto il panorama intorno. «Sono felice per te.»

«Adesso capisci perché non mi serve niente, della vecchia casa. Meglio darlo a qualcuno che conosco, o in beneficenza.»

«Hai assolutamente ragione.»

Dopo un secondo, e più lungo, giro della proprietà, Lulu si convinse ancor di più che fosse il posto giusto per la madre. E quando un vicino suonò il campanello per darle il benvenuto, fu sempre più felice di quella decisione.

«Melba cosa ne dice?» domandò Lulu, mentre ritornavano a casa.

«Lo adora. Pensavo che volesse andare in pensione, viaggiare di più, ma ha detto che le piace poter andare e venire come desidera e avere degli spazi di vita separati da quelli con Jerome. Si amano profondamente, ma da quando lui ha smesso di lavorare, ogni tanto hanno bisogno di una pausa l'uno dall'altra. Tutti i miei amici mi hanno confermato che il pensionamento può rappresentare una fase difficile da gestire.»

«Avrai la possibilità di dedicarti a qualcuno dei progetti che un tempo ti appassionavano» commentò Lulu. «Le cose che preferisci e ritieni più adatte.»

«Sì, ma intendo anche venire a Chandler Hill, ogni tanto. È una gradevole vacanza e mi piace partecipare alla vita di famiglia, lì con voi.»

«Piace anche a me» rispose Lulu, e si accorse che, come era stata ansiosa di andarsene, adesso aveva voglia di tornare.

Era impegnata a casa della madre quando Will la chiamò. «Ho sentito che sei tornata in città. Riusciamo a vederci? È importante.»

«Mi spiace, ma sono molto occupata ad aiutare mia madre con il trasloco. Possiamo discuterne al telefono?»

«Lulu, ho bisogno di parlarti. Di persona. Puoi fare questa cosa per me?»

«D'accordo. Ti va bene più tardi, oggi pomeriggio? Potrei liberarmi. Facciamo da *Giardi* alle cinque?»

«Perfetto. Ci vediamo là.»

Nell'istante in cui Lulu entrò nel bar, vide Will parlare a un tizio che non conosceva. Quando lui la vide, le corse incontro. «Sono felice che tu sia qui. Vorrei presentarti Mike Sanchez. È un mio generoso sostenitore.»

Lulu ebbe una reazione infastidita, che cercò di

nascondere. «Credevo volessi discutere qualcosa di personale. Questi sono affari.»

«Esatto. Affari importanti. E mi devi aiutare.»

Lulu sospirò e attraversò il locale con Will, per raggiungere lo sconosciuto che la scrutava con interesse.

«Mike, eccola qua. Louise Kingsley, la figlia di Edward. Ha seguito le orme del padre e ci sa fare davvero. Sono certo che possa fornirci il genere di impatto che vogliamo creare, se sei disponibile ad aiutarci.»

Lulu serrò la mascella per evitare di urlare addosso a Will. *La usava per ottenere donazioni per la sua campagna? Che stronzo!*

«Piacere di conoscerti, Louise» disse Mike, sorridendole in un modo che Lulu considerò un po' viscido. «Sono un vecchio amico di tuo padre, e mi ricordo di averti visto in qualcuno dei suoi tour elettorali. Politici una volta, politici per sempre, eh?»

«Non sempre» mise le mani avanti Lulu. «E infatti, forse non lo sai, ma non vivo né lavoro più in California e non ho alcun desiderio di tornarvi.»

«Anche se vivi fuori città, questo non ti impedisce di sostenere la mia campagna e aiutarmi, di tanto in tanto» replicò Will, affabilmente. «È il bello della cosa. Avere il meglio di entrambe le situazioni.»

Quando lei rimase zitta, Mike si rivolse a Will. «Ne parliamo un'altra volta. Ho una riunione che mi aspetta. Piacere di averti incontrata, Louise.»

Gli strinse la mano e disse che doveva fare un salto alla toilette. Odiava essere usata e voleva lavarsi via dalle dita quella sensazione sgradevole, prima di affrontare Will per averla messa in imbarazzo in quel modo.

Quando ritornò, lui le disse: «Ti offrirei un drink, ma penso non sia una buona idea, viste le tue condizioni.»

Lulu sbatté le palpebre per mandar via le lacrime. «Ho perso il bambino.»

«D'accordo, allora mettiamoci in un separé e parliamo un po'. Ti va bene del vino rosso?»

Annuì e si diresse al tavolo più lontano dalla porta. Non voleva essere vista con lui.

Will portò un calice di vino per lei e quello che sapeva essere un whisky costoso per sé. «Scusa, non sono riuscito ad avvertirti in anticipo, ma volevo cogliere l'occasione di farti incontrare Mike appena si è presentata» disse, infilandosi nel separé.

Sollevò il bicchiere. «Alla tua salute! Stai bene? Mi spiace per il bambino.»

«Grazie. È stato un colpo, per me.»

«Oh, ma...»

Gli lanciò uno sguardo minaccioso, e Will si interruppe.

«Mi spiace, Lulu. Davvero. Ma questo dovrebbe renderti più facile darmi una mano. Anche da remoto, puoi fare molte cose per la campagna.»

Lulu appoggiò il calice di vino. «Non ti ho mentito, Will, quando dicevo di amare la mia nuova famiglia e di voler rimanere in Oregon per aiutarla. Sono disposta a sostenerti, ma niente di più. Ho chiuso con la politica. E tu, più di chiunque altro, dovresti capirlo. Mentre parliamo, stai già prendendo il posto di mio padre. E, in nome delle cose buone che aveva programmato, farò quello che ho detto, ma niente di più.»

«Ti lascerò del tempo per pensarci» rispose Will. «Non avrei dovuto metterti pressione senza preavviso.»

Un improvviso lampo di luce interruppe la conversazione.

«Ma che diavolo...» disse Will, alzandosi in piedi e affrontando il fotografo.

«Complimenti da parte di Mike Sanchez» disse il tizio.

«Per uso futuro.»

Lo stomaco di Lulu si contorse per l'incredulità. Era più nauseata che nelle ultime settimane. Che trucco sporco e meschino. Ma non sarebbe caduta in quella trappola.

Quando la loro foto apparve sui giornali e le reti online la diffusero, Lulu si ritrovò ancora una volta intrappolata in una morsa di pubblicità indesiderata. Imprecò, poi pianse, e si ripromise di lasciare la California per sempre.

«Sono furiosa con Will per averti messo in questa situazione» disse la madre. «Doveva pensarci, prima di farti diventare il bersaglio della stampa. Lo sa, tutto quello che abbiamo passato.»

«È una vigliaccata» disse Lulu. «Ho chiuso con la vita pubblica. Appena posso, torno a Chandler Hill dove sono al sicuro.»

Due giorni più tardi, il SUV color tortora di Lulu era carico fino al tetto di vestiti, scarpe, scatoloni, un paio di lampade e i tre dipinti che le piacevano tanto.

Diede un'occhiata allo specchietto retrovisore e vide la madre e Melba, fianco a fianco, che la salutavano con la mano. Le venne un groppo alla gola. Erano due donne straordinarie, ed era felice che facessero parte della sua vita.

Quando finalmente salì il vialetto della casa che aveva in affitto, non poté evitare di paragonarla all'affascinante condominio di livello elevato dove adesso viveva la madre. Pur differenti, secondo Lulu erano la scelta giusta per ognuna di loro. Era contenta di poter abbellire la casa con qualche oggetto che avesse un significato speciale per lei. Magari avrebbe chiesto a Rafe di aiutarla ad appendere i quadri.

Pensò con curiosità a lui e alla moglie Maria. Le avevano

raccontato che il loro matrimonio non era stato granché felice, ma la tristezza nei suoi occhi quando le aveva parlato dei bambini che avevano perso le faceva comprendere meglio la misura dell'affetto che provava per Cami e, adesso, anche per lei. Era decisamente fatto per la famiglia. Aveva anche deciso che, se il bambino fosse stato un maschio, l'avrebbe chiamato Rafe.

Telefonò a Cami per farle sapere che era tornata e sarebbe andata al lavoro l'indomani.

«Ottimo!» rispose la sorella. «Giusto in tempo per il ballo con cena di San Valentino, che ci sarà questo weekend. Tutta la famiglia e il personale devono essere presenti.»

«Ci sarò per dare anche una mano» aderì Lulu con entusiasmo. «Sono arrivati gli articoli che ho ordinato per il catalogo primaverile?»

«Gwen ha detto che ne manca ancora qualcuno, ma è meglio che verifichi con lei.»

Lulu passò la giornata a svuotare la macchina e a disporre tutto nella casa. Dopo due viaggi al negozio di ferramenta, i tre dipinti furono appesi nei punti che considerava perfetti. Adesso che aveva aggiunto qualche arredo nell'area soggiorno, più utensili in cucina e piatti da portata nella zona pranzo, Lulu si sentiva molto più a suo agio.

Più tardi, Cami passò da lei con due grandi piante da interno, dentro a deliziosi vasi rustici. «Sono contenta che tu sia tornata. Ho pensato che un po' di verde ti avrebbe messo di buonumore.»

Si abbracciarono e sistemarono una pianta vicino alle finestre anteriori e l'altra a fianco della porta scorrevole che dava sul retro.

«Perfetto!» decretò Cami, guardandosi in giro. «Hai proprio cambiato in meglio l'aspetto di questo posto. Mi piacciono le ultime aggiunte che hai fatto all'arredamento.»

«Grazie. Spero di poter parlare a Abby e Lisa di una eventuale vendita della casa. Non ho in progetto di tornare in California, se non per vedere mia madre.»

«A proposito, come va, con la sua nuova sistemazione?»

«Alla grande! L'appartamento è aperto e molto luminoso, con vista a 180 gradi. Per la prima volta, è riuscita a creare un ambiente che la fa sentire bene e le piace. I cambiamenti che ha fatto sono stupefacenti.»

«Pensi che abbiano a che fare con il fatto che adesso è sola e può riprendere il controllo della sua vita?»

«È proprio così. È un altro motivo per cui sono molto cauta all'idea di fare sul serio con qualcuno. Tu e Drew sembrate molto ben assortiti. Spero di trovare qualcuno di sereno e tranquillo come lui.»

Il sospiro innamorato di Cami parlava da solo. «È straordinario.»

«Appena mi sentirò pronta, farò uno sforzo per frequentare un po' di persone della valle.»

«Ross Coughlin ha chiesto di te.» Cami sorrise. «È un tesoro.»

Lulu rise. «Non cercare di fare il Cupido. Devo ancora mettere ordine nella mia testa.»

«Va bene, era così per dire...» Uno sguardo determinato attraversò il viso di Cami, uno sguardo che Lulu riconobbe essere uguale al suo.

«Se salta fuori qualcosa, sarai la prima a saperlo.»

«D'accordo. Se siamo a posto, dovrei andare» disse Cami. Le diede una pacca sulla spalla e la guardò negli occhi con tenerezza. «Andrà tutto bene. Vedrai.» Dopo un cenno di saluto, si separarono.

Lulu andò alla porta di vetro scorrevole che conduceva in giardino e guardò il cielo grigio e piovoso, ricordando a se stessa che la pena del suo cuore, col tempo, si sarebbe alleviata. Ma al momento non sapeva se sarebbe mai stata bene di nuovo.

Tenersi occupata aiutò Lulu a recuperare un po' del suo abituale ottimismo. Oltre a creare dei piani di marketing online, le piaceva occuparsi dei cataloghi per il Granaio e lavorare agli inventari con Gwen.

Per quanto riguardava le vendite, il giorno di San Valentino indicava l'inizio della fine dell'inverno. Per Lulu sarebbe stata la prima primavera a Chandler Hill e non vedeva l'ora che le viti addormentate cominciassero a inverdire di nuova vita. Ma, per il momento, tutta l'attenzione andava all'annuale ballo con cena di Chandler Hill, cui partecipavano gli ospiti della locanda e i produttori di vino della valle. L'avevano avvertita che le prenotazioni per l'evento di San Valentino si sarebbero in poco tempo esaurite. Becca, Imani, Gwen e qualche altro collaboratore storico erano stati invitati, riempiendo gli ultimi posti.

Mentre ci si avvicinava alla data, la locanda fremeva di eccitazione. Il personale che lavorava all'evento sarebbe stato ricompensato con una festa, dopo la chiusura della serata.

«Che cosa indosserai?» chiese Becca a Lulu la mattina del party.

«Un abito da cocktail, credo. E tu?»

Becca si strinse le mani, entusiasmata. «Mi sono comprata un abito lungo, rosso. Sarà una buona aggiunta al mio corredo.»

«Dovrei mettere qualcosa di più ricercato?» domandò Lulu, sorpresa da quanto fosse elegante la festa.

«Direi di sì. Ho convinto Dan a indossare uno smoking.» I suoi occhi luccicavano di gioia. «Gli ho detto che serviva da preparazione al nostro matrimonio. Ci siamo fidanzati appena dopo l'evento dell'anno scorso.»

«Che dolci» commentò Lulu. Aveva ascoltato i dettagli del fidanzamento di Becca più di una volta. «Grazie del suggerimento. Sceglierò qualcos'altro.» Anche Lulu era al colmo dell'agitazione. Non andava a un party come quello da un bel po' di tempo. Sperò che non ci fosse nessun politico a rovinare il divertimento.

Più tardi, mentre si guardava in uno specchio a figura intera, Lulu fu felice di aver scelto uno dei suoi vestiti più eleganti. L'abito bianco invernale a maniche lunghe, con scollo rotondo, scendeva fino alle caviglie in morbide pieghe setose che valorizzavano il suo fisico. I capelli scuri ricadevano in onde lucenti fino alle spalle, mentre il nuovo mascara che aveva comprato in California le infoltiva le ciglia, donando ai suoi occhi una nuova profondità. Il ciondolo di diamanti regalatole dal padre le si posava delicatamente sul petto, mentre gli orecchini pendenti di diamanti aggiungevano ulteriore scintillio e luce.

Pensò a Will. Avrebbe sicuramente approvato il suo aspetto. Aveva già indossato quell'abito a un evento politico. Sospirò al ricordo. Quell'uomo si era rivelato una tale delusione. Meglio scoprirlo ora, si disse. Nonostante la mondanità che tutti le attribuivano, non aveva avuto molte relazioni. E, da ragazza, fare sciocchezze era fuori questione. Suo padre era stato molto chiaro, sia con lei che con qualsiasi giovane uomo interessato a lei. Si avvolse un caldo mantello nero attorno alle spalle, e uscì di casa.

Quando Lulu arrivò a Chandler Hall, si fermò un momento ad ammirare le lucine rosse e bianche che decoravano gli arbusti alla base dell'edificio. Ad alcuni dei rami erano stati appesi dei cuori rossi scintillanti, che aggiungevano un tocco romantico all'occasione. All'interno le luci brillavano, una musica rilassante faceva da sottofondo e il personale era allineato in fondo al salone in attesa di cominciare il servizio. Cami, Drew, Rafe, Adam e Dan erano vicini al piccolo palco addossato a una delle pareti. Becca e Imani ridevano per qualcosa che aveva detto una di loro. Quando la videro la salutarono con la mano e Lulu corse a salutarle.

Un membro dello staff le prese il mantello.

«Caspita! Sei bellissima!» esclamò Becca.

«Come voi due» rispose lei. Becca indossava un semplice e classico abito rosso che le stava benissimo. Imani aveva un sari di seta rosso e oro che metteva in risalto i suoi lineamenti classici. Mentre parlava con loro, il suo accompagnatore, Hank Danvers, la fissava con un sorriso trasognato.

Cami, che aveva un vestito nero, senza maniche, lungo fino alle caviglie, le raggiunse. «Devo dire che Chandler Hill ha le donne più belle. Ricordate che è importante interagire con tutti, in particolare con gli altri produttori. Vogliamo mostrare le nostre tre cantine, stasera. Io rappresenterò Chandler Hill, Drew e Rafe i Taunton Estates e Dan e Adam, Lone Creek.

«E io?» intervenne Miguel. «Anch'io sono qui per Lone Creek.»

Cami sussultò per lo stupore, e subito lo abbracciò. «Sei tornato! Per quanto ti fermi, stavolta?»

«Solo un paio di giorni. So quant'è importante questa festa per la promozione delle nostre cantine e ho pensato fosse giusto partecipare. Rafe era d'accordo.»

Lulu era pietrificata. Il corpo di Miguel, con cui una volta aveva fatto l'amore, era... delizioso, con addosso lo smoking. Per quanto attraente in jeans e camicia a quadri, in quell'occasione faceva ancora più colpo, vestito come un modello ben pagato di una rivista di moda maschile.

Il sorriso di Miguel lasciò Cami e planò su di lei.

Lulu fu attraversata da un brivido. Si ricordava quello stesso sorriso, subito dopo aver fatto l'amore.

«Come stai, Lulu?» domandò, provocandole altri brividi. Gli occhi castani non si spostavano da lei.

Come se qualcuno le avesse tagliato la lingua, si limitò ad annuire.

«Conserva un ballo per me» le disse lui, sorridendo.

«Va bene» riuscì a rispondere, sperando di non sembrare troppo nervosa.

Miguel salutò le altre, poi andò da Rafe, Dan e Drew, con cui ci furono scambi di abbracci e strette di mano.

«Lo confesso» disse Becca, un po' senza fiato. «Quell'uomo è veramente un figo pazzesco.»

«Oh sì. Lo penso anch'io» confermò Imani, rivolgendo a Hank un sorriso di scuse.

Al silenzio di Lulu, Becca le diede un colpetto di gomito. «E tu cosa ne pensi? Non è un tipo da urlo?»

«È belloccio, ma niente di più» rispose lei, mentendo a se stessa e alle altre.

Becca sembrava perplessa. «Miguel è un bravo ragazzo. È solo che non si sente pronto a sistemarsi. Come fargliene una colpa? Ha un mucchio di donne che gli fanno il filo.»

«Però, quella con cui vuole ballare è Lulu» osservò Imani, rivolgendole un sorriso incoraggiante.

Lulu aveva paura di rendere esplicite le sue emozioni, così disse: «Scusatemi. Devo parlare con Cami.» Sapeva di apparire un po' maleducata, ma il pensiero di stare lì a parlare con le sue amiche dell'uomo che la faceva bruciare dentro, era snervante. Non voleva che nessuno sospettasse dei suoi sentimenti. In particolare sapendo che per lei era una scelta del tutto sbagliata.

Quando Cami vide Lulu avvicinarsi, si allontanò dal gruppo in cui era. «Che sorpresa, eh?»

«Non sapevi che venisse?»

Cami scosse la testa. «A quanto pare, solo Rafe lo sapeva. Io no, davvero. Ma è una buona opportunità per te di raccontargli tutto.»

«Vorrei non doverlo fare.» Lulu ben sapeva di sembrare una bambina recalcitrante, ma non poteva farne a meno. Però, non era mai sfuggita alle proprie responsabilità, e non l'avrebbe fatto in quel momento. Gli avrebbe parlato il giorno seguente. Ma quella sera, non voleva e non poteva rovinare la festa.

CAPITOLO VENTI

Anche se il pensiero snervante della imminente conversazione che doveva a Miguel continuava a occuparle la mente, Lulu si obbligò a passare meccanicamente da un ospite all'altro per presentarsi e assicurarsi che ci si prendesse cura di loro. La gran parte di quelli della valle sapevano già della parentela tra lei e Cami e di che cosa si trattasse. Quando la sorella la presentava per scherzo come Weezie Lopez tutti ci ridevano sopra.

Cami e Rafe erano insieme sul palco e davano il benvenuto a tutti quelli che arrivavano. Dietro di loro, i nuovi proprietari della cantina Lone Creek sorridevano in direzione degli ospiti.

«Quest'anno, siamo particolarmente lieti di annunciare che gli organizzatori della festa non sono solamente Chandler Hill e Taunton Estates, ma anche Lone Creek» annunciò Cami.

Rafe aggiunse: «Come molti di voi sanno, dopo un'annata non molto buona e un incendio, Rod Mitchell ha messo in vendita la proprietà. Permettete che vi presenti coloro che l'hanno rilevata: Dan Thurston, Miguel Lopez, Adam Kurey, and Drew Farley.»

Scoppiò un sonoro applauso. Lulu aveva saputo che Rod Mitchell non si era mai amalgamato bene nella comunità. A quanto pareva, quell'uomo soffriva di un fastidioso complesso di superiorità.

Rafe passò il microfono a Adam, che sorrise ai presenti. «State in guardia, gente. Lone Creek intende darvi del filo da torcere.» Quando le urla e gli applausi si placarono, Adam continuò. «Parlando più seriamente, noi quattro siamo determinati a far diventare Lone Creek ciò che è sempre stata destinata a essere: una cantina all'altezza delle migliori nella valle.»

Mentre ascoltava, lo sguardo di Lulu cadde su Miguel. L'orgoglio sul suo volto era commovente. Sapeva bene che lui, come gli altri, avrebbe profuso il massimo impegno per avere successo. Per un breve momento, la tenerezza le fece inumidire gli occhi. Erano tutte davvero delle brave persone.

Becca le si avvicinò e le mise un braccio sulle spalle. «Sono molto orgogliosa di Dan e degli altri ragazzi.»

Lulu le sorrise. «Sono una squadra eccezionale. E voi siete riusciti a trasformare la casa in un posto davvero speciale.»

«È vero. Adesso bisogna completare quella di Taunton Estates.»

Il ricordo delle circostanze in cui aveva visto quella casa la mise a disagio, e non fece commenti. Tornò a prestare attenzione all'annuncio che la pista da ballo era aperta e tra poco sarebbe stato disponibile il buffet.

Dan venne a chiamare Becca. «Vuoi ballare?»

Lei si gettò tra le sue braccia e se ne andò, lasciando Lulu sola e un po' imbarazzata.

«Ecco la mia compagna di danza» le disse Miguel, e mentre si avvicinava le sorrise.

Si disse di rimanere impassibile, ma il battito accelerato del cuore la tradiva. Aveva le guance bollenti.

Miguel le fece un inchino teatrale. «Mi concede questo ballo?»

Lulu lo assecondò e rispose con una riverenza. «Naturalmente, mio cortese signore.»

Miguel incrociò le dita alle sue, trasmettendole un'ondata di calore. Lo seguì sulla pista e trattenne il fiato quando lui la prese tra le braccia.

Per un istante si guardarono e basta. Gli occhi di Miguel si fecero più seri e divennero pozze di mistero che la trapassavano.

Per sbaglio una coppia li urtò e la magia scomparve, lasciando Lulu a domandarsi se fosse esistita davvero.

Si muovevano all'unisono e senza sforzo al ritmo del lento suonato dai musicisti. Miguel cominciò a canticchiare a bassa voce: note soffuse e piacevoli.

Lulu si allontanò da lui per guardarlo, sorpresa. «Sai anche cantare?»

«Non sono il più bravo della band, ma me la cavo» rispose Miguel. La punta delle orecchie gli diventò vermiglia.

In quel momento, una bionda bellissima venne verso di loro. «Posso interrompere? Ho bisogno di parlarti, Miguel.»

Lui strinse più forte la mano di Lulu. «Forse più tardi» rispose, e con destrezza si spostò a ballare lontano da quella.

«Cosa succede?» domandò Lulu, vedendo che dilatava le narici. Era seccato.

«Avremmo dovuto uscire insieme, ma ho dovuto cancellare. Le ho lasciato un messaggio, non sono partito per il Cile senza avvertire. Mia madre mi ha educato bene.»

«Tua madre e Rafe... Come sono imparentati?»

«Mio padre era il nipote di Rafe. Gli uomini Lopez si assicurano che i loro figli si comportino da gentiluomini.»

Lulu comprese quanto fossero orgogliosi i maschi della famiglia Lopez e immaginò che a volte la vita potesse essere difficile per Miguel. Aveva sempre creduto che amasse stare sempre al centro dell'attenzione, ma forse si sbagliava.

La canzone terminò.

«Grazie» disse Miguel, sempre tenendola tra le braccia. «Forse potremmo fare un altro ballo, dopo cena.»

«Sì. Ascolta, noi due dobbiamo parlare, ma non stasera. Sei libero domani?»

Il sorriso gli illuminò gli occhi scuri e mostrò i denti bianchissimi, un momento che le scaldò il cuore. «Sono sempre libero, per te.»

Si domandò se Miguel sapesse che era proprio quel genere di frasi a fare un po' innamorare ogni donna che gli stava intorno.

Prima che Lulu lasciasse la pista, arrivò Rafe. «Ti va di ballare?»

Compiaciuta, gli disse: «Ne sarei deliziata.»

Per uno che aveva passato la vita a camminare sulla nuda terra per stare dietro alle viti, Rafe era un ballerino molto aggraziato. Lulu gli sorrise.

«Stasera sei bellissima, *cariño*.» Rafe la guardò da capo a piedi, con ammirazione. «Come una stella tra i pianeti.»

«Una stella tra i pianeti?»

«Qualsiasi cosa significhi» rispose lui, ridacchiando.

All'improvviso, ridevano tutt'e due.

Lulu amava quell'uomo così dolce.

Quando la musica finì, andò a cercare Cami. Era vicina al buffet e parlava con le persone che si mettevano in fila per servirsi. La guardò da lontano. Si stupiva ancora che, dopo aver desiderato un fratello o una sorella fin da quando era nata, ne avesse avuta una per tutto il tempo.

«Ciao Weezie» disse Cami, con un sorriso luciferino.

«Ciao!» le rispose, divertita dal soprannome. Ciò le dava l'impressione di andare avanti con la sua vita in un posto dove era lei stessa, non la figlia di qualcuno che era noto per i suoi misfatti.

Dopo essere stata presentata a un bel po' di persone, Lulu andò a vedere il tavolo su cui erano esposti i vini. Come ogni anno, i produttori locali mettevano a disposizione delle bottiglie da condividere con gli altri. Quell'anno, esordiva l'etichetta con il colibrì: il vino Lettie's Creek di Taunton

Estates. Era un vino giovane, ma che sarebbe invecchiato bene.

«Sono molto orgoglioso di questa bottiglia» le disse Drew, mostrandogliela. «È il tributo a una grande donna e il primo anno in cui sono riuscito a produrlo.»

«Cami dice che promette molto bene.»

«Già, vorrebbe servirlo al nostro matrimonio.»

«Quando pensate di sposarvi?»

Drew fece un sospiro. «Non sono sicuro. Decideremo probabilmente all'ultimo momento, in base a come vanno le cose alla locanda. Pensiamo di andare in Francia per la luna di miele. Questo è certo.»

«Mi sembra un programma fantastico. Sono felice per entrambi.»

«Sono davvero un uomo fortunato» commentò Drew e guardò attraverso la sala, in direzione di Cami.

Lulu provò una fitta di gelosia per quella che appariva come una vita già ben pianificata, mentre lei stava ancora lottando per trovare se stessa. Si mise in coda al buffet.

Darren, Liz e la brigata in cucina avevano lavorato per giorni alla preparazione della festa. L'arrosto di manzo, i petti di pollo farciti e i filetti di salmone al forno sembravano deliziosi. Anche i contorni – patate gratinate, tre diversi tipi di verdure, due varietà di insalata verde e un saporito sformato di riso – erano proprio invitanti. I panini e tutte le salse di accompagnamento costituivano delle gustose aggiunte.

«Il cibo qui è sempre ottimo» disse una delle signore davanti a lei.

L'amica che l'accompagnava aggiunse: «Sì, e i dolci sono così buoni da volare via. Io non mangio quasi niente, prima di venire, così posso assaggiare tutto.»

Lulu ripensò ai giorni trascorsi in California. Parecchie

signore di Los Angeles non avrebbero mai parlato di cibo in quei termini. Molte di loro mangiavano di rado un pasto decente. E per cosa? Anche Lulu era caduta nella trappola di pensare che per essere belle si dovesse essere molto magre, ma da quando era a Chandler Hill, non era più di quell'idea. E infatti, Darren le aveva permesso di rubare un pasticcino dalla cucina, quella mattina.

Si riempì il piatto e cercò un posto dove sedersi. Becca le fece segno di raggiungerla a un tavolo, dove c'erano anche Dan e due persone simpatiche, che l'amica le presentò come madre e padre del fidanzato. Sentendoli parlare, Lulu fu felice che Becca avesse trovato un ragazzo così fantastico, i cui genitori sembravano entusiasti che lei entrasse a far parte della famiglia.

Mentre la musica continuava, si voltò a guardare i ballerini. Un signore più maturo si alzò dal tavolo a fianco e le si fermò davanti. «Posso avere l'onore di questo ballo?»

Piacevolmente sorpresa, si alzò.

«Mi chiamo Mark Pierce, un vecchio amico di Lettie. E anche di Rafe. Mia moglie, Jean, non è più in grado di danzare. Artrosi all'anca. Mi ha suggerito di invitare lei.»

Una signora di una certa età, dal volto simpatico, fece un gesto di saluto nella loro direzione.

«Bene, allora farò le veci di Jean» acconsentì Lulu, commossa dall'evidente dimostrazione di affetto tra loro.

Mark non era un gran ballerino, ma era facile chiacchierare con lui. Dopo che gli ebbe spiegato di aver preso in affitto la casa di Abby e Liza e accennato che, un giorno, le sarebbe piaciuto comprarla, lui disse: «È molto bella. Conosco il primo proprietario, ed è stata costruita a regola d'arte. Non come di questi tempi, in cui sembra che le case e gli appartamenti si tirino su in un giorno.»

Lulu prese nota di quel commento e decise di non aspettare

a far sapere a Abby che era seriamente interessata all'acquisto.

Dopo che la musica si spense, fu annunciato che era pronto il dessert, e tutti si precipitarono al bancone dove erano disposte torte, dolci e pasticcini.

Lulu rimase con Becca e Imani, a controllare che la coda al buffet procedesse bene.

«Sembra delizioso» commentò Becca. «Spero che sia rimasto qualcosa per noi, quando potremo andare a servirci.»

«Lo spero anch'io» confermò Imani. I suoi occhi brillavano divertiti. «Questo sari nasconde un mucchio di peccatucci.»

Lulu rise. Imani era nota per essere molto golosa di dolci.

«Non vi mettete in coda?» chiese Miguel.

Le tre amiche scossero il capo.

«Ho capito. Dovete aspettare. C'è qualcosa in particolare che mi suggerisci di prendere, Lulu? Qualcosa da condividere?»

Becca e Imani si voltarono verso di lei.

Lulu odiava sentire il calore arrossarle le guance e rispose: «No, grazie.»

Dopo che Miguel si fu allontanato, Becca le diede una gomitata. «Ma sei impazzita?»

Lulu sapeva che l'amica era convinta che l'invito di Miguel nascondesse altro, ma dopo avergli parlato in precedenza, era sicura che le avesse fatto quella proposta per pura educazione. Inoltre, la prospettiva di dovergli fare la confessione il giorno seguente la faceva stare abbastanza male.

Al termine della serata, Lulu strinse la mano agli ospiti che se ne andavano. Aveva incontrato persone molto simpatiche, e che lavoravano duro. Vide Mark e Jean Pierce dirigersi verso di lei. Cami le aveva raccontato che ogni anno vincevano due biglietti aerei di prima classe per essere quelli sposati da più lungo tempo, e che li regalavano sempre a una coppia più giovane. Faceva parte di una tradizione ideata da Lettie e Jean molti anni prima. La paura di volare costringeva Lettie a rimanere a casa. E quello era un modo carino per donare le ali a qualcun altro.

Dopo che gli ultimi ospiti se ne furono andati, lo staff si riunì nelle cucine.

«Servitevi di quello che preferite, signore e signori» annunciò Darren. «Buon San Valentino a tutti.»

«Sì» aggiunse Cami. «Vi ringrazio per l'ottimo lavoro che avete svolto.»

Sfinita, Lulu disse a Cami che, se non era più necessaria, sarebbe andata a casa.

«Ci vediamo domani» le rispose la sorella. «Anche se la locanda è piena di ospiti, dovrebbe essere un sabato mattina tranquillo. Nel pacchetto weekend offriamo il brunch sul tardi, in modo che le persone possano dormire un po' di più.»

«Se hai bisogno, chiamami» disse Lulu, avvolgendosi nel mantello e apprestandosi a uscire.

«Eccoti» disse Miguel, avvicinandosi. «Ti aspettavo per darti un passaggio a casa di Cami.»

«Oh, sei gentile, ma non abito più lì. Mi sono trasferita. E poi, ho la mia macchina.» L'ultima cosa che voleva era stare con Miguel quando aveva le difese basse.

«D'accordo, avevo solo pensato di chiedertelo. A che ora vuoi che ci vediamo domani?»

«Perché non vieni alla vecchia casa di Abby e Lisa alle dieci? È lì che vivo adesso.»

«Va bene, ci sarò.» Le fece un gesto di commiato e se ne andò.

Lulu lo guardò allontanarsi, e si chiese se avesse la minima idea di quanto fosse stato difficile per lei declinare il suo invito.

CAPITOLO VENTUNO

La mattina seguente Lulu era sdraiata sul letto a guardare i tenui raggi di luce rosata che filtravano dalle imposte della finestra della sua camera. Le promettevano una giornata di febbraio soleggiata e luminosa. Ma Lulu pensava solo che si sarebbe presto trasformata in una grigia e tempestosa esistenza. Da quanto le aveva detto Rafe, sapeva che, in caso, Miguel avrebbe fatto il suo dovere, e chiesto di sposarla per non lasciare il bambino senza un padre. Ma non era ciò che lei avrebbe voluto.

Desiderando di potersi rimangiare l'invito e mandargli un semplice messaggio, si alzò ad affrontare il giorno temuto. La casa che pensava sarebbe stata un bel posto in cui crescere il figlio da sola, ora le sembrava grande e vuota.

Dopo una doccia bollente, indossò jeans e una felpa calda e scese in cucina. Cami aveva l'abitudine di servire dei dolci, per colazione. Forse, pensò Lulu, se avesse offerto a Miguel qualcosa di buono, avrebbe reso le cose più facili.

Si preparò il caffè e, seguendo una ricetta semplice che aveva trovato online, cominciò a recuperare gli ingredienti per dei biscotti di pasta frolla. Melba ne faceva di simili, e le erano sempre piaciuti molto.

Mentre toglieva dalla placca l'ultima infornata, sentì il rumore del pick-up di Miguel. Dispose i biscotti ancora caldi su un piatto, lo appoggiò vicino alla macchina per il caffè e mise la teglia nel lavello.

Il suono del campanello frantumò la tensione che le irrigidiva le spalle. *Ce la posso fare* si disse.

Quando aprì la porta, la vista del volto sorridente di Miguel le fermò i battiti per un secondo.

«Sento un buon profumino.» Entrò in casa, mentre Lulu rimaneva nervosamente aggrappata alla porta.

«Pensavo che potremmo sederci in cucina a prendere un caffè» gli disse, con lo stomaco in rivolta.

«D'accordo» rispose lui, con uno sguardo interrogativo.

«Così possiamo parlare.» La fermezza nel tono di Lulu non rifletteva il tremito che aveva dentro. Non aveva nessuna idea di come fare a raccontare i fatti che la riguardavano.

«Bella festa ieri sera, vero?» buttò lì Miguel, mentre la seguiva in cucina.

«Molto carina. Un ottimo modo per spezzare i mesi invernali.»

«Tu eri stupenda. Ho visto che ridevi con Rafe, mentre ballavate.»

Lulu sorrise, al ricordo. «Ha detto qualcosa di divertente. Devo dire che è un uomo proprio fantastico. Mi piace pensare che sia il mio nonno adottivo. Il mio, non l'ho mai conosciuto. Come vanno le cose, in Cile?»

«È molto interessante. Anche se i processi possono sembrare gli stessi, ogni operazione è unica nel suo genere. Le uve, il clima, e le tecniche diverse fanno sì che ci siano molte differenze. Adam e Drew stanno pensando di lavorare insieme per produrre qualcosa di nuovo per la zona. Vedremo se queste mie ricerche saranno d'aiuto o no.»

«Penso che voi quattro avrete grande successo» disse Lulu, ammirando l'espressione seria e concentrata sul suo volto mentre parlava di vini.

Miguel andò alla porta di vetro scorrevole e guardò il giardino. «Abby e Lisa hanno fatto un ottimo lavoro, qui. Ricordo com'era malandato questo posto, prima che lo prendessero loro. L'hanno rimesso a nuovo.» Si voltò verso

Lulu. «Non vedo l'ora di mostrarti l'ampliamento che ho fatto alla casa, quando le modifiche saranno finite. Tu sei una delle poche ad aver capito quanto mi piacesse l'idea di dormire all'aperto pur essendo al riparo.»

Miguel la osservò, e il suo sguardo le entrò nel profondo. «Ricordi quella notte?»

Lulu strinse le labbra e annuì. Quando riprese fiato, disse: «È di quello che devo parlarti. Rafe ha detto che te lo dovevo.»

Miguel mostrò un profondo stupore. «Mi dovevi cosa?»

«È meglio che tu ti sieda» gli disse. Le ginocchia non la reggevano quasi, e aveva la bocca asciutta.

Sedettero al tavolo della cucina, uno davanti all'altra.

Il suo sguardo era sempre più diffidente. «Perché non mi racconti tutto?»

«Quella notte... sono rimasta incinta. Ho perso il bambino tredici giorni fa.»

Miguel impallidì. «Che cosa? Dovevi avere un figlio da me? E adesso come stai?»

Triste e infelice, Lulu annuì.

Le guance di Miguel ripresero colore. «Aspetta un momento! Eri incinta di mio figlio e non me l'hai nemmeno detto?»

«Eri in Cile...» La voce di Lulu si affievolì.

Lui la guardò, sospettoso. «Quando sono tornato dal Cile con Valentina, lo sapevi già?»

Gli occhi di Lulu si riempirono di lacrime. «Sì, ma non sapevo come avresti reagito. Tu puoi avere tutte le donne che vuoi. Tutte ti desiderano. Perché avresti dovuto scegliere me, o il bambino che non avevi mai messo in piano di avere?»

Le labbra di Miguel si stirarono in una linea sottile e scosse la testa.

Lulu si costrinse a continuare. «Volevo crescere il bambino da sola... e poi l'ho perso. Il bambino che già cominciavo ad amare.» Le lacrime, calde e bagnate, le scivolavano sulle guance.

«Quindi ho capito bene che, quando avessi avuto la decenza di dirmelo, mi avresti anche comunicato di voler allevare mio figlio da sola? È così?» La voce di Miguel tremava per la rabbia. Gli occhi la guardavano con severità. «Per te, ero solo il donatore di sperma.»

Lulu faceva fatica a trovare le parole giuste. «Rafe mi ha detto che ti saresti comportato in modo onorevole e mi avresti chiesto di sposarti. Ma, come ti avevo detto, non intendo sposarmi con qualcuno che agisce solo per il senso del dovere.»

Miguel si alzò dalla sedia e si diresse a lunghi passi verso la porta scorrevole.

Lulu si strinse le mani e rimase al suo posto, mentre lui continuava a guardare fuori dal vetro. Quando si voltò, la tristezza dei suoi occhi le spezzò il cuore.

«Tu non hai idea di chi io sia. Per niente. Ma adesso ti conosco meglio. Sei proprio come tuo padre, fai in modo che le persone credano in te, fino a quando non scoprono che tutto ciò che ti riguarda è una menzogna.»

In un accesso di nausea, Lulu si strinse lo stomaco con le mani. «Sei ingiusto! Lo sai che non sono come mio padre.»

«Davvero? Pensaci un attimo.» Si diresse verso la porta.

Lulu balzò in piedi. «Aspetta! Ero spaventata e confusa. Pensavo di fare la cosa giusta. Non volevo metterti in quel tipo di situazione. Tu avresti avuto la tua libertà e avresti potuto scegliere con chi condividere la tua vita... io non pensavo che...»

Gli occhi gli si spalancarono per la sorpresa e poi luccicarono di lacrime di sofferenza. «Santo cielo! È questo che pensi di me? Io me ne vado» annunciò, tagliando corto.

Con le spalle curve per il dolore, corse fuori dalla casa.

Il rombo del motore del pick-up riflesse la sua rabbia.

Lulu si coprì la bocca e si piegò in due.

Più tardi, era raggomitolata sul divano quando Cami bussò alla porta ed entrò.

«Che cosa diavolo è successo tra te e Miguel? È furioso con me perché sapevo del bambino e non gliel'ho detto. E ha chiamato pure Rafe. Ha litigato con lui.»

«Ho cercato di spiegargli che non volevo incastrarlo con una moglie e un figlio che forse non voleva. Ma ho fatto un casino. Adesso è convinto che io non lo rispetti per niente. Non ho neanche avuto la possibilità di spiegargli quanto mi piace. Se n'è andato prima che potessi dirglielo.»

Cami la guardò incredula. «Cavoli! Gli hai detto queste cose?»

Singhiozzando disperata, Lulu poté solo annuire.

Cami si sedette sul divano e la abbracciò. «Ragazza mia, hai veramente fatto un bel pasticcio, questa volta. L'orgoglio dei Lopez è leggendario.»

«E adesso cosa devo fare?»

Cami sospirò. «Come direbbe Nana: "Il tempo aiuta, anche se non guarisce tutte le ferite." Forse, è una buona cosa che Miguel debba tornare in Cile.»

«Tornare da Valentina, intendi» ribatté Lulu, con nuove lacrime che le riempivano gli occhi.

«Vedremo. Vedremo.» Cami le diede un abbraccio che non servì a farla sentire meglio.

CAPITOLO VENTIDUE

Lulu non si stupì quando, poco più tardi, Rafe si presentò a casa sua. Si sedettero in cucina a condividere il caffè e i biscotti, che ora sembravano essere stati un'offerta davvero assurda nei confronti di Miguel.

Mentre cercava di mantenere la calma, Lulu ripeté ciò che aveva detto a Cami.

Lo sguardo preoccupato di Rafe si posò su di lei. «In questo momento, Miguel è molto arrabbiato, perché è convinto che ci siamo messi d'accordo per tenerlo all'oscuro. E, soprattutto, è ferito da come lo consideri in quanto persona.»

«Ma io non volevo che si sentisse responsabile nei miei confronti. Pensavo sarebbe stato sollevato nel non dover affrontare la situazione che si era creata.»

Rafe scosse il capo. «Ah, Lulu, sei così giovane, molto sincera e a volte sconsiderata. Un uomo non vuole che lo si giudichi a priori in quel modo. Soprattutto se è della famiglia Lopez.»

«Io cerco solo la verità. E se questo significa essere troppo onesta, pazienza. L'uomo che sposerò lo farà perché è pazzo d'amore per me, non perché è la cosa giusta da fare.»

«E cosa mi dici di Will? Lui era pazzo di te.» Lo sguardo severo di Rafe la mise a molto disagio.

«Beh, io non lo ero di lui» rispose Lulu con tono piatto. Nella mente le si presentò il ricordo di quando aveva ballato con Miguel. Si era sentita così bene tra le sue braccia. Tra i due uomini non c'era paragone.

Rafe spalancò gli occhi. «*Ay, Dio mio!* Ma tu ti sei

innamorata di mio nipote...»

Il sospiro di Lulu fu addolorato. «Non importa, ormai. Ho rovinato qualsiasi possibilità. Non riuscirò mai a farglielo capire.»

Rafe si allungò a stringerle una mano. «Per lui è stato un colpo. Per un po', lascia che le cose si sistemino.»

Lulu rispose al suo commento con un altro sospiro. «Credo di non avere altra scelta che aspettare.» Le settimane seguenti le sarebbero sembrate infinite. Ma, si disse, di chi era la colpa?

Quando terminarono i mesi uggiosi di gennaio e febbraio, marzo portò una ventata di leggerezza. Il passo degli ospiti era più lieto e i sorrisi sul loro volto più frequenti. Anche se avevano organizzato un paio di intimi e teneri matrimoni invernali, la stagione ufficiale per le nozze a Chandler Hill si sarebbe aperta con l'arrivo della primavera.

Una mattina Lulu entrò nel suo ufficio e vide sulla scrivania un mazzo di rose rosa in un vaso di cristallo. Alla base c'era una busta con il suo nome. La aprì con dita tremanti e lesse il biglietto:

"Mi spiace per quello che è successo, Lulu. Io e te abbiamo bisogno di conoscerci meglio. Comincerò con una prima e-mail. Un tempo mi hai promesso che avresti risposto. Spero che lo farai.

Miguel"

Lulu crollò sulla sedia della scrivania e, facendo dei profondi respiri, si coprì il volto con le mani. La speranza si fece strada attraverso il dolore che aveva dentro di sé. Forse avrebbero potuto almeno essere amici.

La prima lettera di Miguel era breve, ma rappresentava un

punto di partenza. Diceva solo:

"Mi spiace di essere scappato via da te, ma ero così arrabbiato. Ho capito che non ci conosciamo per niente, e voglio sapere tutto di te. Vorrei poter fare qualcosa che ti faccia stare meglio. Come spero avrai ormai capito, avrei accolto il nostro bambino con molto di più che un senso di responsabilità. La famiglia per me è importante."

Commossa dal suo messaggio, rispose subito:

"Grazie. Sono contenta che ti sia fatto vivo. Anch'io sono dispiaciuta. La famiglia è importante anche per me, ma la mia non è stata esattamente il migliore degli esempi. Ho visto troppe persone ferite dall'aver fatto scelte sbagliate... entrambi i miei genitori, per esempio. E, Miguel, grazie per le rose. È stato carino che ti ricordassi che sono le mie preferite. Spero che le cose laggiù ti vadano bene. Da noi è arrivata la primavera e, con essa, tutte le attività per un nuovo inizio. Un saluto, per ora."

Mentre aspettava altre notizie da lui, Lulu si dedicò a tenersi impegnata con le attività di marketing, la pianificazione degli eventi promozionali al Granaio, lo sviluppo delle vendite a catalogo e a dare una mano nei matrimoni. Sapeva che Miguel si sarebbe comportato in modo corretto con lei, ma solo grazie alla sua educazione e al fatto che era una brava persona. Un buon amico.

Quando arrivò la lettera successiva, chiuse la porta dell'ufficio e si prese un momento di tranquillità per leggerla.

"Sono felice di aver avuto tue notizie. In passato, non ci sono state molte donne con cui poter parlare seriamente. Mi piace l'idea di questo scambio di e-mail. È un buon modo per conoscerci. Penso sia questo che mi è mancato, in passato. Ho tanti amici con cui passare la serata, ma nessuna donna con cui parlare come a un'amica, sai? Le sorelle sono sorelle. Comunque, ho deciso che – nonostante tutte le belle cose che si fanno nelle cantine cilene – preferisco l'Oregon. Anche se non sono stato molto tempo con mio padre, lo zio Rafe e gli altri parenti mi hanno trasmesso l'amore per la produzione del vino e per la valle. Mi hai scritto che è arrivata la primavera, da voi. Ci sono già i germogli? Ti scrivo presto. Devo andare."

Lulu fece un sospiro di felicità. Era così contenta che Miguel volesse sinceramente rimanere in contatto. Voleva dire molto per lei. Sedette al computer e cominciò a scrivere.

"È bello risentirti così presto." Gli raccontò della situazione alle cantine e poi descrisse un matrimonio in cui il padre della ragazza non si convinceva a separarsi dalla figlia. "Ti giuro, piangeva così forte che non eravamo sicuri che riuscisse a pronunciare le parole 'Io e sua madre' quando l'officiante ha domandato chi desse in sposa la ragazza. È stato così commovente. Penso di essere riuscita a catturare quelle emozioni nelle fotografie che ho scattato. Viaggiare con mio padre, passare del tempo con lui, mi ha permesso di vedere le persone in un modo del tutto particolare. In politica, è difficile trovare qualcuno di cui fidarsi."

Miguel rispose quasi subito.

Stai attenta che i tuoi trascorsi con la politica non ti abbiano reso troppo insensibile. Le persone come i Chandler sono genuine, e sei fortunata di far parte di quella famiglia. E, parlando di famiglia, ci sono novità sui matrimoni di Cami e Becca? Devo fare in modo di esserci, quando accadrà. Drew mi ha detto che lui e Cami hanno in programma di andare in viaggio di nozze a Parigi. E tu, invece? Pensi di andare in California, prossimamente?"

Cami bussò alla porta dell'ufficio di Lulu. «Puoi darmi una mano? Ho alcune idee per una campagna di marketing sul nostro sito, e vorrei discuterne con te.»

«Certo» rispose Lulu, con il cuore ancora riscaldato dalla conversazione via e-mail con Miguel.

Quella sera, rannicchiata tra le coperte, gli rispose.

"Siamo così impegnati, qui alla locanda, che né Cami né Becca hanno ancora definito i piani per il matrimonio. Nell'immediato futuro non credo di andare in California. In questo periodo mia madre sta molto meglio. Chandler Hill le piace tanto e pensa di passarci più tempo, prossimamente. Mi fa piacere averla qui. Quando ero più giovane non eravamo molto unite. Ma parlami della tua famiglia. Se ho ben capito, vivono in California. E raccontami quali sono le cose che ti piacciono. Tu conosci già due delle mie."

Comunicare via e-mail divenne un'abitudine quotidiana. Per Lulu era il miglior modo di concludere la giornata: raccontare a Miguel quello che aveva fatto, rispondere alle sue domande, e proporne altre a lui. Venne a sapere che gli piaceva la cucina della madre, odiava i broccoli, amava le birre che sanno molto di luppolo e stava valutando di fare dei corsi all'università per essere in grado di ricoprire adeguatamente un ruolo di responsabile alle vendite per le tre cantine.

In cambio, lei gli parlò del suo amore per la fotografia, del fatto che stava imparando a cucinare e che, quando le capitava di guardare un film, piangeva sempre. Gli chiese delle sue doti musicali e scoprì che le aveva ereditate dal padre. Seppe che la madre e le sorelle vivevano vicine tra loro in una piccola comunità fuori San Francisco e non erano interessate a tornare nella Willamette Valley.

Soddisfatta di come si sviluppava la sua amicizia con Miguel, quando Ross Coughlin la chiamò per invitarla a uscire, accettò.

Un giovedì sera andarono al Green Grape, e chiacchierarono con facilità durante l'aperitivo e una cena informale. Scoprì che si interessava di molte cose, il che rese più fluida e piacevole la conversazione. Prima che se ne accorgessero, arrivò la band e la serata si trasformò in festa.

Dopo aver ballato un paio di pezzi, Ross la guardò dispiaciuto. «Scusa, ma domani devo alzarmi presto. Ho scuola.»

«Non c'è problema, noi abbiamo il primo matrimonio della stagione, e gli ospiti cominceranno ad arrivare domani. Ho promesso a Cami di essere disponibile per fare le foto di gruppo. Sarò impegnata gran parte del weekend.»

«Forse possiamo sentirci durante la prossima settimana» propose Ross, mentre la accompagnava alla propria macchina. «Mi piacerebbe rivederti.»

Quando accostò nel vialetto di casa sua, si voltò verso di lei. «Grazie per questa bella serata. E, dicevo sul serio. Vorrei vederti un'altra volta.» Il sorriso gli ammorbidì i lineamenti e illuminò gli occhi azzurri. «Più di una.»

«Grazie, ma devo essere sincera con te: non sono pronta per niente di impegnativo. Posso offrirti solo amicizia.»

«La accetto volentieri.» La osservò per un attimo e aggiunse: «Ti chiamo presto. Posso accompagnarti alla porta?»

«No, ma grazie lo stesso. È stata una serata divertente. Ci

vediamo.»

Lui attese che arrivasse all'ingresso, poi diede un colpo di clacson in segno di saluto.

Lulu entrò in casa e si lasciò cadere sul divano. Aveva fatto del suo meglio per rendere speciale la serata. Ma per tutto il tempo aveva pensato a Miguel.

Andò al computer per vedere se le avesse scritto.

Aveva mandato parecchie foto, insieme a un breve messaggio:

"Ho pensato che ti avrebbe fatto piacere dare un'occhiata al vigneto qui in Cile. Forse un giorno lo vedrai di persona. Qui è autunno, e il pensiero della primavera in Oregon mi fa venire la nostalgia di casa. Spero che tu te la stia godendo."

Osservò le fotografie. In una era in piedi vicino alle viti con in mano uno splendido grappolo d'uva. Guardandola, si portò le mani al petto. Sembrava essere così in salute. Così meraviglioso.

Gli rispose rapidamente:

"Grazie per le foto. Sembra proprio un bellissimo paese. E tu sembri starci bene. Qui in Oregon, manchi a tutti. Drew, Adam e Dan sono molto presi dai vigneti. Per quando tornerai a casa, la stagione della crescita sarà in pieno corso. La mia prima primavera nella valle. Sono molto eccitata!"

Avrebbe voluto dirgli molto di più, ma non era possibile. Come amico, Miguel stava aprendosi nei suoi confronti. Era un inizio molto promettente, ma aveva bisogno d'altro, prima di sentirsi tranquilla nell'approfondire il loro rapporto. Era una questione di fiducia, lo sapeva bene. Qualcosa su cui stava cercando di lavorare. E anche se si scambiavano quelle lettere, restavano a distanza dal tema che era ancora troppo doloroso per loro.

I fiori cominciarono a sbocciare nel giardino sul retro della casa di Lulu, aprendosi alla primavera, dapprima timidamente e poi con esplosioni di giallo, viola e rosa. Seduta fuori, nel sole del tardo pomeriggio, decise di chiamare Abby e Lisa, nella speranza di convincerle a venderle la casa. Era diventata per lei un luogo piacevole e pieno di pace, in cui vivere.

Quando finalmente riuscì a parlare con loro, Abby le spiegò che erano state in Europa per un viaggio e si scusò per non averla richiamata.

«Che bello! Dove siete state?»

«Sebbene a qualcuno potrebbe sembrare noioso, abbiamo visitato i musei e le cattedrali di molte città, a Londra, Parigi e Roma. È stato stupefacente!» disse Abby con enfasi. «Come possiamo aiutarti, Lulu?»

«Vorrei comprare la casa. Mi sono integrata nella zona e adoro vivere qui. È diventata un posto che sento davvero mio e vi pagherei volentieri un equo prezzo di mercato, senza troppe discussioni.»

«Pensavo che il nuovo proprietario si fosse fatto vivo con te.» La voce di Abby era molto sorpresa. «Abbiamo venduto il mese scorso.»

Lulu fu presa dallo sconforto. «Oh, no! E quindi, me ne devo andare?»

«Non credo. Il tuo contratto di affitto non scade che tra molti mesi.»

«Posso chiederti chi è l'acquirente?»

«Aspetta un attimo, devo chiedere a Lisa.»

Lulu sentì bisbigliare in sottofondo e poi Abby disse: «Pensiamo che ci sia un motivo, se non ti è stato detto ancora niente. Facciamo un controllo per quanto ci riguarda, ma non credo di avere l'autorizzazione di darti il nome. Speriamo che tu ci capisca.»

«Non sono sicura di capire. Se non si fa sentire nessuno a breve, vi richiamerò. Devo sapere a chi mandare i soldi dell'affitto.»

«Naturalmente. Faremo presente la cosa.»

Dopo aver parlato d'altro, Lulu terminò la telefonata con un sospiro, arrabbiata con se stessa per averci messo tutto quel tempo a farsi viva con loro.

Quella sera, quando sua madre la chiamò, Lulu le raccontò l'accaduto. «Non ci capisco niente. Mi sembra strano. Chi potrebbe essere?»

«Perché non io?» disse Rosalie, e poi tacque.

Lulu ci mise qualche secondo a prendere coscienza di quello che aveva detto la madre. «Tu? E perché dovresti comprare la casa che ho in affitto?»

«Perché la adoro, e voglio essere certa che tu abbia un posto carino e sicuro in cui vivere. Ho intenzione di venirti a trovare, e se deciderai di affittare o comprare qualcos'altro, sarò felice di tenerla per me.»

Lulu cominciò a ridacchiare, e si accorse che non riusciva a smettere. Sua madre era passata dall'essere una solitaria sconosciuta che viveva nell'ombra di suo padre, a una donna affettuosa e splendida, una persona di cui era fiera di essere la figlia.

«È stata una buona idea comprare degli arredi che ti piacessero. Prometto di prendermene cura. E, mamma, intendo pagarti l'affitto, come ho fatto finora. Siamo d'accordo?»

«Sì» rispose Rosalie. «Il commercialista ha insistito perché rimanga un accordo privato, fino a quando non deciderai se restare oppure no.»

«Ti dispiace se prendo un cane? L'allevamento di Sophie

ha una nuova cucciolata di bassotti, e mi piacerebbe tanto averne uno. Cami sta pensando di prenderlo anche per sé, per fare compagnia a Sophie, e così potrebbero giocare tutti insieme.»

«A me va bene. Sophie è una cagnolina adorabile e davvero carina.»

«E un ottimo cane da caccia e da guardia» aggiunse Lulu, eccitata all'idea di avere una cucciola simpatica come quella. «Pagherò per gli eventuali danni che dovesse procurare» precisò.

«Certo» rispose la madre. «È esattamente quello che mi aspetto da te.»

Se non si sbagliava, la madre aveva assunto un tono molto simile a quello del padre. Appoggiò il telefono domandandosi quali altri cambiamenti fossero in arrivo.

Quella sera scrisse a Miguel di ciò che aveva fatto Rosalie.

"Sei contenta che l'abbia fatto?" Gli domandò lui.

Lulu sorrideva mentre scriveva la risposta:

"Sì e sono elettrizzata. Mi ha anche dato il permesso di prendere un cane. C'è una nuova cucciolata disponibile presso l'allevamento dove Cami ha preso Sophie."

Miguel rispose:

"Sophie è un bravo cane. Sarà piacevole avere un po' di compagnia. Sono felice per te."

"Anch'io" scrisse Lulu, rendendosi conto in quel momento che c'era altro, al di là del cane, che le faceva piacere. Miguel stava diventando un vero amico.

###

Una settimana più tardi, Lulu provò sulla sua pelle le sfide inattese di essere la madre di una cucciola di bassotto. Di sole dieci settimane, Dolly era un turbine di energia dal pelo nero focato. Con i suoi occhi luminosi, il cane si spostava scodinzolando da una zona di guai all'altra, e rendeva quasi impossibile a Lulu di starle dietro. Ma i suoi baci caldi e umidi con la linguetta rosa scioglievano in un attimo la sua frustrazione. Non riuscì a resistere alla tentazione di mandare una foto a Miguel. "Non è carina?"

Lui rispose subito: "Come la proprietaria."

Leggendo il suo messaggio, breve ma pieno di significato, le si appannarono gli occhi di lacrime. Era una cosa proprio dolce da dire.

Mentre si occupava di preparare tre pappe al giorno, riordinare i pasticci che faceva e incoraggiare Dolly a dormire, si domandava se allevare un figlio fosse così. Capiva ora che, in due, era più facile. Eppure, se non avesse perso il bambino, avrebbe dovuto farsene carico da sola. O almeno provarci. Le era diventato chiaro che non era stata una valutazione molto corretta.

Il mese di aprile terminò in un turbinio di attività, e poi cominciarono le nozze di maggio, rendendo la vita di Lulu ancor più impegnata. Anche se c'era un fotografo professionale a disposizione di Chandler Hill, ogni tanto chiedevano anche a lei di occuparsene. Fotografare sposi felici era sia un piacere che una sofferenza. In superficie, la sua vita era piena, soddisfacente e concentrata sul presente. Ma quando ascoltava le coppie scambiarsi le promesse per il futuro insieme, si rendeva conto di un vuoto che non se ne andava. Le serate trascorse scambiandosi e-mail con Miguel diventarono preziose.

Un giorno decise di andarsi a sedere sulla panchina di pietra nel boschetto – come spesso facevano Cami e Rafe – per cercare di dare un senso alla sua vita.

Il germogliamento era terminato e, come si faceva quasi sempre in maggio, i lavoranti erano all'opera con le pareti di fogliame per garantire che, al momento opportuno, i grappoli potessero maturare in modo uniforme e non fossero bruciati dal sole. Era anche il momento di sfoltire i germogli in eccesso. La fioritura era attesa a fine mese o a inizio giugno.

Seduta tranquilla a pensare al momento in cui Miguel sarebbe finalmente tornato a casa, Lulu si domandava se avrebbe portato con sé Valentina. L'ultima volta che li aveva visti, si comportavano come una coppia. Ma nelle loro conversazioni sulla sua vita in Cile non l'aveva mai menzionata, né lei aveva osato chiedere.

Si girò sentendo qualcuno che arrivava, e fece un gesto di saluto a Rafe.

Lui le rispose, zoppicò fino a lei e le si sedette vicino con un insolito gemito.

«Cosa c'è?» chiese subito Lulu, preoccupata.

«Queste... vecchie ossa... sono stanche» borbottò lui. Provò a sorridere, ma riuscì a sollevare solo un angolo della bocca. «Braccio, gamba sinistra. Intorpiditi» disse, a stento.

Lulu osservò terrorizzata il suo corpo afflosciarsi e scivolare a terra.

«Rafe! Rafe! Riesci a sentirmi?» strillò e si inginocchiò per terra vicino a lui, combattendo le lacrime. «Capisci quello che dico?»

Rafe aprì un occhio e pronunciò alcune parole confuse.

Lulu estrasse subito il telefono dalla tasca e chiamò l'ambulanza. Un'ondata di gelo le attraversò il corpo, facendola rabbrividire. *Un ictus* pensò. *Forse peggio.*

Con tutta la calma che trovò, anche se aveva i battiti a mille, fornì alla persona dall'altra parte della linea più informazioni possibili. «La nipote è in hotel. Lei saprà indicarvi come raggiungerci. Fate in fretta. Per l'amor del cielo, vi prego, fate in fretta!»

«Resti con lui e rimanga in linea finché non sarò certa che siano arrivati i soccorsi. Parli al paziente con voce tranquilla e lo rassicuri che l'ambulanza sarà presto da lui.»

«Lo farò.» Lulu cercò il telefono di Rafe nella tasca in cui sapeva che lo teneva, e lo prese. Cercò il numero di Cami e la chiamò.

«Ciao Rafe. Come stai?» La voce allegra di Cami fece venire a Lulu le lacrime agli occhi.

«Sono Lulu. Sono qui con Rafe alla panchina di Lettie. Credo abbia avuto un ictus. Ho già chiamato i soccorsi. Devi accompagnarli qui. Sono in arrivo. Correte!»

«Oh santo cielo! Oh santo cielo! Si riprenderà?»

«Sento la sirena, Cami. Esci e spiega loro come raggiungerci.»

Lulu chiuse la telefonata e si rivolse a Rafe. «Resisti, Rafe. Gli aiuti sono ormai qui.»

Il tempo correva veloce, un secondo dopo l'altro.

Lulu strinse la mano di Rafe e si accorse di quanto fosse ormai fragile. Non l'aveva mai considerato anziano, per l'energia che sprigionava e il sorriso che lo faceva sembrare così giovane e vitale.

Pregò in silenziò. *Per favore, Signore, non permettere che muoia. Abbiamo troppo bisogno di lui per accettare che se ne vada.*

Cami arrivò di corsa nello spiazzo, seguita da due uomini che trasportavano una barella e l'attrezzatura medica. Cami si gettò a terra vicino a Rafe. Mentre lo abbracciava con delicatezza, sussurrava: «Rafe, ti prego, non morire. Non potrei sopportarlo!»

«Mi scusi, signorina, ma dovete spostarvi. Entrambe» disse uno dei soccorritori, con gentilezza.

Cami si alzò e, abbracciate l'una all'altra, le sorelle guardarono gli uomini che cominciavano a valutare la situazione medica. In pochi secondi, somministrarono l'ossigeno e gli misero la cannula della flebo nel braccio, per poi portarlo via con la barella.

Cami e Lulu andarono con loro, guidandoli verso il sentiero, e poi al vialetto lungo il quale avrebbero potuto spingere la barella fino all'ambulanza che era in attesa.

«Io vengo con lui» disse Cami. «Sono sua nipote, la parente più prossima.»

«Perché invece non ci seguite in macchina» rispose il più piccolo dei due infermieri, con uno sguardo comprensivo. «Ci vediamo al centro medico in città, dove ci assicureremo di stabilizzare la sua situazione, poi potremo parlare dei passi successivi. Ci sono due ottime strutture per la cura degli ictus a Portland.»

Cami prese la mano di Lulu e corsero alla macchina.

Cami trafficò col telecomando per aprire la portiera. «Sono agitatissima» borbottò, poi riuscì ad azionarlo e scivolò al posto del guidatore. Mentre metteva in moto, Lulu andò a sedersi al suo fianco e allacciò la cintura.

Le lacrime solcavano le guance di Cami. «Non so se riesco a guidare, sono troppo sconvolta.»

Lulu cercò di raccogliere ogni briciolo di calma che aveva. «Lo faremo insieme. Tu guidi e io parlo.»

Mentre lasciavano la locanda, Lulu si mise a parlarle con voce bassa e tranquilla. «Ero là seduta quando ho visto arrivare Rafe. Mi ha salutato con la mano e si era seduto solo da pochi secondi quando è successo. Ho capito subito di cosa di trattasse.»

«Sono molto contenta che fossi con lui. So che va lì da solo sempre più spesso. È un posto di pace e tranquillità.» Cami fece un singhiozzo e cominciò a piangere sommessamente.

«Adesso devi cercare di smettere, tesoro. Siamo quasi arrivate.»

«Sono così sollevata che tu sia con me, Lulu. Sei una sorella meravigliosa.»

Lulu non rispose. Non ci riusciva. Un groppo alla gola le bloccava le parole.

Quando corsero dentro all'ospedale, le rassicurarono che si stavano prendendo cura del nonno. Un'infermiera spiegò che i parametri vitali e altre informazioni erano già stati trasmessi alla Rete di Telemedicina dell'Università Scienze e Salute dell'Oregon.

«È molto importante, in situazioni di emergenza come questa. I medici possono consultarsi tra loro sul caso, e lavorare insieme sui risultati» continuò l'infermiera. «Appena possibile, il dottore che ha in cura il vostro congiunto vi darà tutti i dettagli.»

Lulu sedette vicino a Cami e cercò di fare pensieri positivi.

Il medico arrivò quasi subito. «È lei la parente più prossima di Rafael Lopez?»

Cami si alzò. «Sono io. Come sta?»

«Lo stiamo preparando per il trasporto in elicottero a un ospedale dell'Università Scienze e Salute, a Portland. Un neurologo vascolare lo aspetta lì. Al signor Lopez sono stati somministrati farmaci antitrombotici per aiutare a prevenire ulteriori danni, ma deve essere visitato per assicurare che sia stato fatto il necessario per salvare i tessuti e le funzionalità cerebrali.»

«Possiamo vederlo?» domandò Lulu con voce tremante.

«Solo pochi minuti, però. In questi casi, prima ci

muoviamo e meglio è.»

Le sorelle seguirono il dottore nella stanza in cui Rafe veniva monitorato. Vedendole, mostrò di averle riconosciute.

Lo baciarono sulla guancia.

«Ti voglio bene, Rafe. Guarisci presto. Ci vediamo a Portland» disse Lulu, cercando di controllarsi. Lasciò la camera, in modo che Cami avesse qualche momento da sola con lui.

Quando la sorella raggiunse Lulu, aveva sul viso le tracce argentee delle lacrime. «Mi hanno spiegato come raggiungere l'ospedale. Per prima cosa lo porteranno al Brain Institute.»

«Va bene. Mentre ti aspettavo, ho chiamato Becca e le ho spiegato cosa stava succedendo. Ha detto di non preoccuparci. Lei e Imani si occuperanno della locanda.»

«D'accordo, grazie» rispose Cami. «Non ci avevo nemmeno pensato. Il dottore mi ha detto che è incoraggiante il fatto che sia stato soccorso così velocemente, ma io devo sapere se starà bene.» Poi le domandò: «Ma come sapevi degli ictus, e di come bisogna comportarsi?»

«Ho appena visto un programma in televisione. Grazie al cielo!»

Mentre erano in viaggio per Portland, un elicottero sorvolò l'automobile. Ben sapendo chi fosse il passeggero speciale che trasportava, le sorelle ammutolirono.

«Sai, gli ictus sembrano far parte della mia storia di famiglia» disse poi Cami. «Negli anni '70 Rex Chandler, il primo proprietario di Chandler Hill, morì per un ictus appena dopo le nozze di mia nonna con il figlio Kenton, che ereditò la terra e la locanda.»

«Non lo sapevo» rispose Lulu.

«Sì, e poi Kenton è rimasto ucciso in un incidente

automobilistico, lasciando mia nonna sola a crescere mia madre Autumn. Spero che non si tratti di uno dei cerchi della vita» disse Cami. «Sai, quelli in cui la fine si congiunge con l'inizio.»

«Non penso che succederà, Cami. La medicina ha fatto molti progressi, da allora. E, come hai detto prima, il dottore è ottimista per come Rafe sta rispondendo ai veloci soccorsi che ha ricevuto.»

«E se gli succedesse qualcos'altro, e rimanesse completamente paralizzato?»

Lulu le mise una mano sul braccio. «Non ci pensare nemmeno. Rafe ha tanto per cui vivere, ed è sempre stato un uomo forte.»

CAPITOLO VENTITRÉ

Quando finalmente ebbero gli aggiornamenti, i risultati furono molto più confortanti di quanto avessero sperato: i farmaci avevano risolto il problema, e non si erano verificati nuovi coaguli o ostruzioni.

«È un uomo molto fortunato» commentò la dottoressa. «L'assistenza immediata non gli ha solo salvato la vita, ma gli garantirà una ripresa molto migliore e più rapida. Dovrà assumere anticoagulanti, prestare attenzione a ciò che mangia e fare della riabilitazione per irrobustire il braccio e la gamba.»

«Grazie! Grazie!» urlò Cami, accostando le mani in gesto di preghiera davanti a lei.

La donna guardò entrambe sorridendo. «Esiti di questo genere ci rendono felici. Dobbiamo ringraziare questa ragazza per aver agito così velocemente.»

Cami si gettò addosso a Lulu e, piangendo piano, si abbracciarono.

Quando Lulu vide Rafe seduto nel letto, le venne da piangere. Tutti la consideravano una specie di eroina, ma quando lui era crollato a terra si era spaventata a morte.

«Venite qui. Tutt'e due» disse Rafe e le sorelle corsero al suo fianco.

«Sono così felice che ti riprenderai completamente» disse Lulu, abbracciandolo.

«Anch'io. Ci hai fatto prendere una paura terribile, non

potrei vivere senza di te» disse Cami. La voce le tremava.

«Ah, *cariño*, un giorno dovrai vivere senza di me, e starai bene lo stesso. Ma, per adesso, non intendo lasciarvi.» Rivolse loro un'occhiata penetrante. «Ho visto Lettie. Mi ha detto che il mio tempo sulla terra non è ancora finito.» Gli si riempirono gli occhi di lacrime. «Ha detto che mi avrebbe aspettato.»

Lulu rivolse un'occhiata a Cami e poi studiò Rafe. Era un uomo dolce e gentile, ma non il tipo da coltivare idee fantasiose come quella.

«È la verità» disse lui, e Lulu gli credette.

«E Nana com'era?» chiese Cami.

Il sorriso di Rafe gli illuminò anche gli occhi. «Come la giovane donna di cui mi sono innamorato tanti anni fa.»

Un'infermiera interruppe il silenzio pieno di emozione che seguì alle sue parole. «Devo solo misurarle i parametri, signor Lopez, ma dovrebbe riposare un po'.» Si girò verso Cami e Lulu, per meglio esprimere il concetto.

«D'accordo, noi ce ne andiamo» disse Cami. «Ci vediamo domani. La dottoressa ha detto che, se vai avanti così, dovresti poter lasciare l'ospedale nel pomeriggio.»

«Starò bene» rispose Rafe con tale convinzione che Lulu capì che si riferiva all'incontro con Lettie. Che strana storia. Ne aveva sentite altre, come quella. C'era chi attribuiva quel genere di esperienze semplicemente all'attività cerebrale, ma Lulu gli dava un significato spirituale.

Quella sera raccontò tutto a Miguel, compresa la visione di Rafe. "Credi a queste cose?" gli chiese, consapevole di quanto la risposta fosse importante per lei.

Miguel rispose. Dopo qualche altra domanda sulla salute di Rafe, scrisse:

"Se Rafe dice di aver visto Lettie, allora io ci credo. L'amava così tanto, che è del tutto possibile che sia successo."

Anche se non capì del tutto la risposta, quando lesse quelle parole, le vennero le lacrime agli occhi.

Il pomeriggio seguente Lulu accompagnò Cami a Portland per prendere Rafe all'ospedale. Avevano aspettato tutto il giorno notizie dal dottore e furono entrambe sollevate quando diede il via libera alle sue dimissioni.

«Non gli piacerà, ma voglio insistere che stia da me per qualche giorno, finché non saremo tutti tranquilli sulle sue condizioni» disse Cami.

«Buona idea» rispose Lulu. «Possiamo fare i turni durante il giorno, per controllare come sta.» Sorrise alla sorella. «Non gli piacerà per niente, per cui dovremo prenderlo dal verso giusto, quando glielo spiegheremo.»

Cami sorrise di rimando. «Sono felice di poterne ridere, adesso. Avevo davvero paura che potesse morire.»

«Anch'io» ammise Lulu. «Lo considero un po' come mio nonno.»

La conversazione durante il resto del tragitto per Portland riguardò gli affari di Chandler Hill.

«Ti va bene occuparti delle nozze dei Welles?» le domandò Cami. «Bethany Welles è un'amica di Justine Devon Dickinson, la mia sposa preferita. Ci ha procurato molti affari e voglio che tutto sia perfetto per Bethany e lo sposo, Jason Sands.»

«Sì» rispose Lulu. «Ho spiegato loro che faccio solo istantanee, niente di formale o in posa, e gli ho suggerito di usare anche il nostro fotografo ufficiale.»

«Sei gentile a farti pagare così poco per questa attività. Potresti chiedere molto di più. Perché lo fai?»

Il sorriso di Lulu fu sincero. «Mi permette di rimanere in

connessione con il mio io interiore, quello che ama le persone, difetti inclusi. Quel sentimento nei riguardi del prossimo è stato così rovinato dalle mie esperienze con i media, che mi servono altre situazioni che me lo ricordino. Non posso permettermi di perdere l'amore per gli esseri umani. È ciò che ci tiene legati.»

Cami la guardò e annuì lentamente. «Hai ragione. Mia madre provava la stessa cosa, è per quello che ha passato tanti anni in Africa.»

«Anche mio padre. La cosa divertente è il modo in cui quell'amore per il prossimo ci ha fatto incontrare.»

«Sì, anch'io ci penso spesso» confermò Cami. Si allungò e diede un colpetto alla mano di Lulu. «Sei una brava persona, ci si può fidare che farai la cosa giusta.»

Lulu rimase in silenzio a pensare a Miguel e al loro bambino. Non aveva considerato i sentimenti di lui. Era molto sollevata che si scambiassero e-mail quasi ogni sera. Era un'opportunità per entrambi di rimanere in contatto e guarire da una perdita che aveva ferito tutti e due.

«Eccoci arrivate» disse Cami. «Vediamo se troviamo da parcheggiare.»

Dopo aver posteggiato, entrarono nell'ospedale. Cami aveva una borsa con i vestiti puliti richiesti da Rafe.

Quando le vide, gli si illuminarono gli occhi. «I miei angeli guardiani» disse, per fare un po' di spirito.

Lulu ridacchiò con Cami, ma subito dovette nascondere lo shock nel vederlo con addosso il camice dell'ospedale. Il suo corpo sembrava vecchio e appassito. Sbatté le palpebre per scacciare le lacrime. La vita era così imprevedibile. L'avevano quasi perso.

Attesero mentre Rafe andava in bagno a cambiarsi. Cami lesse la lettera di dimissioni e raccolse i suoi oggetti personali, che erano stato messi in una borsa da portare a casa.

Quando tornò, con i jeans e una delle sue camicie di flanella a quadri preferite, sembrava dieci anni più giovane. Lulu sussurrò una piccola preghiera di ringraziamento. Forse, come gli aveva detto la nonna di Cami, aveva ancora un po' di anni da vivere.

Gli fece una foto da mandare a Miguel. Gli avrebbe fatto piacere vederlo così.

Come si aspettavano, Rafe si oppose all'idea di Cami di stare per un po' a casa sua. Ma lei fu irremovibile. «Solo per qualche giorno, Rafe. So che non vuoi avere addosso uno di quei dispositivi di emergenza, per cui ti terremo vicino per assicurarci che non ci siano problemi. Poi potrai tornare al capanno.»

«Va bene, ma solo per qualche giorno. E non me ne starò a letto o sul divano, solo per farvi stare meglio.»

«D'accordo» disse Cami.

«Mia madre viene a trovarci domani» disse Lulu. «Magari voi due potreste passare un po' di tempo insieme. Pensa meraviglie di te, Rafe. Sei una delle poche persone con cui si trova così a suo agio da poter essere se stessa.»

Rafe sorrise, ammorbidendo le righe di preoccupazione che gli attraversavano la fronte. «Anch'io la ammiro. Sarò contento di stare un po' con lei. Ho saputo che ha comprato la casa di Abby e Lisa.»

«Cosa? Non ne sapevo nulla» esclamò Cami.

«Non l'ho ancora detto a nessuno. Deve avertene parlato lei, Rafe» ipotizzò Lulu.

Lui fece un sorriso sornione. «Pensavo sarebbe stata una buona cosa, per lei e per tutti noi, che avesse un posto tranquillo e carino dove stare. E, col fatto che vivi qui, Lulu, poterti essere vicina è molto importante, per lei.»

Lulu annuì, ma si domandò quali altre cose sua madre discutesse con lui. Scrisse a Miguel per assicurargli che Rafe stava bene e che la madre sarebbe venuta a trovarla.

"È bello quando quei due sono insieme. Mi scalda il cuore."

Lui rispose:

"Due belle persone. Grazie delle informazioni. Ormai non posso fare a meno delle tue e-mail."

Leggendo quelle parole, sorrise. Anche lei non poteva fare a meno delle sue.

Il pomeriggio seguente, Lulu andò a prendere la madre all'aeroporto, la lasciò a casa, e andò alla locanda, sperando di non essere in ritardo. Bethany e Jason erano attesi a breve, e voleva immortalare il momento del loro arrivo.

Aveva appena preso le fotocamere ed era arrivata nella zona della reception, quando entrarono due persone che, dalle foto di Facebook, dovevano essere Bethany Welles e Jason Sands. Fece subito uno scatto e poi altri due o tre.

La sposa era una donna afro-americana alta e snella. Il marito era un uomo bianco, alto e muscoloso, con le spalle larghe e i capelli a spazzola. Dalla loro pratica aveva saputo che Jason era stato un giocatore di football per i Seattle Seahawks. Al momento, allenava la squadra di una università nello stato di Washington.

Quando ebbe fatto un numero sufficiente di foto, Lulu li avvicinò. «Benvenuti alla locanda Chandler Hill» disse e si voltò verso Cami e Becca che stavano arrivando. Vennero fatti i saluti e le presentazioni, quando entrò anche Laurel.

Cami le presentò gli sposi.

«Sarò io a sovrintendere le attività relative al vostro matrimonio» spiegò Laurel, affabile. «Nel caso in cui voi o i vostri familiari necessitiate di qualcosa, non esitate a chiamarmi. Sono a vostra disposizione.»

«Benissimo» disse Bethany. «Mia madre e il mio patrigno arriveranno presto. Mio padre e sua moglie, domani.» Fece un sorriso tirato. «È opportuno tenerli il più possibile distanti.»

«Anche i miei genitori arrivano domani» aggiunse Jason. «Il mio compagno di football, Stan Young, e la moglie Caren – i nostri testimoni – saranno qui stasera tardi.»

«Capisco bene, dunque, che i soli altri invitati che parteciperanno alla cena sono sua madre e il suo patrigno?» chiese Laurel a Bethany.

«Esatto. Faremo qualcosa di semplice, qui al ristorante dell'hotel, come avevamo previsto.»

«D'accordo, farò in modo che abbiate un tavolo riservato in sala da pranzo» confermò Laurel.

«E io ci sarò, per fare qualche istantanea» aggiunse Lulu. «Volete che fotografi anche le coppie di genitori, quando arriveranno alla locanda?»

«No, grazie» rispose Bethany, con una tale decisione che Lulu non poté fare a meno di chiedersi che problemi ci fossero tra loro. «Vi ringrazio per tutto quello che state facendo per noi. È davvero un matrimonio in forma ristretta.»

Jason le prese la mano. «Ma per noi due è importante.»

«Sì» confermò Bethany, rivolgendogli uno sguardo così innamorato che Lulu trattenne il fiato. «È stato faticoso, ma alla fine abbiamo convinto tutti i genitori che ci amiamo davvero tantissimo.»

«Non volevamo delle nozze in grande e avevamo quasi deciso di scapparcene via. Essere qui con loro è il compromesso che abbiamo trovato» spiegò Jason.

«Siamo molto felici di poter celebrare qui il matrimonio» aggiunse subito Bethany. «Justine mi ha raccontato tutto del suo, e anche se il nostro non sarà affatto come quello, mi ha assicurato che sarà tutto perfetto come desideriamo.»

«È un periodo dell'anno meraviglioso per delle nozze all'aperto nel verde» disse Laurel. «Vedrete che vi piacerà.»

Dopo averli salutati, Lulu tornò a casa da sua madre. Fino a sera non ci sarebbe stato bisogno di lei.

Mentre arrivava, vide Rosalie fuori a chiacchierare con Rafe e con in braccio Dolly. Che coppia interessante, pensò, e sentì un'ondata di tenerezza per quelle due persone in età matura. Nell'anno trascorso, la sua vita era stata stravolta dai comportamenti inappropriati di suo padre. Ma aveva avuto l'opportunità di conoscere davvero sua madre e incontrare l'uomo che era a capo della famiglia di Chandler Hill. Entrambe erano state due occasioni inestimabili.

Accostò, scese e andò verso di loro.

«Ciao mamma! Ciao Rafe! Come stai oggi?»

Rafe fece una smorfia annoiata. «Se me lo chiede ancora un'altra persona, non so come reagirò. Ma, grazie, sto bene.»

«Stavamo parlando di giardinaggio» disse la madre. «Potrei togliere alcuni dei cespugli che si sono sviluppati un po' troppo, qui davanti, e sostituirli con qualcos'altro. Cosa ne pensi?»

Lulu alzò le spalle. «La casa è tua. Direi che puoi fare quello che ti pare.»

«Non sei arrabbiata che ho comprato io la casa, al posto tuo?» Rosalie le rivolse uno sguardo preoccupato.

«Per niente. Quando verrà il momento, mi troverò un posto tutto per me. Ma stai tranquilla, fino ad allora sarò un'inquilina molto brava.»

Il volto di Rosalie si illuminò. «Se non mi avesse incoraggiato Rafe, forse non l'avrei mai presa. Sono felice di averlo fatto. Mi sento molto più a mio agio qui che in California.»

«Anch'io» rispose Lulu. «Ci vediamo dopo. Vado nel mio studio a lavorare a un paio di idee per la locanda, poi cenerò presto perché devo tornare a Chandler Hill per fare delle foto a un matrimonio.»

«Ha molto talento» disse Rafe a Rosalie.

«Lo so. Mi piace pensare che abbia preso da me il suo lato artistico. Non sono mai riuscita a ottenere niente con i miei dipinti, ma potrei lanciarmi in qualche progetto mentre sono qui.»

«Sarebbe splendido» disse Lulu, sorpresa come sempre da tutte le cose che non sapeva di sua madre.

Davanti al computer, Lulu elaborò delle idee per il catalogo natalizio; occorreva essere pronti almeno con sei mesi in anticipo, per avere il tempo di promuovere i nuovi articoli e averli disponibili per la vendita.

La madre bussò alla porta dello studio ed entrò. «Rafe è andato a casa a fare un pisolino. Penso di fare lo stesso. Sono un po' stanca.»

«Va bene» rispose Lulu, e si domandò se la madre non fosse alle porte di una fase depressiva.

Chiamò Dolly e uscì. Mentre le lanciava una pallina, sentì che si cominciava a rilassare. Decise di non preoccuparsi per Rosalie e per le altre cose che sarebbero potute succedere e, dopo aver giocato con la cucciola, si sedette a godersi il tepore del sole.

Quando rientrò, la madre era in piedi e girellava in cucina.

«Già sveglia?» le domandò.

«Sono troppo su di giri per dormire. Questo posto mi tonifica.»

Lulu fece un sospiro sollevato, contenta di vedere la madre così felice.

###

Mentre entrava nella bibliotca della locanda, Lulu osservò la postura rigida di Bethany e il modo in cui Jason aveva piantato saldamente i piedi per terra, ed ebbe l'impressione che una battaglia dialettica fosse in corso tra loro e i genitori di Bethany.

La madre, Jarinda Baxter-Welles, era un'attraente, robusta donna afro-americana che si era guadagnata una certa notorietà in California – dov'era nata – come sindaco molto determinato di una rinomata località turistica montana. Cercava visibilità ogni volta che poteva, per avere il sostegno delle persone alla sua causa: garantire a tutti i lavoratori un salario dignitoso e offrire loro gli stessi benefici che i dipendenti meglio pagati ricevevano automaticamente. Un brivido attraversò la schiena di Lulu. Aveva incontrato molti politici come lei.

Lulu osservò poi il patrigno di Bethany. Era alto come la moglie, ma sembrava più piccolo, lì in piedi tranquillo ad ascoltare Jarinda che spiegava il suo disappunto per quelle nozze, così distanti dall'evento sfarzoso che si era immaginata. Mentre la donna parlava, si rivolgeva unicamente alla figlia, ignorando Jason.

«Salve» disse Lulu, e notò il sollievo di Bethany al suo arrivo. «Scatterò qualche istantanea, durante il vostro soggiorno.»

Jarinda strizzò gli occhi, guardandola. «Le ha mai detto nessuno che assomiglia alla figlia di Edward Kingsley?»

«Sì, qualcuno» rispose Lulu, cercando di apparire più disinvolta possibile, mentre il cuore le batteva all'impazzata. Non aveva intenzione di scontrarsi con Jarinda, che era una politica astuta e sapeva come mettere gli altri a tacere quando necessario. Da quel punto di vista, suo padre l'aveva sempre rispettata, pensava che avesse un futuro politico promettente e ammirava la sua sagacia.

Bethany arrivò a salvarla. «Le presento mia madre, Jarinda Baxter-Welles, e il mio patrigno, William Howland.» Bethany esitò. «E lei è...»

«Mi chiami semplicemente Weezie» intervenne Lulu, sperando che i due sposi capissero.

Il patrigno della ragazza allungò una mano: «Piacere, Weezie. Apprezziamo il suo aiuto nel rendere questa occasione memorabile.» La sua stretta era rassicurante.

«Felice di conoscerla. Se non sbaglio lei è un dottore. Un medico di famiglia.»

Un sorriso trasformò i suoi lineamenti comuni in qualcosa di speciale. Gli occhi brillavano di intelligenza e di una gentilezza che non si incontrava spesso. Lulu ne fu colpita e immaginò quanto lo dovessero apprezzare i suoi pazienti.

«Vi prego, continuate a divertirvi» li esortò Lulu. «I drink sono offerti dalla casa, e abbiamo degli stuzzichini a disposizione degli ospiti. Non fate caso a me, mentre faccio il mio lavoro.»

«Può fare una foto a me, Bethany e William vicino al camino?» disse Jarinda. «Mi serve per le pubbliche relazioni.»

Bethany prese il futuro marito sottobraccio. «Direi di includere anche Jason, mamma.»

Le labbra serrate della donna parlavano da sole.

«Farò più scatti, con gruppetti diversi» propose Lulu, sperando di alleviare la tensione.

«Certamente» rispose William, amabile e sollevò un sopracciglio in direzione della moglie.

«Oh, sì» aderì lei, rivolgendo a Lulu uno sguardo imbarazzato.

«Il problema non è che Jason sia bianco» sbottò Bethany, incollerita. «È che mia madre pensa che dovrei sposare qualcuno scelto da lei. Il figlio di un politico amico suo, un tizio al quale non concederei mai nemmeno un appuntamento.»

«Va bene, va bene» intervenne William. «Diamo il via ai festeggiamenti. D'accordo, Jason?»

Il ragazzo gli sorrise, con gratitudine. «Mi sembra una buona idea.»

I due uomini si allontanarono, lasciando Lulu con Bethany e Jarinda. Lulu fece un passo indietro e impugnò la macchina fotografica, in attesa del momento giusto per cogliere una svolta positiva nella tensione tra loro. Era pronta, quando le braccia di Jarinda si avvolsero intorno alla figlia e si abbracciarono.

Gli uomini arrivarono con i drink e, mentre alzavano i calici, Lulu scattò molte altre foto.

Avendo lei stessa vissuto con un politico molto determinato, capiva bene ciò che Bethany doveva aver attraversato e fu sollevata nel vedere che le cose tra loro sembravano ammorbidirsi.

Quando incominciò la cena, fece qualche scatto discreto e poi si ritirò in silenzio.

Andò nelle cucine per vedere come andassero le cose e, poiché era una sera indaffarata senza la possibilità di sgraffignare qualcosa per sé, uscì per tornarsene a casa.

CAPITOLO VENTIQUATTRO

La mattina seguente il sole brillava mentre Lulu era nel letto a ripassare mentalmente gli impegni della giornata. Uno dei vantaggi dell'essere coinvolta nelle attività della locanda era di poter incontrare una varietà notevole di persone. Suo padre le aveva trasmesso l'interesse per quel genere di opportunità. Non vedeva l'ora di conoscere il padre di Bethany e la moglie, e ancor di più Stan e Caren Young, i due testimoni di nozze.

C'era in contemporanea un altro matrimonio che richiedeva parecchia attenzione da parte di Laurel, e Lulu era contenta di dare una mano, per garantire che tutti gli ospiti del piccolo ricevimento di Bethany e Jason fossero soddisfatti.

Si alzò e portò fuori Dolly. Con sua madre a casa, non doveva preoccuparsi di dare da mangiare al cane o che rimanesse solo quando andava al lavoro. Più tardi, Cami avrebbe lasciato lì da lei anche Sophie, così le due bassottine avrebbero potuto giocare insieme.

Lulu corse a farsi la doccia e indossò una gonna nera e una camicetta bianca, per cercare di essere meno appariscente possibile durante lo svolgimento del suo lavoro.

Per prima cosa avrebbe fotografato gli sposi insieme agli amici, mentre facevano colazione. Bethany aveva chiesto che fosse servita in piscina.

Quando Lulu arrivò alla locanda, era tutto calmo. Uno dei vantaggi dell'hotel era il favoloso servizio in camera e la tranquillità, il che portava gli ospiti ad avere ritmi rilassati al mattino.

Andò in cucina a controllare con Liz – che in genere curava il primo turno – che fosse tutto a posto.

«Come stai Lulu? E come va con la tua bimba pelosa? Scommetto che Dolly è dolce come il mio piccolo Oscar.»

Lulu rise. Dopo che Cami aveva avuto Sophie in regalo da Rafe, tutti alla locanda si erano innamorati dei bassotti. La famiglia di Chandler Hill ne contava già tre.

«Siamo pronti per la colazione dei Wells-Sands?» domandò.

«Sì, aspetto solo che arrivino. Vai a dare un'occhiata alla tavola. Secondo me è adorabile. Molto in linea con la coppia.»

Lulu prese una tazza di caffè e andò a fare un giro. Nella parte esterna del bordo-piscina erano stati allestiti alcuni tavoli per gli ospiti. All'angolo opposto c'era quello per gli sposi, coperto da una tovaglia di lino rosa. Al centro era stato messo un vaso di cristallo, con una singola rosa di colore rosa. Su ciascuno dei quattro coperti, un altro fiore identico, legato con un nastro in tinta con la tovaglia, era posato sul sottopiatto bianco. Accanto c'era un tovagliolo bianco, piegato a forma di fiore. Semplice ma elegante, pensò Lulu.

Appena vide arrivare gli sposi insieme a un'altra coppia, appoggiò la tazza di caffè. Come sempre interessata alle persone, Lulu li osservò. Stan Young era alto e robusto come Jason. Gli occhi azzurri brillavano sul viso colorito dallo stare all'aperto. Al suo fianco, la moglie Caren sembrava minuta. La curva della pancia, arrotondata dall'evidente maternità, la faceva apparire più magra di quanto fosse. I capelli biondi lasciavano scoperto il viso, ravvivato dal nasino all'insù e dalle lentiggini.

Lulu li vide ridere e prendersi in giro mentre si sedevano, e pensò che quei quattro fossero adorabili. Fece qualche scatto e poi andò a presentarsi alla nuova coppia.

«Salve, il mio nome è... Weezie, e farò un po' di fotografie durante il vostro soggiorno. Non fate caso a me, cercherò di non intralciarvi.»

Bethany disse: «Grazie, Weezie. Le presento Caren Young, la mia migliore amica, e suo marito Stan.»

«Mio migliore amico» aggiunse Jason. «Hanno accettato di essere i nostri unici testimoni di nozze.»

«Non ce le saremmo perse per nulla al mondo.» Caren sorrise dolcemente. «E sono felice che non abbiano aspettato troppo. Tra sei settimane nascerà la bambina.»

«Ho già promesso di farle da babysitter» disse Bethany. «Non vediamo l'ora che nasca questa piccolina.»

«Quindi sapete già che sarà una femminuccia» osservò Lulu.

«Oh, sì» confermò Bethany. «Mi piace programmare tutto e volevo che tutto fosse pronto per il suo arrivo.»

«Non può immaginare quanta roba abbiamo già in giro per casa» aggiunse Stan, orgoglioso.

Lulu si sforzò di sorridere, ma dentro di sé la trafiggevano delle fitte dolorose, il ricordo tagliente di come avrebbe potuto essere la sua vita. In precedenza non aveva mai ragionato troppo sull'avere una famiglia sua, ma essendoci andata così vicino, non riusciva ad allontanarne il pensiero.

«Bene, ora vi lascio a godervi la colazione» disse Lulu. «Quando volete che torni?»

«Le nozze sono alle quattro, per cui direi di vederci nella mia camera appena dopo le tre, così mi può fotografare mentre mi preparo» suggerì Bethany. «Anche se il matrimonio è in forma ristretta, vorrei che alcuni momenti fossero immortalati.» Rivolse a Jason un ampio sorriso. «Non intendo sposarmi un'altra volta.»

Gli occhi del marito si illuminarono di piacere, guardandola. «Nemmeno io.»

Lulu fece un piccolo gesto di saluto e se ne andò.

###

Il Granaio stava aprendo proprio mentre vi entrava Lulu. Salutò Gwen e andò nella sezione libri, dove ne prese uno di fiabe su un orsetto che era amato da tutti.

«Mettilo sul mio conto, per favore» disse alla commessa. «Aggiungi anche la confezione regalo.»

«Certo. Perché non dai un'occhiata in giro, mentre me ne occupo» disse l'anziana signora. «Verrà benissimo. Vuoi il nastro blu, rosa o verde?»

«Rosa, grazie. E, se possibile, fallo recapitare alla stanza 204. Scrivo un biglietto e te lo do.»

Nell'ufficio di Gwen, Lulu scrisse un breve messaggio su una delle cartoline speciali di Chandler Hill, fatte apposta per occasioni simili, la diede alla commessa e se ne andò, pronta per affrontare la giornata.

Quando tornò alla locanda, una coppia si stava registrando. Immaginò che fosse il padre di Bethany con la moglie, e si avvicinò.

«Voi dovete essere il signore e la signora Welles. Benvenuti alla locanda Chandler Hill. Il mio nome è Weezie e farò alcune istantanee agli ospiti delle nozze nel corso della giornata.»

«Bene. Sono Chester Welles, e lei è mia moglie JoAnn.»

Si strinsero la mano. Mentre Chester faceva la registrazione, Lulu restò a fianco di JoAnn, colpita dal fascino del marito. Poi si voltò verso la donna, a suo modo attraente, ma non bella.

«E quindi, come vi siete incontrati?» domandò Lulu, con genuina curiosità.

«Lavoriamo nello stesso studio legale» rispose JoAnn. Rivolse in direzione di Chester un sorriso orgoglioso. «Lui è un eccellente avvocato di diritto societario.»

«È quello che fa anche lei?»

JoAnn scosse il capo «No, io mi occupo di diritto di

famiglia. Per caso abbiamo lavorato sullo stesso caso. Un contenzioso molto lungo e complicato.»

Chester tornò da loro e mise una mano sulla spalla della moglie. «È la mia metà migliore.»

Lo sguardo di adorazione di JoAnn era identico al suo.

«Divertitevi. È una bellissima giornata.»

«Oh, sì. Lo faremo» rispose la donna, con tale convinzione che Lulu ebbe l'impressione che, pur assomigliando a Jarinda, non le avrebbe permesso di avere il sopravvento.

Ci aspetta una giornata interessante, pensò.

Avendo la mattina libera, Lulu tornò al Granaio. Voleva controllare se fossero arrivati alcuni degli articoli del catalogo di Natale. Andavano aggiunti all'inventario e disposti sugli scaffali, in modo che fossero facili da trovare per il personale che si occupava delle spedizioni. Il business dei prodotti a catalogo era molto cresciuto da quando le vendite online erano diventate la norma. Lulu già immaginava che sarebbe venuto il momento di ampliare il loro magazzino, o addirittura costruire un edificio separato.

Gwen le rivolse un bel sorriso. «Una pausa dalle nozze?»

«Sì. Bethany ha idee molto chiare sulle foto che vuole che le faccia. E ho appena incontrato suo padre e la matrigna, un'altra coppia interessante. I genitori di Jason arriveranno in mattinata. Anche se non devo far loro delle fotografie, penso di passare alla locanda per salutarli quando arrivano.»

«Nel frattempo, siamo contente di averti qui. Ho bisogno che tu dia un'occhiata a una cosa che vorrei far vedere a Cami. Vieni con me.»

Gwen le mise un braccio sulla spalla e la portò a un tavolo su cui erano appoggiati degli articoli interessanti. Sollevò un cestino di metallo bianco. «Pensavo che potremmo metterlo nelle camere degli invitati ai matrimoni, con dentro qualche omaggio e delle informazioni sui regali di nozze disponibili al Granaio. Cosa ne pensi?»

Lulu le sorrise. «Penso le piacerà. Quanto costano?»

«Questo è il problema. A meno di non comprarne un migliaio, sono abbastanza cari.»

«Mille? Questo vuol dire avere fiducia nel futuro, ma non credo sia un problema. Se vuoi, posso prenderne uno e farlo vedere a Cami adesso.»

«Davvero? Io devo restare qui, ma se le dovesse piacere, occorre far partire subito l'ordine.»

Desiderosa di aiutare, Lulu prese il cestino e si incamminò verso la locanda. Invece di passare dall'ingresso principale, si infilò nell'entrata attraverso il giardino e bussò all'ufficio di Cami.

«Avanti!» disse Cami.

«Buongiorno. Sono venuta a trovarti su richiesta di Gwen» spiegò Lulu allegra, ma si fermò, vedendo lo sguardo preoccupato di Cami. «Cos'è successo?»

«Jarinda Baxter-Welles sa chi sei e vuole che organizzi un incontro con te.»

Lulu sentì crollarle il mondo addosso. «Ma perché? Non voglio avere niente a che fare con la politica o la notorietà. È per quello che sono qui.»

«Non sono sicura di che cosa voglia, ma se sei a disagio nello starle accanto, suggerisco che tu rinunci a fare le fotografie al loro gruppo. Non voglio crearti problemi.»

Lulu si lasciò cadere su una delle poltroncine di fronte a Cami. «Sai una cosa? Per quanto io odi essere associata a mio padre, sono quello che sono. È qualcosa che non posso cambiare. Anche se hai inventato per me il soprannome di Weezie, e ti voglio bene per questo.»

«Allora, lascia che venga con te» propose la sorella.

Lulu scosse il capo. «No. Andrò da sola.»

«Va bene. So quanto sei testarda» sospirò Cami.

Invece di offendersi, Lulu era deliziata che fossero diventate vere sorelle e potessero parlarsi con franchezza.

Mostrò il cestino a Cami e ottenne la sua approvazione per l'idea di Gwen. Poi chiamò la camera di Jarinda. Lei rispose subito.

«Pronto?»

«Signora Baxter-Welles, sono Louise Kingsley. Mia sorella mi ha detto che voleva vedermi. Posso chiederle per quale motivo?»

«È meglio parlarsi di persona. Ho un'idea che potrebbe aiutarci entrambe.»

«Va bene, se insiste. Perché non ci incontriamo nella lobby? Al momento sono libera.» Era certa che Jarinda non avrebbe fatto una scenata in pubblico.

«D'accordo» rispose Jarinda, con un tono soddisfatto. «Vediamoci tra qualche minuto.»

Lulu andò nella lobby e si avvicinò alle vetrate per guardare il paesaggio collinare che amava così tanto. Era persa nei suoi pensieri quando sentì chiamare il suo nome. Si voltò e si trovò davanti Jarinda, una donna forte dalla presenza imponente. Si sentì subito a disagio.

Si strinsero la mano.

«Mi sembra che si faccia chiamare Weezie, adesso» disse Jarinda, con una certa gentilezza.

Imbarazzata, Lulu annuì. «A volte.»

«Sa che conoscevo piuttosto bene suo padre?»

«L'ha incontrata solo un paio di volte, ma so che la considerava una politica molto scaltra.»

«Era uno che guardava avanti. Era interessato a un mio progetto per i lavoratori migranti. Intendo candidarmi per un seggio nello stato della California e vorrei averla nella mia squadra, per promuovere quel programma e, naturalmente, la mia persona. Proveniamo da partiti diversi e avere il suo sostegno sarebbe un grande vantaggio, per la cooperazione e altro, superando le divisioni politiche.»

Lulu soffocò un sospiro. «La ringrazio di aver pensato a me, ma non ho più alcun interesse per la politica. Non mi appassiona più.»

Jarinda la guardò. «È così grave?»

Lulu guardò in basso e poi sollevò di nuovo il volto. «Sì. Non c'è niente che lei possa dire, ho chiuso con queste cose.»

«Sono delusa.» Jarinda oscillò sui tacchi. «Suo padre non era una brutta persona, sa. Ma, come alcuni uomini, uomini di potere, soprattutto, ha preso delle cattive decisioni.»

In quel momento, arrivò Chester Welles.

«Non succede un po' a tutti, d'altronde?» borbottò Jarinda e si voltò verso di lui. «Ciao, Chester. Ce l'hai fatta a venire al matrimonio...»

«Naturale. È la mia unica figlia. Io e JoAnn non ce lo saremmo perso per nulla al mondo. Tu e il dottore siete arrivati ieri sera, corretto?»

«Sì, abbiamo cenato in modo delizioso con Bethany e Jason.» Il gelo nella sua voce era evidente.

«Avete bisogno di qualcosa dallo staff?» chiese Lulu, che non vedeva l'ora di scappar via.

Jarinda e Chester scossero la testa e se ne andarono in direzioni opposte.

Lulu fece un sospiro di sollievo. *Povera Bethany*, pensò. *Non c'è da stupirsi che abbia voluto delle nozze in forma ristretta.*

CAPITOLO VENTICINQUE

Mentre Lulu si apprestava ad andarsene, arrivò una coppia con l'aria sfinita. Corse da loro.

«Benvenuti alla locanda Chandler Hill. Posso aiutarvi?»

«Sì, per favore» rispose la donna, che aveva jeans larghi e un'espressione prostrata. I capelli grigi erano raccolti in una coda di cavallo, ed era struccata. «Pensavo che non saremmo mai arrivati. Siamo qui per il matrimonio di Jason Sands.»

«Siete i suoi genitori?» domandò Lulu, notando che l'uomo che era con lei assomigliava molto a Jason.

«Wilbur e Loretta Sands» disse lui. Grosso come un orso, aveva una voce profonda che gli risuonava nel petto. Osservandone la stazza e la forza, Lulu immaginò che dovesse essere stato un giocatore di football come il figlio. Ormai calvo e in sovrappeso, sembrava stanco morto.

«Avete preso un aereo dal Montana?» chiese Lulu.

«No, Wilbur ha insistito che venissimo in automobile. Ha detto che avremmo risparmiato» si lamentò Loretta. «Ho provato a dirgli che sarebbe stato più comodo volare, ma sa come sono fatti gli uomini.»

«Adesso vi faccio registrare e poi potrete finalmente riposarvi un po' nel pomeriggio» disse Lulu con simpatia. Si voltò quando sentì arrivare di corsa Cami e Becca. «Vi lascio con i rinforzi. Ci vediamo più tardi.»

Mentre Cami si avvicinava, Lulu alzò le sopracciglia per metterla in guardia sugli ospiti sfiniti e, dopo aver presentato lei e Becca ai Sands, se ne andò via di corsa.

Tornata al Granaio, si fermò un attimo a Chandler Hall per

vedere come andasse la preparazione dell'altro matrimonio. I settantacinque ospiti si erano già raccolti in giardino. A seguire ci sarebbe stato il brunch di nozze.

Mentre entrava nell'edificio, Lulu trattenne il respiro. Utilizzando diverse sfumature di rosa, calici di cristallo scintillanti e vasi di fresche rose e ortensie abbellivano i tavoli rotondi da sei, coperti con tovaglie di lino in simili tonalità.

Laurel le passò vicino, di corsa. «Non ti perdere il matrimonio. Sta per cominciare.»

Lulu la seguì fuori in giardino e si mise un po' defilata. Cami aveva speso parecchio nell'abbellimento del paesaggio, in particolare il giardino, che era delizioso. L'ampia area a prato era discretamente suddivisa in più zone da lussureggianti arbusti, aiuole di piante basse ed elementi floreali, così che cerimonie più o meno numerose avessero ciascuna il loro angolo riservato. Quelle nozze avevano il maggior numero di invitati mai ospitati alla locanda e aveva luogo nel giardino principale.

Fodere bianche ricoprivano le sedie allineate in file perfette sull'erba. Un corridoio divideva i posti in due sezioni e conduceva a una specie di semplice altare – un tavolo di legno bianco – su cui era posata una croce di ottone, con a fianco due grandi ceri bianchi in eleganti portacandele dello stesso metallo.

Lulu se ne andò prima che qualcuno degli ospiti la notasse. Non era nello spirito di assistere a un'altra coppia follemente innamorata che si scambiava le promesse per il futuro insieme. Per lei tutto ciò non era accaduto.

Tornata al Granaio, lavorò sul materiale per il catalogo, nell'attesa della seduta fotografica del pomeriggio con Bethany e Caren.

Più tardi, mentre concentrava i suoi scatti sulle due amiche, pazze di gioia all'idea delle nozze imminenti, il suo umore cambiò. Bethany era una sposa bellissima che aveva scelto un semplice vestito bianco senza maniche, che scendeva in morbide pieghe fino alle caviglie; adatto per un evento sociale e perfetto per quel piccolo matrimonio celebrato in mezzo al verde. Il vestito morbido color pesca di Caren non riusciva a nascondere il pancione sporgente.

«Santo cielo! Sembro una pesca troppo matura» brontolò divertita.

«No, sembri davvero adorabile» protestò Bethany. «Non vedo l'ora di mettere su famiglia con Jason.»

«Tua madre è convinta che le donne dovrebbero farsi strada negli affari, sviluppare i propri interessi e capacità e darsi da fare per le altre, invece di preoccuparsi di metter su famiglia.»

«Non me ne parlare! Mi ricordo di tutte le volte che ho sentito i miei litigare. Mio padre voleva altri figli. Le diceva che si era fatto il culo alla facoltà di legge per essere in grado di mantenerla. Ma lei non sentiva ragioni. Adesso ha due figli con JoAnn ed è molto felice con lei e i miei fratellastri.»

«Ma è una cosa che fa incazzare tua madre» disse Caren.

Bethany fece una smorfia. «Se non ci fosse William, non so cosa faremmo. È solido come una roccia, ma anche dolcissimo. Lo amiamo tutti.»

Ascoltando le ragazze parlare, Lulu scattava una foto dopo l'altra e si domandava perché così tanti matrimoni finissero male. Rafe e Lettie non si erano mai sposati, ma il loro amore era eterno. Era ciò che desiderava per sé.

«Come sto?» domandò Bethany a Lulu con un sorriso.

«Caspita! A dire tutta la verità, sei favolosa. Hai una carnagione bellissima e, in questo momento, il tuo viso brilla di felicità.»

«Grazie» disse Bethany. «Devo ammettere di essere un po' nervosa. Alla madre di Jason non piaccio un granché.»

«Al loro arrivo erano un po' stressati» confessò Lulu.

«La cosa positiva è che la cerimonia sarà breve e i festeggiamenti dureranno solo una sera, dopodiché, tutti potranno tornare alle proprie vite» disse Bethany.

«Bene. Diamo il via allo spettacolo» decretò Caren.

Lulu corse avanti per fare qualche scatto a Bethany mentre scendeva le scale.

Il padre la aspettava in fondo alla rampa e la guardava con tale immenso orgoglio, che Lulu si fermò e gli fece una foto. Poi gli domandò: «Gli altri sono già in giardino?»

Lui annuì. «È tutto pronto.»

Lei uscì dalla porta e corse verso la zona alberata, sistemata con piante e fiori per occasioni come quella. Quando vi entrò, Lulu si sentì come se stesse entrando in un mondo delle favole. Luci scintillanti si avvolgevano attorno ai tronchi degli alberi più piccoli, e felci e fiori amanti dell'ombra erano stati accuratamente piantati, per formare un anello colorato intorno a delle lastre di pietra disposte in cerchio, che creavano uno spazio stabile per far stare in piedi le persone.

In attesa della moglie, Jason era con Stan vicino a un tavolo di legno. I membri della famiglia erano in semicerchio lungo il bordo della zona lastricata.

Un dolce suono di arpa si sprigionava dagli altoparlanti nascosti tra il fogliame, e riempiva l'aria di note celestiali. Dopo aver fatto alcune foto all'ambientazione, Lulu rivolse di nuovo l'attenzione a Caren, a Bethany e al padre, mentre si avvicinavano.

Quando ebbe fatto tutti gli scatti che desiderava, si nascose nell'ombra insieme a Laurel. Gli sposi avevano optato per una cerimonia semplice, con il solo scambio delle promesse: un'altra cosa che i genitori non avevano gradito.

Lulu piangeva nell'ascoltare quei giuramenti di amore reciproco. Erano parole che ispiravano, perché venivano dal cuore. Notò che Jarinda era commossa e osservò la madre di Jason asciugarsi gli occhi con un fazzoletto. Per il momento, l'amore di Bethany e Jason aveva avvicinato le famiglie.

Dopo aver completato il suo compito di fotografare la cerimonia e il ricevimento, Lulu lasciò la locanda e sedette nella sua auto, restia ad andare a casa.

Guidò senza una meta e infine si diresse ai Taunton Estates. Le attività della giornata le avevano procurato un turbine di emozioni. Voleva tornare in quella che considerava la "stanza della luna", nella casa in cui aveva fatto l'amore con Miguel, perché sperava di mettere a posto i pensieri. Come aveva immaginato, il vialetto d'accesso era deserto. Nel portico, una lampada sferica accesa sopra di lei imitava la luna. Nella stanza principale al piano inferiore, una luce soffusa dava un benvenuto color giallo limone.

Lulu andò all'ingresso anteriore e cercò la chiave nascosta, che serviva agli operai che andavano e venivano. La trovò sotto il vaso da fiori che aveva notato alcuni giorni prima, la prese e aprì la porta.

Appena entrata, osservò i mobili accatastati nel soggiorno. Quella zona non aveva richiesto molto lavoro ma, tutto intorno, le nuove aggiunte avevano ampliato e aperto gli spazi.

Immersa nei ricordi, salì le scale che portavano al primo piano. Era tempo di mettere le cose in prospettiva. Aveva avuto una notte di passione, lasciandosi andare come non aveva mai fatto prima. E dove l'aveva condotta tutto ciò? In un guaio, con la "G" maiuscola.

Doveva a Miguel delle scuse di persona per averlo giudicato e poi, si disse, avrebbe dovuto lasciar andare il ricordo di loro due insieme. Era diventati e sarebbero rimasti amici. Tutto lì. Perché, nonostante lei desiderasse altrimenti, quello era il tipo di uomo di cui non era sicura di potersi fidare. Perché attirava le persone come un magnete.

Entrò nella camera da letto padronale e la attraversò, per arrivare alla zona che era stata aggiunta. Quello spazio così aperto era proprio come l'avevano immaginato lei e Miguel. Scivolò sul pavimento e si sedette a guardare la luna sopra di lei, che rivestiva la terra di un luccicante bagliore argenteo.

Come le capitava spesso, pensò all'immensità dell'universo. Mentre osservava la luna e le stelle luminose del firmamento, si sentì piccola, insignificante, sola.

Il rumore di un'automobile che raggiungeva la casa la fece alzare in piedi. Corse a una delle finestre sul davanti e guardò fuori. La vista del SUV di Cami le calmò il battito del cuore. Le avrebbe fatto bene parlare con lei, conoscere la sua prospettiva sulle cose.

Tornò alla "stanza della luna" e si sedette. Lì Cami l'avrebbe trovata.

Al rumore dei passi sulle scale gridò: «Sono qui sopra!»

Una figura si avvicinò nel buio. Una figura che certo non era Cami.

Lulu balzò in piedi. «Miguel? Oh, santo cielo! Cosa ci fai, qui?» La sua voce era colma di felicità.

Miguel era all'ingresso della stanza e le sorrideva.

«Potrei chiederti la stessa cosa.» Miguel la scrutava e gli occhi scuri cercavano nei suoi qualcosa che Lulu non riusciva a capire.

«Dovresti essere ancora in Cile» gli disse nervosa, mentre lottava contro il desiderio improvviso di scappare. Avevano parlato di qualsiasi cosa, tranne di quello che ancora si frapponeva tra loro. Averlo davanti era un bel po' diverso dal mandargli una innocua e-mail.

«Sì, ma con quello che è successo a Rafe, ho deciso di fare una sorpresa a entrambi e ho accorciato la mia permanenza.» Continuava a guardarla. «Che cosa ci fai qui, Lulu?»

«Io... io sono venuta qui per ragionare su delle cose.» Non

riusciva a staccargli gli occhi di dosso.

«Beh, forse è il momento giusto per parlare» disse Miguel. «C'è ancora parecchio da sistemare, tra noi.» Le passò vicino per andare a guardare il buio fuori.

Lulu lottò per trovare la forza. «Mi dispiace di averti giudicato così duramente. Non volevo ferirti. Non ho pensato...»

Lui si voltò verso di lei e le lanciò uno sguardo interrogativo. «Penso a te tutto il tempo. Per quale altro motivo sarei qui?»

Le lacrime le fecero bruciare gli occhi. Avrebbe voluto dire molto di più, ma temeva di confessargli che le piaceva, che era arrivata a considerare prezioso ogni suo messaggio, ma anche che aveva paura che potesse nascere qualcosa di duraturo tra loro.

Lui la osservava con attenzione. «Stai cercando di dirmi qualcosa? Che quella notte insieme è qualcosa che non dimenticherai mai? Che desideravi tanto avere il nostro bambino? Che non vedi l'ora di averne degli altri? È così?»

A Lulu si piegavano le ginocchia. Era come se gli avesse letto nel pensiero.

La voce di Miguel era dolce e fioca, ma il suo sguardo pungente la penetrava dove era più vulnerabile, e la paura le toglieva il respiro. Era così inesperta nelle relazioni amorose.

Il suo sguardo continuava a sfidarla e a pretendere una risposta.

Nauseata al pensiero di fare lo stesso errore di sua madre tanti anni prima, disse d'un tratto: «Io... io devo andare via da qui.» Se fosse rimasta ancora un solo minuto, sarebbe andata in pezzi nell'incertezza della sua reazione.

Mentre scendeva di corsa le scale e andava alla porta per uscire, Miguel le urlò: «Lo so che fai fatica a fidarti degli altri, Lulu, ma forse è venuto il momento che ti fidi di te stessa.»

Le batteva così forte il cuore da non riuscire nemmeno a respirare, e corse alla macchina, salì, mise in moto e sfrecciò via.

Nel retrovisore vide Miguel in piedi nel vialetto.

Quando arrivò a casa, sua madre guardava la TV. Alzò lo sguardo verso di lei. «Com'e stato il...» cominciò a dirle, ma si bloccò. «Oh cara! Cos'è successo?»

«Miguel è tornato» riuscì a dire a fatica. Faceva fatica a prendere fiato e a fermare le lacrime.

Corse su in camera da letto e sbatté la porta.

Poco più tardi sentì il rumore di un'auto e sbirciò dalla finestra. Il pick-up di Miguel stava fermandosi nel vialetto.

Tremante, si lasciò cadere a terra, in cima alle scale, e aspettò.

Il campanello suonò.

Dolly abbaiò e corse alla porta. La madre la seguì.

«Ciao Miguel. Cosa vuoi?» La voce di Rosalie era fredda.

«Ho bisogno di parlare con Lulu» lo sentì rispondere.

«Mi spiace, non so bene che cosa stia succedendo, ma non penso che ti voglia parlare. Non le hai fatto male a sufficienza?» Lulu era sorpresa dalla rabbia nella sua voce.

«Farle male? Non ne ho alcuna intenzione. Ascolti, è importante che ci parliamo.»

«Lulu è arrivata a casa sconvolta a causa tua» rispose seccamente la madre. «Penso che tu te ne debba andare.»

«Andarmene? Aspetti un momento! Ma allora non ha capito! Dobbiamo parlarci perché io... oh, maledizione! Io la *amo*!»

Il sussulto di Rosalie ruppe il silenzio che seguì. «Oh santo cielo! Certo, sì, dovete proprio parlare. Entra. Porto il cane a fare una passeggiata e vi lascio soli.»

«Lulu?» chiamò la madre. «C'è Miguel. È meglio che tu scenda.»

CAPITOLO VENTISEI

Lulu sentì il rumore della porta d'ingresso che si chiudeva, quando la madre uscì insieme a Dolly. Aggrappata al corrimano per sorreggersi, scese lentamente le scale, uno spaventoso gradino dopo l'altro. Miguel aveva ragione. Era arrivato il momento di fidarsi di lui, e di se stessa. Miguel non era suo padre, né Will, né le altre persone che l'avevano ferita. Si rese conto che sarebbe stata la più importante decisione della sua vita.

Miguel la guardava, strisciando i piedi per terra, e sembrava nervoso quanto lei.

Non smise di osservarlo, mentre gli si avvicinava. La malinconia nella sua espressione era commovente.

Quando fu di fronte a lui, disse quello che sapeva di dover dire. «Tutte quelle cose che mi hai chiesto prima? Sono vere. Tutte quante.»

«Oh, Lulu.» Allungò le braccia e la attirò a sé. «Dovevo esserne certo.»

Tra le sue braccia, appoggiata contro il suo petto, la pace la avvolse. Lasciò scorrere le lacrime.

Dondolandola teneramente, Miguel sussurrò: «Sono vere anche per me. Ho cercato di convincermi che fossimo solo amici, ma non potevo dimenticare quella notte insieme.» La voce gli si spezzò. «O il bambino che abbiamo fatto io e te.»

«Lo volevo così tanto, quel bambino» disse Lulu, con voce bassa e sincera.

Lui le sollevò il mento e la guardò negli occhi con un tale amore, che le mancò il fiato. Fece un lungo, tremante sospiro.

Miguel abbassò le labbra sulle sue, alla ricerca di quello che lei non aveva ancora espresso a parole, e lo trovò.

Quando si separarono, le prese il volto tra le mani. «È vero, Lulu. Ti amo. Penso di averti amato dal momento in cui Cami ti ha chiamato "Weezie Lopez". Altre donne possono anche essere interessate a me, ma tu sei la sola che io voglia nella mia vita. Dev'essere così. Tu ed io.»

Lulu era all'apice della gioia. «Sì. Oh sì.»

Le labbra di Miguel incontrarono le sue e lei gli rispose con tutto il cuore.

Il loro bacio raccontava una storia a sé stante, rivelava i loro veri sentimenti reciproci, prometteva un felice futuro insieme. Quando infine si separarono, Lulu guardò Miguel attonita, ancora persa nelle sensazioni fisiche che risvegliava dentro di lei. Gli occhi le si riempirono di lacrime. In tanti modi, lui era tutto ciò che aveva sempre desiderato.

La guardò dritta negli occhi e sospirò: «Ti amo così tanto.»

Lulu sorrise per quella frase così tenera. Forse la loro vita insieme sarebbe stata una sfida, ma ne valeva la pena, perché tra le sue braccia si sentiva finalmente a casa.

CINQUE ANNI DOPO

Lulu era seduta sulla panchina di pietra, nel boschetto speciale riservato alla famiglia. Osservava la terra smossa di fresco, dove erano appena state messe le ceneri di Rafe, vicino a quelle di Lettie. «È stato un uomo così buono, così caro» disse, con il cuore che le faceva male per la tristezza. «Gli ho voluto tantissimo bene.»

«Anch'io» aggiunse Cami, asciugandosi gli occhi. «Era una persona speciale, amata e rispettata da tutti quelli che lo conoscevano. Lui e Nana mi hanno donato una vita meravigliosa.» Le si spezzò la voce. «Mi mancheranno per sempre.»

Lulu le mise un braccio sulle spalle. «Sei stata fortunata a essere cresciuta da due persone così fantastiche.»

«Spero che mio figlio diventi un uomo buono come Rafe.» La voce di Cami si incrinò per il dolore.

«È così adorabile» osservò Lulu. A tre anni e con i suoi lucidi capelli neri e gli occhi scuri, il piccolo Rafe era la copia sputata del bisnonno. «Le mie due bimbe adorano quel piccolino.»

«Chandler è molto brava con lui» disse Cami. Sorrise. «È molto convincente, quando vuole.»

Lulu scoppiò in una risata. «È una piccola despota di quattro anni, ecco cos'è.»

Cami era commossa. «Ogni volta che temevo di non riuscire a fare qualcosa, Nana mi ricordava che, essendo una Chandler e una Lopez, potevo fare tutto quello che mi mettevo in mente.»

«E così hai fatto, finora» confermò Lulu. «Guarda tutto ciò che hai ottenuto. La locanda Chandler Hill continua a vincere premi, e così i vini.»

Cami inarcò le sopracciglia. «Finché i miei vini reggono il confronto con quelli di Taunton Estates e Lone Creek, sono contenta.»

Lulu rise. La competizione fra le tre cantine era agguerrita, e producevano i migliori Pinot Nero della valle.

«Pensi che adesso Rafe sia con Nana?» le chiese Cami, a bassa voce.

Lulu annuì. «Mi piace pensarlo.»

Cami sospirò. «Anche a me. Hanno condiviso un amore incredibile.»

Lulu si accarezzò la pancia, sentendo la vita dentro di sé. «Chandler ha annunciato che lei e Autumn vogliono una sorellina. Non l'ho ancora detto a Miguel, ma sono quasi certa che questo nuovo bambino sia un'altra femmina.» Ancora sconcertata dalla piega che aveva preso la sua vita, Lulu fece schioccare la lingua. «Dopo aver perso il nostro primo bambino, stiamo decisamente recuperando il tempo perduto. Due figlie e adesso una terza.»

Cami le sorrise con calore. «Se è una bambina, Miguel ne sarà felice. Le femmine lo adorano.»

Lulu rise. Non la preoccupavano più le altre donne, giovani o adulte, nella vita del marito. Dopo aver sorpreso tutti con la loro fuga d'amore, e battuto in velocità sia Becca che Cami nel salire sull'altare, Miguel le dimostrava ogni giorno quanto l'amasse.

Lulu sollevò il volto al cielo grigio. Era pervasa dalla felicità. La vita era bella. Sua madre continuava a stare bene, si teneva occupata con i suoi impegni nella valle e contribuiva alla cura delle nipoti che amava con tutto il cuore.

Anche se Lulu sapeva che Rafe le sarebbe mancato, era

consapevole che, mentre si avvicinava alla fine della sua vita, non era infelice: aveva atteso abbastanza a lungo di ritrovare la sua Lettie ed era giunto il tempo per lasciarlo andare da lei.

Mentre guardava Cami, il suo cuore era colmo di amore. La vita, come qualcuno pensava, si era dimostrata essere un insieme di cerchi. Nel suo caso, le aveva dato una nuova famiglia, nuovi amici, una nuova esistenza.

Un falco girava in tondo sopra di lei, con le ali spiegate, le piume dorate sullo sfondo grigio del cielo. Mentre lo guardava librarsi senza sforzo, Lulu pensò alla continuità della vita e mandò un silenzioso ringraziamento per aver conosciuto un uomo come Rafe. Gli aveva dato nuova fiducia nelle persone e un profondo amore per la famiglia intorno a lei.

«Sono così felice che tu sia qui con me» disse Cami. «Insieme, renderemo ancora migliore tutto quello che ci è stato donato, in ricordo di Nana e Rafe.» Le sorrise con dolcezza. «Dopo tutto, ti considero non solo una Lopez, ma anche una Chandler onoraria.»

Così riconoscente di aver trovato la sorella che aveva sempre desiderato, Lulu abbracciò Cami. «Insieme possiamo fare qualsiasi cosa» disse Lulu, e ci credeva con tutto il cuore.

#####

Grazie per aver letto ***Una sorella per Lulu***. Se questo libro vi è piaciuto, aiutate altri lettori a scoprirlo lasciando una recensione su Amazon, Goodreads, o sul vostro sito preferito. È un bellissimo modo per ringraziare l'autore.

L'AUTRICE

Judith Keim, autrice bestseller su **USA Today**, è un'autrice ibrida, ovvero ha un editore e si autopubblica. Scrive romanzi che scaldano il cuore, raccontando di donne che vivono sfide inaspettate, le affrontano con forza e trovano l'amore e la felicità lungo la strada. I suoi libri più venduti si basano spesso sui luoghi dove ha vissuto o che ha visitato e sulle persone interessanti che ha incontrato, creando così personaggi credibili e ambientazioni realistiche che i suoi numerosi e fedeli lettori amano.

Ha trascorso l'infanzia e la giovinezza a Elmira, New York, e ora vive a Boise, Idaho, con il marito e il loro adorabile bassotto, Wally, e altri membri della sua famiglia.

Fin da piccola è stata attratta dall'idea di scrivere storie. I libri erano sempre presenti: in lettura, pronti da restituire in biblioteca o ancora da scoprire. Condividere le storie dei libri letti era un'abitudine, in famiglia, contribuendo alla vivida immaginazione di tutti i membri.

Judith ama ricevere messaggi dai lettori e apprezza il loro entusiasmo per le sue storie.

Iscriviti alla sua newsletter:
https://BookHip.com/RRGJKGN

Visita il suo sito:
http://www.judithkeim.com/

Trovala su Goodreads:
https://www.goodreads.com/author/show/2999038.Judit
h_Keim

LIBRI DI JUDITH KEIM

LA SERIE DELLE DONNE HARTWELL:

L'albero che parla – 1

Chiacchiere dolci – 2

Chiacchierc dirette – 3

Chiacchiere infantili – 4

Le donne Hartwell – Cofanetto

LA SERIE DEGLI HOTEL DELLA CASA SULLA SPIAGGIA:

Prima colazione all'Hotel The Beach House - 1

Pranzo al Beach House Hotel - 2

Cena al Beach House Hotel - 3

Natale al Beach House Hotel - 4

Margarita al Beach House Hotel - 5

Dolce al Beach House Hotel - 6

IL GRUPPO DEI VENERDÌ GRASSI:

Venerdì grasso - 1

I sabati di Sassy - 2

Domeniche segrete - 3

LA SERIE DI SALTY KEY INN:

Trovarmi - 1

Trovare la mia strada - 2

Trovare l'amore - 3

Trovare la famiglia - 4

La serie Salty Key Inn - Cofanetto

LIBRI DEL SEASHELL COTTAGE:

Una stella di Natale

Cambiamento di cuore

Un'estate di sorprese

Un viaggio in auto da ricordare

Le ragazze della spiaggia

LA SERIE DELLA LOCANDA DI CHANDLER HILL:

Andare a casa - 1

Tornare a casa - 2

Finalmente a casa - 3

La serie Chandler Hill Inn - Cofanetto

LA SERIE DELLA LOCANDA DELLA SALVIA DEL DESERTO:

I fiori del deserto - Rosa - 1

I fiori del deserto - Giglio - 2

I fiori del deserto - Salice - 3

I fiori del deserto - Vischio e agrifoglio - 4

LE ANIME SORELLE AL CEDAR MOUNTAIN LODGE:

Sorelle di Natale - Antologia

Baci di Natale

Castelli di Natale

Storie di Natale - Antologia Soul Sisters

Gioia di Natale

LA SERIE DELLA LOCANDA DI SANDERLING COVE:

Onde di speranza - 1

Auguri di sabbia - 2

Baci salati - 3

ALTRI LIBRI:

L'ABC della convivenza con un bassotto

C'era una volta un'amicizia - Antologia

Vincere alla grande - una piccola storia d'amore per tutte le età

Speranze per le vacanze

I biglietti vincenti

Per maggiori informazioni: www.judithkeim.com